여보, 미안해요 책을 사랑해서

여보, 미안해요 책을 사랑해서

초판 1쇄 인쇄 | 2022년 8월 29일
초판 1쇄 발행 | 2022년 8월 31일

지 은 이 | 황용석
펴 낸 이 | 박세희

펴 낸 곳 | (주)도서출판 등대지기
등록번호 | 제2013-000075호
등록일자 | 2013년 11월 27일

주 소 | (153-768) 서울시 가산디지털2로 98,
       2동 1110호(가산동 롯데IT캐슬)
대표전화 | (02)853-2010
팩 스 | (02)857-9036
이 메 일 | sehee0505@hanmail.net

편집 · 디자인 | 박세원

ISBN 979-11-6066-080-7
ⓒ 황용석 2022, Printed in Seoul, Korea
   값 15,000원

여보, 미안해요 책을 사랑해서

황용석 에세이

등대지기

아버지 황윤영과 어머니 김부순을
추모하며 이 책을 바칩니다.

들어가는 글

저는 누군가가 고향을 물으면 시골이라 하지 않고 산골이라 말합니다. 뭐 특별한 기준이 있는 것은 아닙니다. 비록 좁을지라도 평평한 들이 있으면 시골, 산과 골짜기로만 둘러싸여 있으면 산골로 부릅니다. 요즈음 흔히 쓰는 말로는 오지(奧地)가 적당할 듯합니다.

100여 년 전 할아버지는 할머니 그리고 어린 아들과 함께 충북 충주 읍내에서 강원도 시골로 이주하였습니다. 그곳은 장터까지 두 시간을 걸어야 하는 곳이었습니다. 세월이 흘러 그 어린 아들은 아버지가 되었습니다. 아버지는 제가 다섯 살 때 그곳에서 다시 더 깊은 산골로 이주하였습니다. 그래서 저는 산골 소년이 되었습니다.

할아버지와 아버지는 제가 짐작하지 못하는 사연이 있었겠지요. 그렇지만 너도나도 도시로 떠나는 사람과는 반대로 깊은 산골로 가는 것을 이해하기가 쉽지 않습니다. 산골은 온통 산과 나무뿐이었습니다. 실개천에는 시골에서 흔하디흔한 버들치조차 없었습니다. 아마 물고기들이 100여 미터나 될 듯한 거대한 폭포를 거슬러 오르지 못했기 때문일 것입니다.

저는 산골에서 할아버지 할머니가 살던 시골을 멀리서나마 바라보기도 했습니다. 그러면 할아버지 할머니가 살던 마을을 따라 흐르는 시냇물이 반짝이며 제게 다가오는 듯했습니다. 산골 하늘에는 까마귀보다는 수리가 자주 나타났습니다. 저는 수리가 꿩이나 토끼를 잡아서 앞산 너머 계곡의 벼랑으로 갈 때마다 그걸 보려고 뒷산을 헐떡이며 오르기도 했습니다.

기억이라는 게 참 희한합니다. 세월과 함께 흐릿해져야 할 산골에 남은 기억들이 점점 또렷해지고 있습니다. 그 산골에서 소년 시절을 보내고 도시로 떠났지만 그곳을 차마 잊을 수가 없습니다. 누군가는 그런 게 바로 나이가 들었다는 증거라고 합니다. 제 소년 시절의 기억을 더듬으며 잊혀 가는 가족, 친구, 지인들의 얼굴을 떠올려 봅니다. 그들도 저처럼 그때 그 추억을 반추하고 있을지 모릅니다.

그런데 어떤 추억들은 아무리 떠올려 봐도 좀체 찾아내지 못하기도 합니다. 이제 세월의 무게를 견디지 못하고 점점 희미해지는 추억을 되살려 보고 싶습니다. 점점 짧아져 가는 인연의 길이를 늘여 놓고 싶습니다. 인연의 너머로 사라진 부모님의 애틋한 사랑도 다시 느껴보고 싶습니다.

저는 산골에서 처음으로 책과 인연을 맺었습니다. 산골에서 만난 한 권의 책은 지금 3천여 권의 책이 되었습니다. 그 책은 장서가들이 지닌 수만 권에 비하면 아무것도 아니지만 제게는 소중한 분신 같은 존재들입니다. 책더미에 파묻힐 일은 없었지만 추억 만들기에는 부족하지 않았습니다.

저는 산골을 벗어나며 책에 빠져들기 시작했습니다. 그것은 가슴속에 남아 있는 그리움을 책으로 채워보려는 시도였습니다. 눈만 감으면 파노라마처럼 펼쳐지는 향수를 책으로 치유하려는 노력이었습니다.

저는 교사 초년 시절에 주말이면 교보문고, 종로서적, 세운상가, 청계천 상가를 훑고 하숙집으로 돌아오는 감격이 있었습니다. 거의 매주이다시피 그랬습니다. 교보문고 또는 종로서적에서 새 책을 가방에 넣고, 세운상가에서 LP 음반을 구하고, 다시 청계천 상가에서 헌책을 뒤적이며 해가 지는 것을 잊기도 했습니다. 세월이 흐른 지금 세운상가의 LP 음반 해적판 판매상이나 청계천의 헌책방 사장은 누군가가 대신하겠지요. 그들은 누추한 느낌마저 드는 공간을 자부심 하나로 지켜내는 무장한 전사들 같았습니다.

제 재킷 주머니에는 늘 손바닥만 한 미니 수첩과 미니 옥편이 들어 있습니다. 수첩은 도서 정보 메모용이고 옥편은 독서 보조 자료입니다. 수첩이야 제가 수시로 사서 쓰는 것이지만 옥편은 아버지가 선물한 것입니다. 무려 50년이 지나도록 제 손에 닳고 닳았지만 버리지 못합니다. 수첩과 옥편은 중국말 한마디 못하는 제가 북경 서쪽 유리창 거리에서 책을 살 때 도서명을 확인하고 필담을 나누는 도구로도 썼습니다. 언제 그 수명이 다할지는 모르지만 아직은 낡은 수첩과 너덜너덜한 옥편이 휴대폰을 이겨내고 있습니다.

부모님은 제가 책을 사겠다고 하면 한 번도 만류하지 않았습니다. 빚을 내거나 외상으로라도 책을 구해주었습니다. 책은 제가 살아가는 밑천이 되었습니다. 저는 제법 책과 가깝게 지낸 것 같습니다. 그렇지만 어설픈 글로 책과 맺은 인연을 주워 담는 일이 제게는 과분한 도전이었습니다. 쑥스러움을 무릅쓴 저를 감추고 싶습니다.

차례

제4부 쓰기

비뚤어진 손가락

아마 내 생애 최초의 기억일 것이다. 어느 날 잠에서 깨어 보니 주위에 아무도 없었다. 특히 엄마가 없었다. 밖에 나가도 그랬다. 두리번거리다 가장 가까운 윗집을 찾아갔다. 본채와 떨어진 마당은 조용한데 모두 점심 식사 중이었다. 마당에 감자, 씨눈을 따놓은 감자, 여러 개의 칼이 보였다. 며칠 전에 엄마가 감자 씨눈 따는 걸 본 게 생각났다. 내 손보다 훨씬 큰 감자를 오른손에 들고 왼손으로 쥔 칼로 내리쳤다. 왼손의 칼날과 가장 가까운 위치에 있던 오른쪽 집게손가락 한 마디와 감자 조각이 함께 떨어져 내렸다. 쇼크로 서서히 정신을 잃어가는 와중에 식후 담배를 피우러 나오던 쟁기질하는 아저씨가 소리를 질렀다. "애 엄마 나와 봐요!"

엄마는 밥을 한 숟갈 뜨다 혼비백산하여 나를 업고 장터로 뛰었다. 읍내까지 갈 겨를이 없었다. 면 소재지의 병원도 아닌 보건소에서 의사도 없이, 마취도 없이 기절한 나를 뉘어 놓고 누군가가 잘린 내 손가락 봉합수술을 했다. 엄마는 부치미로 너무나 바쁜 나머지 몇 차례 더 보건소에 가야 하는데 그러지 못했다. 이후 내 오른손 집게손가락 끝마디가 비뚤어진 데다 굽혀지지도 않게 되었다. 그 손가락 한 마디는 손톱으로 꼬집어도 다른 곳보다 덜 아프다. 또 손톱 크기도 작고 자라는 것도 더뎠다. 겨울엔 다른 손가락보다 더 시렸다. 엄마는 내 손가락을 볼 때마다 눈물이 그렁그렁해진다. 내가 괜찮다고 해도 엄마 눈에서는 금세 눈물이 뚝뚝 떨어진다. "보건소에 한 번만 더 갔어도 이러지 않았을 것을…."

시골에서는 종종 작두에 잘려 손가락이 하나둘 없는 아이들이 제법 많았다. 그렇지만 나는 다른 사람이 얼핏 봐서는 알아채지 못할 정도로 잘 드러나지도 않는다. 가까이에서 의도적으로 살펴봐야 알 수 있을 정도다.

그 후 나이가 들어 병무청에서 실시하는 징병 신체검사에서 손가락을 구부렸다 펴는 동작이 있었다. 나는 그 손가락 하나 때문에 현역 군인이 못 되고 방위병으로 떨어지면 어쩌나 하며 마음을 졸였다. 엄마의 눈물을 닦아드리지는 못할지언정 줄여드려야 했기에 말이다. 군의관은 내 집게손가락의 비뚤어진 마디를 못 봤다. 최종적으로 판정관이 병역수첩에 고무인을 찍으며 "갑종 1급!"을 선언하는 것으로 징병 신체검사를 마쳤다.

다음 해에 현역 군인으로 입대했는데 문제는 보충대에서 드러났다. 또다시 신체검사하는데 부드럽지 못한 집게손가락의 움직임이 예리한 부사관의 눈에 띄고 말았다. 몹시 긴장한 탓에 드러난 것이다. "너, 이리 나왔!" 내 손가락을 자세히 살피던 부사관은 "이놈은 오지 말았어야 할 놈인데….이래서 총을 쏘겠나?"라고 했다. 나는 아무렇지도 않다며 우겼지만 부사관은 기어코 나를 사무실로 끌고 갔다. 군의관은 내 병적기록 카드를 보며 이런저런 동작이 가능한지를 살폈다. 그리고는 몇몇이 모여서 얘기를 나누며 나가서 기다리라고 했다. 사무실에서는 회의를 하는 듯했다. 그런데 내게는 씁쓸한 기억만 남았다. 그들은 나를 돌려보내려면 이런저런 서류작성을 해야 하는데 그게 귀찮아서 그냥 못 본 것으로 처리했기 때문이다.

지금까지 살아오면서 집게손가락 끝마디 하나 때문에 불편한 적은 거의 없었지만 다른 사람이 보는 것은 피하고 싶었다. 그런데 감추려 하면 할수록 더 드러났다. 연애할 때도 그랬다. 여자들 눈은 매섭다. 몇 차례 만나지도 않았는데 벌써 알아차린 모양이었다. 그뿐인가. 나는 어린 두 딸의 "아빠, 손가락 이상해!"라는 말에도 대답을 더듬거린다.

아무리 다시 생각해봐도 참 희한하다. 그때 쟁기질하는 아저씨가 엄마에게 빨리 나오라고 소리친 이후부터는 아무것도 기억나지 않는다. 엄마가 나를 업었는지, 병원에 갔는지, 보건소에 갔는지, 마취했는지, 잘린 손가락을 어떻게 꿰맸는지, 언제 다시 집으로 돌아왔는지, 또다시 병원 대신 보건소에 갔는지 말이다. 희미하나마 겨우 떠오르는 게 있다. 상처가 아물 때 그 부위가 근질거렸다. 어릴 때 기억은 원래 이런

가. 내가 다섯 살 때지만 만 나이로는 네 살이 되기 전이었
다.

오줌싸개와 소금

어렸을 때 오줌싸개 소리를 듣지 않은 사람은 거의 없을 것이다. 동네 아이들 거의 모두가 오줌싸개였을 텐데, 그걸 해결하는 방법이 왜 아이들 망신 주기였는지 궁금해진다. 소금이 귀해서였을까. 아니면 사회성 강화의 한 모습이었을까.

어렸을 때는 왜 그리 많은 꿈을 꾸는지 모르겠다. 아마 꿈의 개수 이상으로 꿈이 많기 때문인지도 모른다. 꿈의 개수가 줄어들다 못해 아예 사라지면 그야말로 죽음에 이를 것이라는 생각도 든다. 어렸을 때 내가 꿈 얘기를 하면 어른들은 개꿈이라며 놀렸다. 나는 꿈이 희망의 씨앗이라고 우겼지만 소용없었다.

내가 잠자리에 들라치면 할아버지나 아버지는 꼭 "쉬하고 자라!"는 말씀을 하셨다. 그런데 난 건성으로 흘려버렸다. 마당 귀퉁이 멀리 있는 변소에 가라는 말씀도 아닌데 그냥 잠이 들곤 했다. 그날도 꿈을 꾸었는데 하필 오줌 누는 꿈이었다. 당연히 시원하게 누었다. 나는 호접몽처럼 꿈과 현실이 혼동되었다. 얼마 지나지 않아 사타구니가 서늘하다 못해 축축해지며 이내 현실임을 알았다. 발치에 있는 요강에 오줌을 누고 잤더라면, 하는 후회는 소용없었다.

나는 일어나서 옷을 갈아입고 부엌으로 갔다. 차마 엄마를 쳐다보지 못하고 주워 삼키는 소리로 이실직고했다. 엄마는 즉시 내 머리에 키를 씌우며 바가지를 내밀었다. 난 아랫집으로 갔다. 부엌의 아주머니를 보자마자 고개를 떨궜는데 아무 말씀 없이 바가지에 소금을 채워주셨다. 다시 돌아오니 엄마는 내 머리의 키를 벗기고 소금을 장독대의 소금 항아리에 부었다.

난 키와 소금을 알고 있었다. 그동안 여러 차례 들었기 때문이다. 엄마와 아랫집 아주머니 모두 아무런 말씀이 없었지만 난 당연히 그래야 하는 것으로 알았다. 아마 아랫집의 형들을 만났더라면 날 흠씬 놀렸을 텐데 다행이었다. 나는 형들이 오줌싸개라고 놀리면 어쩌나 하며 한동안 주눅이 들어 있었다. 그런데 우리 집에서나 아랫집 형들을 만났을 때나 소금 얘기는 일절 없었다.

소금을 준 아주머니는 나를 볼 때마다 내 손을 잡고 머리를 쓰다듬으며 잘생기고 착하다는 말을 빠트리지 않는 분이었다. 게다가 "이다음에 예쁜 색시 얻을 거야!"라는 말까지 듣고 나면 나는 벌건 얼굴로 어쩔 줄 몰라 하며 그 자리를 벗어나려 애쓰곤 했다.

나는 소금을 대할 때마다 아랫집 아주머니의 모습이 떠오른다. 거의 60년이 되어 가지만 나는 그날의 소금을 잊을 수가 없다.

누룽지와 제사

아침에 일어나자마자 엄마가 있는 부엌으로 갔다. 가마솥에서 풍기는 누룽지 냄새를 맡고 엄마 치맛자락을 놓지 않았다. 엄마 턱밑에서 '엄마 누룽지'를 계속 노래하듯 중얼거렸다. 그러면 엄마는 이때부터 나와 눈도 마주치지 않고 철저하게 냉정해진다. 엄마가 가마솥 뚜껑을 열고 밥을 푸기 시작하면 나는 더욱 다급하게 누룽지를 재촉했다. 엄마가 밥을 모두 푸고 바가지에 찬물을 한 바가지 들어 올리면 더욱더 세차게 "엄마 붓지 마, 붓지 마! 누룽지, 누룽지!"를 외쳤다. 찬물이 가마솥 바닥에 닿을 때 좌악 소리와 함께 솟아오르는 김은 그야말로 완전히 김이 새는 것이었다.

난 그렇게 매일 아침저녁으로 엄마를 졸라댔지만 한 번도 누룽지를 얻지 못했다. 그러면 결국은 친구들에게서 얻어먹을 수밖에 없다. 더욱 약이 오르는 건 튀긴 누룽지 맛을 본 이후다. 그냥 누룽지도 맛있는데 튀긴 누룽지는 환상이었다. 나는 누룽지를 얻을 수 있다고 생각했지만 얻지 못한 누룽지 때문에 엄마를 원망했다. 난 이 집 아들이 아니고 정말 주워 온 아들이 아닐까, 의심하기도 했다. 체격과 외모가 할아버지, 아버지, 형을 닮지 않고 외탁한 게 그런 생각에 더 빠져들게 했다.

제사 때도 마찬가지였다. 온갖 떡, 전, 구이 등 먹거리가 넘쳐나지만, 부스러기 한 조각도 어림없기는 마찬가지였다. 떡을 만들든 전이나 고기를 굽든 그 과정에서 반드시 부스러기가 있게 마련이다. 그걸 한 조각 얻으려고 바쁜 엄마 곁에 바싹 붙어 애원했지만 실패의 연속이었다. 부스러기를 확인하고 입맛을 다셔봤지만 소용없었다. 엄마는 그것을 별도의 소쿠리에 담아두었다가 제사가 끝나면 내게 주었다. 아, 정말 안 먹고 말겠다. 게다가 엄마는 "큰 소리 내지 마라. 깨끗이 씻어라. 누나와 다투지 마라. 몸과 마음을 단정히 하라."는 말씀을 쉴 새 없이 쏟아낸다. 평소와 너무 다른 엄마다. 그러면 고소한 냄새를 맡으면서도 어느 결에 식욕이 확 달아나 버린다.

신혼 때 아내에게 누룽지를 해달라고 졸랐다. 마침내 벼르고 별러 오던 마른 누룽지를 얻어서 먹어 봤지만 그저 그랬다. 재래시장에 가져가서 튀겨서 먹어도 마찬가지다. 세월이 흐르면 입맛도 변하겠지만 그보다는 먹거리가 흔해진 탓이 더 클 것이다. 엄마가 세상을 떠나고 견디기 힘든 슬픔 속에서 누나와 얘기를 나누다 누룽지와 제사 얘기가 나왔다. 내

가 야속한 엄마라고 하자, 누나가 한마디 했다. "그게 다 할
아버지 숭늉 때문이야." "숭늉?" "그래, 할아버지 식사는 반
드시 숭늉을 드셔야 끝나는데 네게 누룽지를 줄 수 있었겠
니?" 엄마가 숭늉을 만들기 전에 비록 한 조각일지언정 누룽
지를 빼돌리는 불경은 있을 수 없다는 것이었다. 이런 마당
에 제사 음식 부스러기는 더 말해 무엇하랴.

소

    내가 초등학교 입학하기 전이었을 것이다. 동네 형이 소를 타고 노는 걸 봤다. 근사했다. 나도 따라하고 싶었다. 어느 날 마당 한쪽 거름더미 곁의 말뚝에 매여있는 소가 되새김질을 하고 있었다. 소가 서 있었더라면 그냥 지나쳤을 텐데, 앉아 있기에 얼른 소 등에 올라탔다. 기분이 들뜬 나는 으랴! 으랴! 하며 엉덩이를 올렸다 내렸다 하는 것으로 부족했는지 소 옆구리를 퍽퍽 차며 기고만장했다. 그러자 갑자기 소가 벌떡 일어섰다. 나는 몸이 홱 돌아가며 땅바닥에 거꾸로 떨어지고 말았다. 그런데 하필이면 그곳에 소똥 무더기가 있었다. 퍽 하는 소리와 함께 소똥에 머리가 처박힌 나는 정신이 없었다. 손으로 땅을 짚었는데 그곳마저 소똥이었고 고개를 들어보니 볼과 입과 턱에 소똥이 덕지덕지 묻어 있었다. 그야말로 환장할 지경이었다. 그대로 개울가로 달려갔다.

얼굴과 손을 물에 씻고 나니 소똥 냄새만 조금 날 뿐인데 옷에 묻은 소똥은 어떻게 할 수가 없었다. 나는 엄마한테 갔다. 엄마는 나를 보자마자 "그래, 싸다 싸!"라고 하며 오히려 소를 두둔하는 것이었다. 나는 잘못했지만 분을 삭이지 못하고 그만 울어버렸다. 엄마는 내 옷을 벗기면서도 내가 어디 다쳤는지는 안중에도 없고 소가 다쳤을까를 더 걱정했다. 아, 나는 소만도 못한 놈이로구나!

외양간에 여러 마리의 소를 몰아넣고 드나들다 보면 가끔 소가 내 발을 밟기도 한다. 4~500㎏이나 나가는 소발굽에 밟히면 발등이 부러진다. 그런데 소는 내가 악! 소리를 지르기 전에 그러니까 물컹할 때 발굽을 슬쩍 들어준다. 그러니 내가 그렇게 여러 번이나 소발굽에 밟혔어도 그저 가벼운 상처로 끝날 수 있었다.

외양간에서 소들끼리 자리가 잡히고 안정이 되면 나는 나무 베는 톱으로 만든 소 빗으로 소들을 긁어준다. 특히 목덜미를 긁어주면 무척 좋아한다. 소가 좋아하는 걸 어떻게 알까. 소는 머리를 만지면 싫어한다. 반면에 턱 아래쪽을 만져주면 목을 길게 뽑아 늘이는데 이때 소 빗으로 긁어주면 하염없이 좋아한다. 어떤 소는 심지어 옆의 소를 긁어주고 있는데도 제 목을 긁어달라고 들이대기도 한다. 그러니 내가 소들 사이에 끼어 있어도 뿔에 받히거나 발굽에 밟혀도 상처가 대수롭지 않은 것이다.

이렇게 소와 내가 친해졌을 때 소를 끌고 나가 쟁기질을 가르치면 잘 따라오게 돼 있다. 쟁기질을 잘 배운 소는 밭을

갈 때 그 진가가 드러난다. 힘이 들어 거친 숨을 몰아쉬면서
도 꾀를 부리는 일 없이 밭을 잘 간다. 우리 집의 셰퍼드 마
루가 늘 함께하는 친구 같았다면 소는 무엇이든 따라 배울
만할 어른 같았다. 소의 일거수일투족은 항상 신중함 그 이
상이었다. 가끔 황소가 거칠게 날뛰는 것만 예외로 한다면
소는 정말 모범 그 자체일지도 모른다.

　시골에서 소는 거의 가족처럼 대우받았다. 소는 함께 살던
개나 고양이와는 비교할 수 없는 품격을 지닌 동시에 가축을
넘어서는 가족 같은 존재였다.

송아지

처음 송아지가 태어나는 것을 보았을 때 그것은 신비로움 그 자체였다. 어미소의 몇 시간에 걸친 산고를 처음부터 지켜봤다. 아마 내가 꼴을 베어다 먹였다는 자부심도 있었을 것이다. 나는 송아지 발굽이 보이는 순간 그것이 앞발굽인지 뒷발굽인지를 구분하지 못했다. 좀더 시간이 지나서 송아지 콧등이 보일 때에서야 "송아지는 앞발굽이 제일 먼저 보이고 만세를 부르듯이 태어나는구나!"를 알았다. 머리가 모두 나오고 나서도 송아지는 한참을 지나서야 완전히 나오는데 어미소가 서 있으니 송아지가 다칠까 걱정되었다. 나는 어미소에게 빨리 앉으라고 재촉했지만 그 큰 눈을 껌뻑거리기만 할 뿐이었다. 나는 송아지가 외양간 바닥에 떨어지는 걸 보고 가슴이 철렁했다. 많이 아플까 다치지는 않았을까 걱정했다.

우리 가족이 지켜보는 가운데 어미소는 쉴 새 없이 송아지를 핥기에 여념이 없었다. 30여 분이 지나자 송아지가 일어서려다 주저앉고 고꾸라지기를 여러 차례 거듭한 끝에 마침내 일어섰다. 온 가족이 박수를 쳤다. 이내 송아지는 어미젖을 찾아 한 걸음 옮겼지만 두 걸음을 떼지 못하고 다시 고꾸라졌다. 안타까운 마음에 일으켜주고 싶었다. 송아지는 몇 차례 더 쓰러졌다 일어서기를 반복하며 어미소의 젖을 빨기 시작했다. 그런데 그 어린 송아지가 젖을 빨다가 주둥이로 어미소의 젖을 올려 치자 어미소의 엉덩이가 들썩했다. 송아지가 천하장사인 것 같았다.

한 달이 지나자 송아지는 외양간이 비좁은 듯했다. 뒷발질하며 폴짝폴짝 뛰는 모습이 여간 귀여운 게 아니었다. 아직 한겨울인데 아버지는 어미소를 끌고 나가 마당 말뚝에 매여 놓았다. 송아지는 신이 났다. 여물을 먹던 어미소가 므흥 하며 송아지를 불러도 송아지는 저 멀리까지 뛰어갔다 오기를 거듭하며 즐거워했다. 그러다 곧 젖을 찾았다. 젖이 워낙 많아 송아지 입 주위로 줄줄 흘러내렸다. 나는 그 젖이 아까워 송아지 옆에서 두 손으로 받아내어 보지만 금세 흘러넘쳐 버렸다. 그러다 작은 양동이를 가져다 젖을 모았다. 나중에 송아지에게 먹일 심산이었다. 어미소가 여물을 먹고 바닥에 앉아 되새김질할 때 그 젖을 송아지 입에 대어 보았지만 안 먹었다.

나는 어미소의 젖을 아껴볼 요량으로 송아지가 젖을 먹을 때마다 네 개의 젖 중에서 세 개를 움켜쥐었다. 송아지는 젖을 먹을 때 하나만 빨지 않는다. 수시로 바꾼다. 그런데 송아지가 어미젖을 주둥이로 올려 칠 때마다 내 손등으로 젖이 넘쳐흘렀다. 송아지가 바꿀 젖 대신 그걸 핥아먹으려니 감질 났을 것이다. 그런데도 나는 심술이 나서 두 손으로 네 개의 젖을 모두 움켜쥐고 내놓지를 않았다. 그러자 송아지는 그야 말로 환장할 지경이었다. 그렇게 송아지를 한참 동안 약을 올리다 젖을 내놓았다. 한두 번 그러다 보니 송아지를 골려 주는 재미가 났다. 나쁜 짓을 계속하면 벌을 받게 마련이다. 엄마 눈을 피할 수는 없었다. 엄마한테 들켜 호되게 혼나고 말았다.

엄마의 꾸중은 오래가지 못했다. 나는 또 심술이 도졌다. 귀엽지만 만만한 송아지를 그냥 놔두지 않았다. 이름이 마루 인 셰퍼드를 끌어들였다. 나는 어미소가 마당의 말뚝에 매여 있던 어느 날, 마루를 시켜 송아지를 어미소로부터 떼어놓았 다. 어미소와 송아지 사이에서 덩치가 송아지만 한 마루가 웡웡 짖어대니 송아지는 어미소에게 다가갈 엄두를 내지 못 했다. 나는 마루를 더 부추겼다. 마루가 송아지 뒤에서 짖어 대며 곧 물어버릴 것처럼 달려드니 송아지는 애절한 음매 소 리를 내면서도 어미 소로부터 점점 더 멀어졌다. 급기야 어 미소가 고삐를 매여 놓은 말뚝을 빙빙 돌며 흥분하는 데도 나는 아랑곳하지 않고 오히려 즐거워했다. 하지만 그렇게 신 나는 일이 계속될 수는 없었다.

어미소와 송아지의 계속되는 애절한 울음소리를 엄마가 듣 고 말았다. 엄마가 부엌에서 부지깽이를 들고 뛰쳐나오는 게 보였다. 엄마는 한 번도 나를 때린 적이 없었지만 이번에야

말로 엄마가 나를 꼭 때리고 말 것 같은 생각이 들었다. 나는 뒷산으로 도망질쳤다. 사태를 짐작했는지 송아지를 몰아붙이던 마루도 나를 좇아왔다.

한겨울 산속에 있어 본 사람은 안다. 추위가 만만치 않다는 것을. 눈 속에서 더 나갈 수 없게 되자 나는 멈춰섰다. 그야말로 오도 가도 못하는 지경이 되었다. 다행히 엄마가 보이지 않기에 슬며시 돌아섰다. 주변을 힐끔거리며 굴뚝 모퉁이에서 서성거리는데 도저히 방에 들어갈 용기가 나지 않았다. 추위에 벌벌 떨며 그제야 겨우 반성을 했다. "송아지야, 미안해, 다시는 안 그럴게."

내 훼방으로 송아지는 어미젖을 제대로 먹지 못했다. 게다가 나는 송아지가 어미소 주위에서 마음껏 뛰어놀지도 못하게 했다. 송아지를 돌보아주는 혼이 봤더라면 나를 가만 놔두지 않았을 것이다. 그때 내가 잘못을 인정한 것은 엄마가 무서워 시늉만 했을 뿐이지 진정한 반성은 아니었다. 이제 엄마나 송아지도 사라지고 없는 마당에 무엇을 더 어찌할 수가 없다. 늦었지만 송아지에게 미안한 말을 다시 전한다. "송아지야, 정말 잘못했다."

술지게미와 셰퍼드

　우리 집은 거의 일 년 내내 술독에서 술이 끓었다. 농사를 많이 짓기도 했지만 아버지가 워낙 술을 좋아하셨기 때문이다. 술은 주로 오전 오후 새참의 간이식사로 쓰였지만 꼭 그렇지도 않았다. 아버지는 새로 담은 술이 익으면 내게 심부름을 시켰다. 이웃 아저씨들은 내가 "오시래요!"하면 바로 알아들었다. 못 오시는 분이 있으면 괴롭다. 술 배달을 가야 하기 때문이다. 지금처럼 페트병이 있으면 좋으련만 그때는 유리병밖에 없었다. 병을 떨어트려 낭패를 보는 것뿐만 아니라 어스름한 저녁에 먼 곳을 다녀와야 하면 아무리 아버지 말씀이라도 얼굴을 찌푸릴 수밖에 없었다. 가는 길목 곳곳에 묘지가 있었는데 낮에도 그곳을 지날 때는 고개를 돌리고 뛰었다. 하물며 밤에는 여간 큰 부담이 아니었다. 귀신 얘기가 허다한 시절에 꼭 누군가가 뒤에서 잡아당기는 느낌이 들었다.

그런데도 심부름을 나설 수 있었던 데는 든든한 친구가 동행했기 때문이었다. 우리 집에는 이름이 마루인 셰퍼드가 있었다. 나와는 강아지 때부터 친구였는데 내가 학교에 다녀올 동안만 홀로 있을 뿐이고 그 외에는 거의 동고동락하는 친구였다. 내가 학교에서 점심시간에 우유 한 컵과 건빵 스무 개를 받으면 건빵 열 개는 꼭 마루에게 갖다주곤 했다. 건빵이 없는 날은 마루가 실망하는 느낌마저 들었다. 이 녀석은 내가 건빵을 아무리 높이 그리고 멀리 던져도 척척 받아먹었다. 내가 심술이 나서 건빵을 포물선으로 던지지 않고 땅바닥을 향하여 직선에 가깝게 던지면 그것을 받으려다 주둥이가 땅에 긁히기도 했다. 몇 차례 계속되면 마루는 내게 달려들어 허벅지를 물어버렸다. 내가 일고여덟 살 무렵이라 송아지만 한 셰퍼드 입에 내 허벅지가 통째로 들어갔다. 내가 악! 소리를 지르면 마루는 재빨리 도망쳤다. 내가 바지를 내려서 허벅지를 살펴보면 상처 나지 않게 슬쩍 깨문 이빨 자국만 보였다. 셰퍼드 마루는 내가 건네는 웬만한 말은 척척 알아듣고 시키면 시키는 대로 할 정도로 영리했다.

어느 날 엄마가 나를 불렀다. 부엌에서 술을 거르던 엄마는 함지에 담긴 술지게미를 소 구유에 부으라고 했다. 술 냄새가 풀풀 나는 함지를 들고 외양간으로 가는데 마루가 따라왔다. 마루가 가끔 소 구유에서 술지게미를 먹던 것을 본 적이 있던 나는 마루 밥통에 두어 바가지 퍼넣고 나머지는 소 구유에 부었다. 문제는 즉시 나타났다. 방목하던 소를 데리러 가는 중에 마루의 이상한 행동이 눈에 띄었다. 마루가 잘 따라오다가 느닷없이 앞무릎이 굽혀지며 주둥이가 땅에 꽂히거나 털썩 주저앉았다. 셰퍼드 이름을 부르며 빨리 오라고 해도 반응이 늦고 여전히 이상한 행동을 반복할 뿐이었다.

나는 소를 몰고 돌아와 엄마에게 마루가 이상하다고 했다. 엄마는 의아해하는 듯하더니 "이눔시키 술지게미 개 밥통에 뒀지?" "그냥 조금….."이라며 얼버무리려 하자 벼락이 떨어졌다. "개한테 술 멕이면 죽어!" 나는 겁이 나서 개를 불렀는데 증상이 아까보다 더 심했다. 엄마는 부랴부랴 마루에게 찬물을 먹이며 안타까워하셨다. 이래서는 안 되지만 개가 힘들어하는데도 난 웃음이 났다. 산과 들을 펄펄 날 듯 달리던 녀석이 땅바닥에 고꾸라지거나 주저앉는 게 몹시 우스웠기 때문이다. 저녁 내내 힘들어하던 녀석이 그다음 날 쌩쌩해진 모습에 나는 안도했다.

나는 학교에서 돌아와 어른들이 없으면 개에게 술 먹일 궁리만 했다. 엄마가 늘 누룩으로 술을 담았기에 1년 내내 술지게미는 있었다. 개가 힘들어하는 것은 아랑곳하지 않고 송아지만 한 개가 고꾸라지는 걸 즐겼다. 그러던 어느 여름날 마침내 사달이 나고 말았다. 개가 맛있게 먹기에 속이 허전했던 나도 술지게미를 야금야금 먹기 시작했다. 그런데 너무 많이 먹은 게 탈이었다.

엄마와 아버지가 밭에서 일을 마치고 마당에 들어서는데 개는 뛰쳐나오다 고꾸라지고 나는 개집 옆 땅바닥에 쓰러져 몸을 가누지 못했다. 주둥이에 흙이 묻은 셰퍼드나 얼굴에 흙이 묻은 나나 똑같이 풍겨오는 술 냄새를 엄마는 대번에 알아봤다. 나는 엄마의 호통에 놀라 눈을 떴지만 제정신이 아니었다. 아버지가 나를 안아다 재우고 다음날 아침이 되어서야 숙취에서 벗어났다.

  나는 크게 혼날 일을 저질렀지만 아버지는 날 야단치거나 훈계하지 않았다. 스스로 바른길을 찾을 수 있도록 시간을 주셨다. 늘 온전한 자유를 주고자 하셨다. 아버지는 그런 분이었다.

감자

    초등학교 입학 후 한 달이 지날 무렵이었다. 나는 우리 집 위쪽에 사는 홀아비 강씨네 아들과 함께 귀가 중이었다. 그는 이 박사라 불리는 집 앞을 지나가는 중에 말했다. "우리 감자 캐 먹자!" "아직 감자 안 달렸어." "아냐, 있어. 기다려 봐." 나보다 작지만 한 살 위이고 한 학년 위인 그가 감자밭으로 들어갔다. 잠시 후 흙과 재가 묻은 감자 씨눈을 두 개 들고나왔다. "나 안 먹어." 할 때, 그는 마른 풀에 쓱쓱 문지르고는 어적어적 깨물어 먹었다. 그 감자는 똥거름 묻은 건데….

    그다음 주 월요일. 학교에서 운동장 조회가 있었다. "강 아무개 황 아무개 앞으로 나와!" 그 애는 결석해서 나만 조회 대 앞으로 나갔다. 키가 무지무지 크다 못해 아주 길어 보이는 남자 선생님이 귀싸대기를 갈기는데 나는 좌우로 서너 번

씩 쓰러지다가 더는 일어서지 못했다. 들어가라고 해서 일어
섰는데 어지러워 다시 주저앉았다. 한참을 있다가 내 자리로
돌아가는데 술 취한 사람처럼 비틀거린 탓에 줄 맞춰 서 있
는 아이들과 부딪히며 겨우 내 자리로 돌아갔지만 다시 주저
앉고 말았다.

　나는 오전 내내 울다가 점심 우유와 건빵을 받았지만 먹
지 못하고 집으로 왔다. 마당에 들어서자마자 온 가족이 나
를 몰아세웠다. 이 박사네 아주머니가 다녀간 듯했다. "집
안에 도적놈이 있었구먼." 할아버지 한 마디에 난 그만 얼어
붙었다. 그뿐이 아니었다. 가족 대부분이 "저런 놈이 학교엘
다니면 뭘해. 나가 뒈져버려!"라며 나를 집에서 없어져야 할
놈으로 봤지만 아버지는 침묵하셨다.

　마루에 책보를 풀어놓고 밖으로 나갔다. 난 아무런 변명도
하지 못한 채 도적놈이 됐고 뒈져야 할 놈이 되었다. 그래 그
렇다면 죽자. 죽어야지. 어떻게 죽을 수 있을까. 그간 어른
들에게서 들었던 죽는 방법은 세 가지였다. 먼저 물에 빠져
야 하는데 근처에 내가 빠져 죽을 만한 물이 없었다. 다음은
목을 매달아야 하는데 끈은 있지만 큰 나무에 올라가는 게
만만치 않을 것 같았다. 마지막으로 벼랑에서 떨어지기다.
그렇다. 앞산 너머 수리가 사는 골짜기 중간에 높은 벼랑이
있다. 거기서 떨어지면 죽을 수 있다. 집을 담담히 나서는데
아무것도 모르는 마루가 앞서거니 뒤서거니 하며 따라왔다.

　앞산에 올라 수리가 사는 계곡을 바라보니 멀리서 보던 것
과는 전혀 다른 세계가 나타났다. 우리 집과 마을이 손바닥

만 하게 보였다. 반대편 수리가 사는 계곡은 처음 봐서 그런지 무서웠다. 가끔 수리가 닭, 꿩, 토끼 등을 낚아채서 어디로 가는지 궁금해 부리나케 뒷산을 뛰어오른 적이 있었다. 숨이 턱밑에 닿을 정도로 급히 올라서 돌아보면 이미 수리는 앞산 너머 건너편 벼랑 끝 나무에 앉았다. 이젠 집과 벼랑 사이의 산등성이에서 저 멀리 집과 벼랑을 번갈아 쳐다보는 처량한 신세가 되었다.

벼랑으로 가는 길은 험했다. 그냥 바라봤던 것과 매우 달랐다. 수리 서식처인 벼랑 아래까지 가니 해가 지지는 않았지만 어둑어둑했다. 벼랑의 높이가 엄청났다. 벼랑을 오를 엄두가 나지 않았다. 그야말로 깎아지른 듯한 벼랑이 그 높이를 가늠할 수 없을 만큼 높아 보였다. 무서웠다. 쭈그리고 앉아서 우는데 마루가 내 손을 핥았다. 돌아설 수밖에 없었다.

앞산 너머 계곡에서 다시 앞산 등성이까지 올라가니 날이 저물고 있었다. 마을 쪽을 바라보니 켜놓은 호롱불이 군데군데 보였다. 우리 집도 호롱불이 켜져 있었다. 앞산 등성이에서 내려오기는 했지만 나는 마당 끝에서 머뭇거렸다. 함께 돌아온 마루가 짖어대자 아버지가 나왔다. 아버지는 마당 끝에서 훌쩍이는 나를, 거칠지만 넓적한 손으로 눈물을 닦아주셨다. 그리고 아무 말 없이 나를 데리고 방으로 들어섰다. 온 가족이 모두 애증 어린 눈길로 쳐다봤다. 밥은 차려놨지만 할아버지가 수저를 들지 않으니 침묵만 흘렀을 것이다. 내가 할아버지 앞에 앉자 수저를 드는 할아버지를 따라 모두 식사하기 시작했다.

　다음날 이 박사네 아주머니가 오셨다. 학교에서 나만 호되게 쓰러지도록 따귀를 맞은 걸 안 모양이었다. 우물쭈물하던 아주머니가 "얘는 감자밭에 들어가지 않았대요."라고 하자 아버지가 버럭 역정을 냈다. 난 아버지가 그렇게 심하게 화내는 걸 처음 봤다. 아주머니가 연신 허리를 굽히며 어쩔 줄을 몰라 하다 슬며시 돌아갔다.

　아버지는 늘 별말씀이 없는 분이었다. 형이 나를 혼내는 걸 볼 때마다 "그만해둬라." 또는 "놔둬라."라는 말로 나를 감싸주셨다. 건달 소리를 듣는 친척 형도 아버지 말씀에 고분고분해지는 걸 여러 번 봤다. 법 없이도 살 사람이라는 평을 듣던 아버지가 무고를 당한 아들을 바라보는 심정이 오죽했을까. 어둑한 산속을 헤매다 돌아온 아들의 눈물을 닦아주던 아버지 사랑이 아련하다.

신체검사

학교 행사 중에 4월에는 신체검사가 있다. 그날 학생들에게는 누가 더 컸을까, 얼마나 더 무거워졌을까가 초미의 관심사다. 그래서 나도 어떻게든 신장계에서 발뒤꿈치를 들어올리려 애썼고 허파 공기를 하염없이 내뱉고 숨 가쁜 체중계에서 내려오곤 했다. 그까짓 공기가 뭐 얼마나 체중을 들어올린다고 폐를 비우려 애썼을까를 생각해보면 헛웃음마저 나온다.

초등학교에 입학하고 4월 초에 신체검사가 있었다. 여러 종목을 측정했겠지만 거의 기억나지 않는다. 단지 몸무게 측정만 생각난다. 나는 내 몸무게를 알고 있었다. 우리 집에는 앉은뱅이저울이 있었다. 주로 곡식을 올려놓고 무게를 달았는데 나는 가끔 저울에 올라 추를 움직이며 내 몸무게를 달아보곤 했다.

마지막 측정이 몸무게였던 것 같다. 교실도 아닌 건물 외벽 한곳에 우리가 쓰는 책상을 두 개씩 두 줄로 쌓아 올린 다음, 그 사이에 굵은 막대를 가로질러 놓고 저울대를 걸어놓았다. 저울대의 막대 중앙에 추를 걸고 상급 학년 형들이 붙들고 있었다. 나는 그 반대쪽에 있는 저울대 훅을 잡고 매달려야 했다. 그런데 측정의 정확성을 위해서라며 아이들을 모두 발가벗겨 놓고 있었다. 아이들은 벗은 옷을 한 손에 들고 다른 한 손으로는 자신의 고추를 움켜쥐고 있었다.

　내 순서가 되어 저울대 훅 아래에 섰다. 나는 들고 있던 옷을 땅바닥에 내려놓았다. 그런데 한 손으로 훅을 잡고 다른 한 손으로 여전히 고추를 움켜쥐고는 도저히 매달릴 수가 없었다. 나는 내 몸무게가 15㎏이라고 말하고 싶었지만 말이 나오지 않았다. 하는 수 없이 고추를 움켜쥐고 있던 손을 놓고 두 손으로 훅을 잡고 매달리니 푸줏간의 고기가 따로 없었다. 고추를 감출 요량으로 다리를 구부려 올리며 두 허벅지를 오므렸다. 그런데 형들이 추를 매단 끈을 약간씩 움직이며 저울대를 수평으로 맞추는 게 서툴렀다. 시간이 길게 느껴졌다. 매달려 있는 나는 환장할 지경이었다. 점점 다리가 펴지는 것 같아 다시 다리를 들어올리려 애썼지만 배의 힘이 모자랐다. 그러다 보니 자연스레 가랑이 사이의 고추가 버젓이 드러날 수밖에 없었다. 그렇다고 매달린 손을 놓을 수도 없었다. 얼마 후 15㎏이라 외치는 소리를 들었다.

　집에 돌아와 아버지에게 내 몸무게가 15㎏이라고 하니, 아버지는 "스물닷 근이로구나!" 하셨다. 그런데 그 당시 몹시 궁금한 게 있었다. 누군가에게 물어볼 수도 없었다. 여자애들은 어떻게 저울대 훅에 매달렸을까.

돌이켜 생각해본다. 시대적으로 아무리 옛날이라 할지라도, 시골일지라도, 측정 대상이 어린아이일지라도 굳이 팬티까지 벗겨야 했을까. 너무하지 않은가.

도루묵과 양미리

산골에서 수확하는 생산물은 그 품목이 제한적이다. 그러니 시장에서 사들여야 할 물품은 훨씬 많아질 수밖에 없다. 특히 해산물은 더 그렇다. 바다가 먼 산골은 명절이라도 싱싱한 해산물을 접하는 데 한계가 있다.

내가 살던 산골은 환금 작물인 고랭지 채소로 유명했다. 평균 해발고도 천 미터에서 생산되는 무, 배추는 품질이 뛰어났다. 무든 배추든 아주 연하고 고소한 맛을 자랑했다. 가을이면 요즈음 임도와 유사한 신작로를 따라 제무시라 불리는 트럭이 뻔질나게 드나들었다. 가게가 없는 산골에서는 트럭이 올 때마다 화주가 여러 생필품을 싣고 와서 나누어주는 형태로 시장을 대신 봐주기도 했다.

어느 날 하굣길에 제무시 트럭 근처에서 모닥불에 고기를 구우며 냄새를 피우는 사람들이 있었다. 운전사와 조수 몇몇이 도루묵을 구워 놓고 서로 나누어 먹는 것 같았다. 각각 익은 고기를 들고 고기를 찢는 순간에 김이 모락모락 피어오르는 도루묵 알을 봤다. 맛나게 먹는 사람들을 쳐다보던 나는 그만 침을 꿀꺽 삼키고 말았다. 내성적이었던 나는 도루묵 한 점 얻을 방법을 찾지 못했다. 결국 10여 미터 거리에서 냄새만 맡다가 집으로 돌아온 나는 그 물고기 이름을 몰라 아버지에게 물었다. 아버지는 도루묵이거나 양미리라고 하셨다. 당장 엄마에게 돌아오는 장날에 사 오라고 졸랐다.

  이전에 내가 알고 있던 바닷고기는 고등어뿐이었다. 나는 그 이름을 몰라 '누깔(눈깔) 빼먹는 고기'라고 불렀다. 그래서 엄마가 장에 가는 날이면 눈깔 빼먹는 고기를 사 오라고 보챘는데 이젠 도루묵이 추가됐다. 나는 하루 내내 엄마를 기다리다 마중을 나섰다. 훤한 대낮에 누나를 앞세우고 마중을 나섰지만 어둑어둑해서야 엄마가 희미하게 보였다. 나는 40리 길을 왕복한 엄마를 맞으며 "엄마 힘들지?"라는 말 대신에 "엄마 도루묵?"이라고 소리쳤다. 이에 엄마는 "아저씨 아프대."라는 대답으로 나를 그만 실망시키고 말았다. 그런데 엄마는 도루묵 장수가 아픈 걸 어떻게 알았을까?

  결혼 직후 아내에게 도루묵과 양미리를 사 오라고 재촉했다. 조림도 구이도 둘 다 맛이 없었다. 심지어 냄새도 별로였다. 내겐 추억 음식으로 마음이 들떴지만 흘러간 세월만큼이나 마음도 맛도 변한 것 같다.

벌의 몰살

어느 해 우리 집에 양봉 두 통이 들어왔다. 벌의 세계가 참 오묘하다. 꿀을 만드느라 그렇게도 바쁘건만 여왕이 행차하면 앞쪽부터 거의 기계적으로 길이 트인다. 길쭉한 잣 알 정도 크기의 일벌들은 엄지손가락만 한 크기의 여왕벌이 느릿느릿 움직일 때마다 바다가 갈라지듯 물러서며 길을 내어준다. 이것 하나만 보고 있어도 하루해가 저무는 것을 잊는다.

근처에 얼씬거리다 한 방 쏘이면 퉁퉁 붓고 욱신거리지만 아예 피할 수는 없다. 벌에 쏘이는 것이 반복되다 보니 면역이 생기는 것 같다. 얼마 후에는 얼굴 보호망을 쓰지 않고도 벌통을 만질 수 있게 되었다.

흐린 날은 슬픈 일이 벌어진다. 수벌은 여왕과의 교미 이외에는 할일이 없다. 수벌이 꿀만 축낸다고 생각되면 수벌 일부를 쫓아내게 된다. 암놈인 일벌 두 마리가 수벌 한 마리를 끌고 나온다. 그러면 수벌은 벌통 안으로 다시 들어가려 하는데 이때 재빠르게 잡아서 발바닥으로 눌러 뭉개야 한다. 수벌은 침이 없어 맨손으로 잡아도 쏘지 못한다. 나는 쉴 새 없이 끌려 나오는 수벌을 모조리 잡아 죽여야 했는데 어른들이 시키는 일 중의 하나였다.

나는 학교에서 돌아와 벌과 노는 재미에서 더 나아가 꿀 떠먹는 법을 알아냈다. 꿀이 든 벌집 판을 회전형 꿀 뜨는 틀에 넣고 돌리면 꿀이 쏟아져 나온다. 꿀맛의 세계가 환상이다. 한 번 맛 들인 꿀에서 손을 떼기가 어려웠다. 매일 꿀을 떠먹던 어느 날 동네 친구들이 찾아왔다. 꿀벌 한 통 전체를 다 떠서 친구들과 나눠 먹었다. 서툰 녀석들 여럿이 하다 보니 질질 흘리는 게 더 많았다. 하여튼 꿀을 배가 부르도록 먹었다.

다음날부터 장마가 보름이 넘도록 계속되었다. 장마가 끝나고 아버지와 형이 벌통을 돌아보다 전멸한 벌통을 발견했다. 벌이 굶어 죽은 것이다. 보통 꿀을 뜰 때 한 통을 다 뜨지 않는다. 특히 장마철을 앞두고는 꿀을 뜨지 않고 꿀을 뜨더라도 일기예보에서 장마가 올 듯하면 벌통 앞에 설탕물을 마련해 놓는다. 그러면 벌들은 생존본능에 따라 설탕물을 가져다 저장한다. 월동 기간 역시 마찬가지다. 벌들은 자기 집에서만 산다. 벌은 굶어 죽더라도 남의 집에 가지 않는다. 여왕벌을 떠날 수 없어서다.

형은 대뜸 "너 꿀 떠먹었지?" 하기에 속이 뜨끔했지만 짧게 대답했다. "아니."라고 잡아떼자 수사 방향은 동네 또래로 향했다. 꿀 먹은 벙어리라는 말은 틀렸다. 이제 나는 죽었구나 싶었다. 그런데 죽으란 법은 없었다. 아버지는 "다음부터는 한 통을 다 뜨지 말고 나눠 떠라."라는 말씀으로 마무리하셨다. 사실 여러 벌통을 여닫는 게 어린 내겐 여간 힘든 게 아니었다. 그래서 한 통을 열어 놓고 벌을 몰살시키는 일을 저지른 것이다. "벌들아, 미안해!" 나는 벌받아 마땅한 놈이란다. 삼가 벌의 명복을 빈다.

썰매와 스키

  강원도 산골에는 예나 지금이나 눈이 많이 내린다. 겨울이면 아이들은 너나 할 것 없이 모두 썰매 타기와 스키 타기에 빠져든다. 썰매가 없던 나는 늘 얻어 타야 했다. 쉴 새 없이 계속 타고 싶은데 썰매 주인은 허락하지 않았다. 기다리는 시간을 견디다 못한 나는 직접 만들기로 했다.

  마침 아랫집이 이사 갔는데 아버지는 그 집을 샀다. 우리 집을 증축하는 데 필요해서다. 나는 학교만 갔다 오면 그 집으로 갔다. 처음엔 빈집이라 무서웠지만 몇 번 들락거리다 보니 이내 아무렇지 않았다. 몇 차례 시행착오 끝에 2인용 썰매를 만들었다. 언덕이 있는 곳이면 어디서든 탈 수 있었다. 등굣길에는 아예 썰매를 끌고 갔다. 쉬는 시간마다 친구들과 썰매를 타며 시간 가는 줄 몰랐다.

  고학년이 되자 친구들은 썰매를 버리고 스키를 타기 시작했다. 나도 스키를 만들어 타고 싶었지만 그게 만만치 않았다. 산에 가서 굵은 나무를 베어 절반으로 쪼갠 다음 자귀를 이용해 얇은 판재로 깎아야 한다. 나는 형에게 부탁했다. 형은 층층나무로 스키를 만들었는데 그게 내 성에 차지 않았다. 스키는 앞 끝이 뾰족하고 휘어져 올라와야 눈 속을 뚫고 잘 나아가고 눈 속에 처박히지 않는다. 그런데 형이 만들어 준 스키는 그렇지 못했다.

5학년 겨울이었다. 나는 뒷산에서 굵직하고 꼿꼿한 느릅나무를 베었는데 그 무게를 감당하지 못했다. 워낙 무거웠다. 아버지에게 기댈 수밖에 없었다. 집으로 돌아와 뜸을 들이던 나는 아버지를 잡아끌었다. 나를 따라나선 아버지는 내가 베어 놓은 나무를 보자마자 역정을 내셨다. "이놈의 자식, 큰일 나, 큰일!" "앞으로 또 이러면 혼날 줄 알어?" 그 당시 벌목 중 사람이 다치거나 죽는 사고가 종종 일어났기 때문이었다.

산속에는 눈이 많았다. 아버지는 한 걸음 한 걸음 내디딜 때마다 지게와 함께 허벅지까지 빠졌다. 아버지의 지게 발목이 그려 놓은 흔적은 마치 눈 내린 기차 레일 같았다. 눈길을 헤쳐 나온 아버지는 아들의 바람대로 나무를 아랫집 마당에 내려놓았다. "다치지 않게 조심해!" 하시곤 집으로 가셨다.

나는 신이 났다. 두 개의 도끼를 사용하여 통나무를 반으로 쪼갰다. 그리고는 거의 1주일간 자귀로 깎은 끝에 스키 플레이트 2개를 만들었다. 다음으로는 앞 끝을 휘어야 했다. 궁리 끝에 돌담 틈새에 끼워 휜 다음 막대기로 받쳤다. 이어

화롯불을 가져다가 휘어지는 부분에 올려놓았다. 사흘쯤 지나 꺼내 보니 휜 부분도 화롯불로 완전히 굳었다. 스키 플레이트가 완성되자 마지막으로 나무 슬리퍼를 만들어 붙였다. 스키 부츠는 꿈도 꿀 수 없는 시절이었다. 이렇게 스키 만들기는 끝났다.

　나는 매일 스키를 메고 등교했다. 친구들 대부분이 그랬다. 저학년일 때와 달라진 것은 썰매가 스키로 바뀐 것뿐이었다. 스키를 잘 타는 친구들은 알파인 종목 선수처럼 요리조리 회전을 잘했다. 나도 따라해 봤지만 쉽지 않았다. 눈 위에 나뒹굴기 일쑤였다. 그런데도 스키는 내 마음을 휘어잡는 힘이 있었다. 새벽부터 어둡도록 타도 질리지 않았다.

　그토록 신나던 스키 타기는 몇 년 후 이사와 함께 끝났다. 새로 이사한 곳도 인근 산골이었지만 표고가 낮아 눈이 내려도 금방 녹아버리니 썰매나 스키를 탈 수가 없었다. 그렇다고 얼음을 지칠 만한 논이나 넓은 강물도 없었다. 이래저래 눈과 얼음에서 즐기던 놀이는 기억 저편으로 사라지고 말았다.

나무하기

산에는 나무가 지천으로 널려 있지만 좋은 나무를 부엌 아궁이까지 가져오는 데는 여러 단계를 거쳐야 한다. 지게질을 시작하기 전에는 마른 나뭇가지를 주워 모은 다음 칡 또는 다른 끈으로 묶어서 어깨에 메고 집으로 오거나 멜빵을 걸어 짊어지고 왔다. 이때는 그리 많은 양을 가져오기 어려웠다. 또 나무가 어깨나 등을 누르기 때문에 아프기도 하지만 상처가 나기도 했다. 아홉 살 때부터는 지게를 세워놓고 굵직한 삭정이들을 지게에 얹어 더 많은 나무를 할 수 있었다.

시골의 내 또래들은 꼴을 베기 시작할 때부터 나무하기가 당연한 일과 중의 하나였다. 맨손으로 시작한 나무하기가 낫을 거쳐 톱과 도끼로 발전하며 지게에 얹는 분량도 조금씩 늘어갔다. 그렇게 해 온 나무는 마당에 내려놓는 것으로 끝나지 않는다. 나무의 형태에 따라 아궁이에 넣기 좋게 도끼로 다듬어 묶거나 굵은 것은 쪼개 놓아야 한다. 산에서 해오는 나무는 흔히 보는 것처럼 매끈한 것은 거의 없다. 대부분 낫이나 도끼 그리고 톱으로 다듬고 잘라 묶어야 하는데 난 그걸 하기 싫어했다. 그러면 팔순이 넘은 할아버지가 긴 시간을 쭈그려 앉아 조막 도끼로 마무리하셨다.

가을에는 겨울에 필요한 장작을 마련해야 한다. 숲을 간벌하기도 하고 이미 간벌한 나무를 이용하기도 한다. 나무 굵기가 한 아름이 넘는 것은 톱으로 자르기도, 지게로 짊어지고 오기도 만만치 않다. 주로 아버지와 함께했지만 지게질을 핑계로 내 키가 자라지 않는다고 투덜대기도 했다.

아버지는 추운 겨울이면 어린 나를 아침 일찍 깨웠다. 도끼질하기 위해서다. 혼자 나무를 패는 것을 그냥 도끼질이라 하지만 둘이 마주 서서 패는 것은 맞도끼질이라 한다. 맞도끼질은 아무리 큰 나무라도, 도끼 하나가 나무에 박혀서 빠지지 않는 경우라도 거뜬히 해결할 수 있다. 특히 추운 날일수록 맞도끼질로 장작을 패면 그야말로 내리치는 대로 쩍쩍 갈라진다. 두 사람이 잘 맞추지 못하면 위험하지만 아버지는 내가 실수할 경우라도 문제가 없도록 나무를 잘 다루어 주셨다. 두 사람이 각각 혼자 나무를 패는 양과 둘이 맞도끼질로 나무를 패는 양을 비교해 보면 맞도끼질이 거의 두 배 이상 많다.

나무를 다 패고 나면 장작을 부엌이나 창고에 옮겨 쌓아야 한다. 장작을 쌓는 것도 기술이다. 통풍이 잘되도록 해야 하고 양 끝단은 허물어지지 않도록 우물 정(井)자로 쌓아야 한다. 겨울을 앞두고 집중적으로 2~3개월 동안 장작을 해놓으면 부자가 부럽지 않을 정도로 흐뭇해진다.

　이것으로 나무하기가 끝난 게 아니다. 관솔을 마련해야 한다. 오래 묵은 소나무 옹이를 찾는데 이게 흔하지 않다. 아주 먼 산의 고사목이라도 찾으러 가야 한다. 쓰러진 소나무 고사목을 보면 횡재한 것처럼 좋았다. 도끼로 내리치면 삭은 외피는 툭툭 부서지고 송진이 모인 옹이만 남는다. 그것을 젓가락 굵기 정도로 가늘게 쪼갠 관솔은 성냥불에 붙이면 기름을 부은 것처럼 지글거리며 불이 잘 붙고 웬만한 바람에는 꺼지지도 않는다.

　6~70년대에는 눈이 참 많이 왔다. 게다가 추위도 대단했다. 그러니 봄까지 넉넉하리라 생각했던 장작이 금세 바닥을 보이게 된다. 그러면 아무리 눈이 많이 쌓였어도 나무하러 가야 한다. 나무 지게를 지고 눈 속으로 허벅지까지 빠지면 키 작은 나는 그야말로 극한직업이 따로 없는 상황이 되고 만다.

　몇 차례 고난을 겪고서 나는 머리를 굴렸다. 썰매가 답이었다. 내가 눈 위에서 타고 놀던 썰매를 크게 만들기로 했다. 물론 어른들이 겨울에 나무할 때 사용하는 발구라는 게 있기는 했다. 소발구 사람 발구가 있지만 내 힘으로는 다룰 수가 없었다. 이전에 눈썰매를 만들던 창고에서 거의 열흘 이상 매달려 나무 전용 썰매를 만들었다. 바닥은 썰매 모양이고 위는 트럭의 적재함을 흉내냈다. 이후 나는 겨울에 나무하러 갈 때마다 썰매에 지게, 톱, 낫을 싣고 나섰다.

나는 썰매를 경사진 언덕에 대기해 놓고 썰매가 가기 곤란한 곳에서 나무를 지게로 지고 왔다. 나무를 썰매에 옮겨 싣기만 하면 눈 쌓인 비탈길을 쉽게 내려올 수 있었다. 차츰 요령이 생긴 나는 겨울에 나무하며 휘파람을 불기도 했다.

　누나는 어린 내가 나보다 큰 썰매를 끌고 다니는 걸 호기심을 넘어 자랑스럽게 바라봤다. 오랜 세월이 흘렀지만 누나는 나무 얘기가 나오면 나무 썰매 얘기를 빠트리지 않는다. 내가 체구는 작았지만 사내라는 결기가 대단했다며 칭찬 일색이다.

겨울 꼴베기

아마 소나기 올 때 꼴지게에 깔렸던 그해 겨울이었을 것이다. 할아버지는 방안에서 빈둥거리는 내게 느닷없이 한마디 하셨다. "꼴 베어 오너라!" "네에?" 그리고 아무런 말씀이 없었다. 할아버지는 워낙 말수가 적고 한마디 하면 그게 바로 법이었다. 하지만 아무리 그렇다 해도 온 천지가 눈으로 뒤덮였는데 꼴이라니.

나는 낫을 꽂은 지게를 지고 마당 끝에서 서성거렸다. 사방은 온통 하얗다. 며칠 새 눈이 많이 오기도 했지만, 또 눈이 쏟아져 내릴 것처럼 어둑한 하늘을 바라보니 그저 기가 막힐 뿐이었다. 그때였다. 엄마가 지게를 지고 아무런 말도 없이 성큼성큼 뒷산으로 향해 가셨다.

나는 지게를 남자들의 전유물로 여겼다. 여자들은 머리에 이고 다니거나 멜빵으로 짊어지는 것이다. 그도 그럴 것이

나는 여자가 지게 지는 걸 한 번도 보지 못했기 때문이다. 나 때문에 엄마가 지게를 졌다고 생각했다. 나는 혼란한 마음을 정리할 겨를 없이 그냥 따라나섰다. 이제 어디 가서 새파란 꼴을 베어 온단 말인가. 소가 잘 먹는 억새나 칡넝쿨도 누렇게 된 지 이미 오래다. 또 새파란 꼴이 있다 해도 허벅지까지 빠지는 눈 속에서 어떻게 벨 것이며 무슨 재주로 짊어지고 오려나.

산속에서 지게를 내려놓은 엄마는 낫으로 가만히 눈 덩어리들을 툭툭 쳤다. 그러자 새파란 풀잎들이 쑥쑥 올라왔다. 옳거니 바로 저거야! 엄마는 조릿대라고도 하는 산죽을 한 움큼씩 베어서 지게 위에서 내린 소쿠리에 차곡차곡 담았다. 엄마가 산죽에 쌓인 눈을 털고 베는 것을 보며 잔머리를 굴린 나는 지겟작대기를 들고 달려가며 산죽 위의 눈덩이들을 연달아 내리쳤다. 이쪽저쪽을 여러 차례 왕복하니 새파란 들판이 드러났다. "엄마, 바다다!" 책에서 본 바다가 떠올라 소리질렀다. 바다를 본 적이 없지만 바다를 본 것처럼 들떠 있는 내게 엄마는 칭찬 대신 "조심해라!"라는 나지막한 한마디뿐이었다. 나는 산속 바다에 드러누웠다가, 잿빛 하늘에 소리를 지르다가, 강아지처럼 껑충껑충 뛰기도 했다. 한참을 그러다 민망해져 꼴을 베기 시작했다.

산죽은 말 그대로 산에 있는 대나무다. 질기고 미끈미끈해서 잘 베어지지 않는다. 꼴을 벨 때 꼴이 베어지지 않으면 낫은 꼴을 움켜쥔 손가락 쪽으로 밀려 올라온다. 산죽 베기 시작한 지 얼마 되지 않아 왼쪽 손가락이 뜨끔하고 화끈해서 내려다봤다. 왼쪽 집게손가락 끝마디 살점이 떨어져 나간 자리에 손가락뼈가 하얗게 보였다. 이내 검붉은 피가 흘러내렸다. 나는 손을 가랑이 사이에 넣고 손가락을 움켜쥐며 지혈을 했지만 흰 눈 위의 피만 더욱 선명해졌다. 저만치에서 꼴을 베던 엄마가 달려왔다. 엄마가 저고리 안감을 이빨로 찢어 붕대 삼아 왼손 집게손가락을 칭칭 감는데 통증이 손가락뿐만 아니라 팔뚝까지 밀려왔다. 비록 어렸지만 엄마 앞에서 듬직한 '사나이'이고 싶었던 나는 울지 않았다. 그러나 그것도 잠시, 이내 통곡하고 말았다. 핏발이 벌겋게 스며 나오는 손가락 위로 엄마의 굵은 눈물이 떨어졌기 때문이다. 나는 엄마 품에 안겨 한참을 울다 뿌리치고 일어섰다. 내 발 주위가 벌겋다. "괜찮아 엄마, 괜찮다니까."라고 해도 엄마는 아무런 말이 없었다. 엄마와 떨어져 태연한 척하며 힐끗 쳐다보니 등만 보이는 엄마 어깨가 들먹들먹했다. 나는 다시 낫을 들고 조심조심 산죽을 베어 소쿠리에 담았다. 또 아까처럼 지겟작대기를 휘두르며 주변을 새파랗게 만드느라 이리 뛰고 저리 뛰었다. 손가락이 몹시 화끈거렸지만 난 아무렇지도 않은 듯 딴청을 부렸다.

할아버지도 며느리가 지게를 졌다는 걸 모를 리가 없을 텐데 아무런 말씀이 없었다. 생각할수록 할아버지가 야속하지만 어쩔 수 없다. 다음날부터 나는 파놉티콘의 죄수처럼 되었다. 아침을 먹고 나면 할아버지 말씀이 나오기 전에 바로 산으로 갔다. 한참 있다 보면 엄마가 왔다. 어떤 날은 누나도 왔다. 그러다 엄마와 실랑이를 벌였다. "이제 엄마 오지 마!"

"왜?" "그냥." "그냥?" "싫어. 나 혼자 할래." 이후 나는 거의 매일이다시피 혼자 산죽을 베러 갔다.

지금도 내 왼손 집게손가락은 그때 상처가 보인다. 물론 오십여 년의 세월로 희미해졌지만 두 딸은 상처를 볼 때마다 묻는다. 내가 산죽을 베던 얘기를 할라치면 아내는 "애들아, 전설의 고향이다!"라며 이죽거리지만 난 자랑스럽다. 그 흔적 속에 엄마의 지게를 벗겨드리고 싶었던 어린 사나이의 마음이 흐릿하게나마 남아 있어서다.

낫질 도끼질 톱질

시골 살림에서 호미, 괭이, 삽 이상으로 자주 사용하는 농기구는 낫, 도끼, 톱이다. 낫은 나무를 자르기도 하지만 주로 풀을 베는 데 쓰고 톱이나 도끼는 굵은 나무를 자르고 패는 데 쓰인다.

내가 처음 낫으로 풀을 벤 것은 아마 아홉 살 무렵으로 기억한다. 그때는 내 지게가 없기에 가마니 또는 커다란 자루에 풀을 베어 담은 다음 질질 끌고 왔다. 점점 풀을 베는 양을 늘리면서 끌고 오기가 힘겨워지자 아버지에게 내 지게를 만들어 달라고 했다. 아버지는 몇몇 지게 중에서 그중 작은 것을 골라서 지게 발목을 두 뼘가량 잘라냈다. 이어서 지게 멜빵을 다시 줄여서 매어놓으니 내 몸에 딱 맞았다. 비탈길을 오르내려도 지게 발목이 땅에 끌리지 않았다.

그렇게 내 지게가 늘 입는 옷처럼 익숙해지자 꼴을 베러 가는 것도 자연스러워졌다. 나는 개울가 느릅나무 그늘에서 낫을 갈고 나서 꼴을 베러 갈 방향을 침을 튀기는 점을 쳐서 정했다. 동네 형들에게 배운 대로 왼손 바닥에 침을 뱉고 오른손가락 끝으로 세게 내리쳐서 그중 큰 침방울이 튄 방향으로 갔다.

도착한 곳 주위에 소가 좋아하는 풀들이 많지 않으면 오늘 점괘를 탓하기보다는 그저 운이 없는 것으로 돌렸다. 적당한 곳에 지게를 내려놓고 풀을 베어 지게에 싣다 보면 베어 놓은 무더기를 찾지 못할 때도 있다. 그것도 나중에 다시 와서야 알게 된다.

풀을 베며 손을 베는 일은 흔하다. 다만 심하지 않기를 바랄 뿐이다. 오른손으로 낫질을 하다 보면 왼쪽 정강이도 낫에 종종 스친다. 요즘 흔한 면장갑이라도 있었으면 풀을 잡는 손이 좀 편하고 덜 다쳤겠지만 그렇지 못했다.

그렇게 익힌 낫질로 후한 평가를 두 번 받았다. 한 번은 군대 가서다. 부대 내에 풀을 깎는데 중대장이 시연을 지시했다. 한 명씩 시범을 보이는데 길게 볼 것도 없다. 내 차례가 되어 풀을 베는데 한참을 지나도 중대장의 "그쳐!" 소리가 없었다. 허리가 뻐근해져 고개를 쳐들며 중대장을 봤더니 "햐! 햐!"하며 감탄사를 연발하고 있었다. 하긴 10여 년 낫질에 그만한 소릴 못 들으면 하나 마나 한 낫질 아니겠는가.

또 한 번은 장인 묘 벌초 때였다. 벌초는 대부분 예초기로 하지만 낫질이 꼭 필요한 곳이 있다. 잔디가 끝나는 부분은 잡초가 무성할 수밖에 없는데 간혹 나뭇가지도 듬성듬성 있어서 예초기보다는 낫을 써야 한다. 그래서 나는 늘 낫을 가져간다. 내 낫질을 한참 동안 바라보던 처숙모가 한마디로 마무리했다. "낫질이 예술이네요!"

도끼질도 보는 것과 매우 다르다. 그저 들어올려 내리친다고 되는 게 아니다. 도끼질도 10여 년은 해봐야 제대로 된다. 군대에서 제대 신고를 하던 중에 마지막으로 사단장 신고 직전이었다. 전역병들이 모인 곳에는 6~70㎝ 정도 길이로 잘라놓은 굵직한 미루나무들이 뒹굴고 있었다. 주임 상사는 통나무를 가늘게 패서 블록 담장 위 은폐 공사에 부족한 각목 대신 쓰려 했다.

몇몇이 나서서 장작을 패는데 각목처럼 가늘게 패지 못했다. 미루나무가 연하다 보니 가늘게 패지 못하고 부러져버리기 일쑤였다. 주임 상사의 얼굴이 일그러지기 시작했다. 보다 못한 내가 나섰다. 내가 통나무 하나를 척척 쪼개다 말고 "더 가늘게 팰까요?"라고 하자 그 정도면 됐다며 흡족해했다. 내 도끼질을 구경하던 전역 대기병 몇몇이 중얼거렸다. "완전 소림사네!"

톱질은 특별한 답이 없다. 그저 잡아당겨야 한다. 물론 쇠를 자르는 톱은 밀면서 잘리지만 대체로 톱은 당길 때 잘린다. 그런데 중력 방향으로 바르게 자르기가 어렵다. 손목에 힘을 주는 방향에 따라 저절로 비뚤어져 잘리기 때문이다. 뒤늦게 바로잡아 보려고 애써 봐야 힘만 빼기 십상이다. 아름드리 통나무를 자를 때 그런 일이 생기면 환장한다. 어떨 때는 톱이 꿈쩍도 하지 않는다.

톱질은 할아버지 말씀대로 해야 한다. "톱질은 게으른 놈이 하는 게여!" 할아버지는 내가 톱질을 할 때마다 혀를 차며 못마땅해했다. 어디 그뿐이겠는가. 낫질이든 도끼질이든 톱질이든 천천히 해야 한다. 늘 서두르다 손을 베었고, 급하게 내리치다 손목을 다쳤고, 후다닥 톱질로 일을 그르쳤다. 뒤늦게 후회할 뿐이다.

제2부 배우고 익히기

배움의 여명

　무엇인가 배운다는 것은 호기심에서 시작한다. 내가 어렸을 때 집에는 책이라고 해봐야 몇 권 되지 않았다. 아마 한자로 쓰인 책이 내게 궁금증을 자아냈던 모양이다. 나는 한자를 가르쳐 달라고 아버지를 졸랐다. 아버지는 "알았다!"를 반복했다. 그러다 내가 여섯 살 무렵에 아버지로부터 한자를 배우기 시작했다.

　시작은 할아버지와 함께했지만 얼마 지나지 않아 아버지에게 자리를 옮겨 즐겁게 한자를 익혔다. 한자를 배우면 붓글씨 쓰기도 하는데 붓글씨를 쓰려면 먼저 먹을 갈아야 한다. 아버지는 먹을 가는 방법을 자세히 가르쳐준 다음 시범을 보이고 나서 내게 시켰다. 10여 분 정도 갈다가 팔이 아파 아버지를 쳐다보면 바로 아버지가 "이리 다오!"하며 먹을 가져갔다. 먹을 다 갈고 나면 붓글씨를 쓴다. 붓을 쥐는 방법, 붓

사용법, 붓 보관 방법도 익혔는데 문제는 쓰기였다.

붓글씨 쓰기는 먹을 가는 것 못지않게 힘들었다. 아버지는 내가 한자를 쓸 때마다 획순을 어기지 않도록 강조했다. 아버지는 "한자의 획순은 한글의 획순과 다를 바 없다."라고 했다. 예를 들어 '가'라는 글자를 쓰는데 모음 'ㅏ'를 먼저 쓰고 나중에 자음 'ㄱ'을 써서는 안 되는 것과 같다고 했다.

거의 같은 시기에, 나는 형으로부터 한글과 숫자 쓰기를 배웠다. 물론 광복 직후처럼 '가갸거겨'로 배우지는 않았다. 그렇다고 오늘날처럼 '철수야 놀자' 식의 한 문장을 쓰는 것도 아니었다. 나는 초등학생용 칸 쳐진 공책에 단어 쓰기로 시작했다. 이어서 아라비아 숫자 쓰기를 배웠다. 그런데 아라비아 숫자 중에서 '5'를 쓰기가 힘들었다. 열 개의 숫자 중 5라는 숫자는 수십 번씩 써도 잘되지 않았다. 다른 글자들은 형이 써 준 것과 거의 비슷한데 5는 아무리 써도 늘 ∫ 모양이었다. 이것을 고쳐준 분은 아버지였다. 아버지는 내 뒤에서 아버지 손으로 내 손을 겹쳐 잡고 아주 천천히 5를 쓰기 시작했다. 5의 윗부분 ㄱ 다음에 아랫부분 ⊃을 동그랗게 그리기를 몇 차례 반복했다. 그러자 그때부터 5의 모양이 제대로 되었다.

그렇게 한자, 한글, 숫자를 배우며 1년이 지날 무렵 늘 나와 함께했던 누나가 초등학교에 입학했다. 누나는 한나절 만에 돌아오지만 나는 그걸 기다리지 못했다. 어느 봄날 나는 학교 가는 누나를 따라나섰다. 누나 교실에는 따라 들어가지 못하고 교실 건물 주위를 맴돌았다. 그러다 누나가 나오면 같이 집으로 오곤 했다. 내가 띄엄띄엄 누나를 따라다니다 그만둔 까닭은 너무 힘들어서였다. 집에서 학교까지 2㎞나 되는 거리도 그렇거니와 한나절이나 학교 주위를 서성거리는 게 지루하기 짝이 없었다.

누나가 2학년 올라갈 때 나는 엄마를 졸라 학교에 갔다. 생일이 늦어 안 된다는 것을 엄마와 선생님을 조르고 졸라 조건부로 입학할 수 있었다. 선생님은 "공부를 따라가지 못하면 내년에 다시 오라!"는 말씀을 하셨다. 나는 내 귀에 울리도록 들었던 그 말씀을 잊을 수는 없었다. 다행히 누나가 등하굣길 및 학교생활을 도와주어 교실에서 쫓겨나지는 않았다.

시골이라 유치원을 거치지 않고 제도교육을 처음 접한 학교는 그야말로 신세계였다. 나는 주변에서 늘 보던 사람이라고 해봐야 가족 및 이웃과 어쩌다 들르는 나그네 하나둘뿐이었다. 그런데 학교에서 6개 학년 140여 명을 보는 순간 눈이 휘둥그레졌다. 학교에는 그네, 시소, 철봉 등 놀이기구도 있었다. 게다가 말로만 듣던 '신작로'를 달리는 '자동차'도 봤다. 어느 날은 불도저를 보고 매우 놀랐다. 산더미 같은 흙을 척척 밀어내는 모습은 그야말로 장관이었다. 그때 굴삭기마저 봤더라면 신기한 나머지 그날 저녁은 잠을 이루지 못했을지도 모른다.

나는 작은 앉은뱅이책상에서 배움이 시작된 이래로 학교라는 또 다른 세상을 만난 셈이었다. 나에게 건빵을 주는 학교는 신기한 곳이었다. 학교에서 주는 우유와 건빵은 학교 가

는 즐거움이었다. 우리 집 살림은 어려웠지만 밥을 굶을 정
도는 아니었는데도 건빵은 늘 기다렸다. 집에서 그 건빵을
기다리는 내 친구 같은 셰퍼드 마루 때문이었다.

나는 배움의 시작을 집의 아버지와 학교의 선생님과 함께
했다. 두 분은 내게 전부였다. 집과 학교는 머물고 싶은 곳이
었다. 집에는 자상한 아버지가, 학교에는 예쁜 선생님이 계
셨다.

그때 입학한 친구들은 스무 명 정도였는데 졸업사진을 보
니 열 명밖에 없다. 지금 연락이 닿는 친구는 하나도 없다.
얼마 전, 초등학교 첫 담임 선생님을 50년 만에 만났다. 선
생님은 스물일곱 살의 예쁜 아가씨였는데 이제는 흰머리가
고운 일흔일곱 살의 할머니였다. 그런데 선생님은 우리 가족
의 면면을 거의 다 기억하고 있었다. 심지어 외양간의 소가
몇 마리였던 것까지도. 선생님 고맙습니다.

편지 쓰기

    산골에 우편집배원이 오면 너도나도 그 주위로 몰려들었다. 편지 때문이었다. 편지는 먼 곳의 소식을 주고받는 대표적인 수단이었다. 이제는 이메일이 보편화되 줄어들다 못해 아예 사라진 것 같아 무척 아쉽다. 나는 편지 쓰기를 이메일과 관계없이 계속했는데 어느 순간부터 줄어들기 시작했다. 편지를 받는 사람들이 부담스러워하는 걸 알고부터다. 그러다 내게서도 예외 없이 편지가 사라져버렸다.

    초등학교 2학년 초였을 것이다. 엄마는 비 오는 날이면 주로 이불을 꿰맸다. 그러면 나는 엄마 곁을 떠나지 않고 꿰매지는 이불 위를 뒹굴며 엄마를 힘들게 했다. 엄마가 뭐라 하면 나는 엄마 바늘귀를 꿰어준다는 핑계를 댔다. 나를 내쫓으려던 엄마도 내가 할아버지에게 붙들린 불쌍한 아들이라는 걸 모른 척하지는 않았다.

어느 때부터인가 엄마는 이불을 꿰맬 때마다 나와 누나를 불렀다. 그리고는 편지지와 연필을 가져오라고 했다. 친가, 외가 어른들께 편지를 쓰라고 하니 난감하기 짝이 없었다. 내가 바느질하는 엄마를 멀뚱멀뚱 쳐다보고 있는데 엄마는 부르는 대로 받아쓰라고 했다. 편지를 두 장 정도 받아쓰고 마무리 인사까지 끝나면 엄마는 다시 읽어보라고 했다. 그때 잘못 받아쓴 것은 고치도록 한 다음, 엄마가 편지를 직접 보고 글씨가 엉망이면 전체를 또다시 쓰게 했다. 눈썰미가 대단한 누나는 한 번에 척척 잘해내는데 나는 번번이 다시 썼다.

엄마한테 합격이 되면 편지 봉투를 쓰고 편지를 넣은 다음 풀로 붙였다. 그때 시골에 풀이 있을 리가 없었다. 무엇으로 붙였을까. 밥풀이다. 밥에서 쌀알을 서너 개 정도 골라 편지 봉투에 올려놓고 손가락으로 으깨어 골고루 퍼지게 바르고 붙였다. 마지막으로 나는 초등학생 주제에 풀로 붙인 곳에 아버지에게 배운 봉할 함(緘)자까지 쓰며 폼을 잡았다.

편지 쓰기는 거의 정기적이었다. 편지 내용을 엄마가 불러주는 것은 서너 번으로 끝났다. 엄마는 바느질하며 내게 눈길 한 번 주지 않았다. "어서 써라!"라고 만 할 뿐이었다. 나는 고의로 눈이 마주치기를 피하는 엄마로부터 편지 내용을 기대할 수 없다는 것을 알았다. 기억을 더듬으며 쓰기 시작했지만 두 줄을 넘기기가 어려웠다. 그러다 누나가 쓰는 편지를 훔쳐봤다. 어리석음의 시작이었다. 편지를 다 쓰자마자 엄마 앞에서 읽었다. 나는 "누나 편지랑 똑같네."라는 엄마

말에 그만 고개를 떨구고 말았다.

아마 2학년 1학기 내내 그러기를 반복한 것 같다. 어떨 때는 눈물이 쏙 빠지도록 혼나기도 했다. 그러고 나면 아버지에게 가서 한 줄 얻어서 내용을 채워 넣으며 편지 쓰기를 마무리했다. 그래서 나는 편지를 쓰고 나면 엄마 앞에서 읽기 전에 아버지에게 먼저 갔다. 아버지는 편지를 잘못 썼어도 나를 혼내지 않았다. 게다가 어디에 한 줄 그리고 어떠한 내용을 넣으라고 알려줬다. 그런데 그것마저도 오래가지 못했다. 그토록 자상한 아버지가 어느 날부터 "네가 생각하는 대로 써라!"라고 하니 답답하기 짝이 없었다. 결국 나는 믿을 데가 사라졌으니 스스로 써야 만 했다.

나와 누나는 한 달에 두세 번은 꼭 편지를 쓴 것 같다. 한 학기가 지나자 편지 쓰기 울렁증은 거의 사라진 것 같았다. 편지를 쓰고 나서 검사가 끝나면 엄마 또는 아버지가 "이런 저런 얘기는 왜 쓰지 않았냐?"는 경우도 있었다. 그러면 편지 마지막 쪽의 끝부분에 '추신'이라 쓰고 두어 줄을 달아 놓았다. 그러면 한 쪽 전체를 다시 쓸 필요가 없었다.

그렇게 편지 쓰기가 익숙해지자 요즘 쓰는 말로 '편지 알바'가 나타났다. 내가 한시를 읽으며 편지를 쓸 줄 안다는 소문이 이웃에 퍼졌다. 그러자 할아버지 할머니들이 나를 초청했다. 그분들은 내게 편지 읽기와 편지 쓰기 대행을 원했다. 그분들은 한글 해독이 안 되거나 시력이 떨어져 글을 읽고 쓸 수가 없었다.

나는 그분들의 편지를 읽어드리고 답장에 쓸 말이 무엇인가를 물었다. 그걸 연습장에 간단히 메모해 놓고 편지를 썼다. 이어서 다 쓴 편지를 읽으며 검사를 받는 절차를 가졌다. 혹 빠트린 것은 없는지 확인한 후 봉투 쓰기와 풀로 붙이기까지 해놓아야 끝나는 일이었다. 그분들은 나를 후하게 대접했다. 나에게 먹거리를 챙겨주거나 10원짜리 지폐를 주기도 했다.

나는 엄마의 편지 쓰기 지도로 글쓰기를 시작했다. 그 덕에 이웃 어른들로부터 과분한 대우를 받았다. 그보다 더 중요한 것은, 그때 내가 글을 쓰는 기초를 마련했다는 사실이다. 내가 제19회 광명전국신인문학상 작품 공모전에서 받은 수필 부문 우수상을 엄마가 봤더라면 얼마나 좋아하셨을까.

한자와 공부

　약 20여 년 전에 한자 공부 붐이 일어나며 유치원생조차 한자 급수시험에 동원되었다. 나는 유치원생 한자 시험 감독을 하며 당황한 일이 있었다. 그 아이들은 이름과 정답을 쓸 줄 모른다며 울었다. 한자를 모른다며 그냥 우는 아이도 있었다. 어떤 아이는 내가 다른 아이 답지를 보고 쓰는 것을 제지하니 울었다. 시험이 끝나고 엄마가 오지 않으니 아이들은 또 울 수밖에 없다. 우는 아이를 달래며 나는 그 아이 엄마가 올 때까지 시험장을 떠나지 못했다.

　하여튼 울음부터 터트리는 30여 명의 유치원생을 나는 어쩌지를 못하고 갈팡질팡하며 에어컨이 있는데도 땀을 삐질 삐질 흘렸다. 그 감독이 얼마나 어려웠던지 그 후로는 한자 시험 감독을 일절 하지 않았다. 그동안 내가 해봤던 시험 감독 중에서 가장 어려웠다는 생각이 든다.

아마 학교 공부나 독서와 관련해서 한자의 효용에 대한 갑론을박은 현재진행형일 것이다. 그만큼 결론을 내리기도 외면하기도 쉽지 않다. 내 경우만 해도 한자에 얽힌 슬픔이 여전히 남아 있다.

내가 처음으로 본 책은 한문책이었다. 나는 그 책으로 한문을 배우기 시작했다. 주로 시골 서당의 교재로 쓰이던 책이었는데 아버지와 숙부가 공부하던 책이었다. 내가 여섯 살 무렵 할아버지는 내게 한문을 가르치려 했지만 나는 무서운 할아버지와 공부하기 싫었다. 그런데도 할아버지는 나를 붙들고 가르치기 시작했다.

그러나 나는 할아버지가 가르치는 대로 따르지 않았다. 딴 곳에 정신을 팔기도 하고 툭하면 졸기 일쑤였다. 할아버지가 장죽으로 내 어깨를 내리치면 내 귀에는 벼락 치는 소리가 들렸다. 나는 그만 울음이 터졌고 할아버지는 혀를 끌끌 차며 헛기침을 내뱉는 일이 잦아졌다. 나는 눈물을 뚝뚝 떨구면서도 계속 버텼다. 보다 못한 아버지가 할아버지에게 애원하다시피 해서 나를 데려갔다. 결국 나는 아버지와 공부를 하며 할아버지에게서 벗어났다.

아버지는 나를 잘 아는 분이었다. 아버지는 천자문 대신 한시로 시작했다. 게다가 아버지는 가르치는 기술이 뛰어나서 한문 공부에 쉽게 적응할 수 있었다.

내가 초등학교에 들어가며 한문 공부의 양은 줄어들었다. 대신 아버지는 신식 학문인 내 학교 공부에 큰 관심을 보였다. 아버지는 저녁이면 호롱불을 켜놓고 내 숙제를 6년 동안 특별한 일이 없는 한 거의 매일 빠트리지 않고 도와주었다. 그때 아버지는 중학교 2학년이 배우는 연립방정식을 초등학교 하급 학년인 내게 필기도구도 없이 구술로 설명했다. 아마 내가 중학교를 집에서 다녔더라면 아버지는 중학교 숙제도 도와주셨을 것이다. 나는 아버지가 지녔던 수학적 감각을 그때 배우고 익혀두었던 것 같다.

그 무렵 아버지와 실랑이를 벌인 일이 있다. 내가 초등학교를 졸업하자 아버지는 중학교 입학을 3년간 미루고 나를 한문 서당에 보내려 했다. 아버지는 중학교 교과의 개념어들이 모두 한자어라는 사실을 언급했다. 한문 공부를 하고 중학교에 입학하면 공부가 쉽다고 했지만 나는 거절했다. 게다가 나는 아버지에게 '그까짓' 서당에 다니지 않아도 1등 할 테니 걱정하지 마시라고 큰소리쳤다. 그런데 나는 중학교 입학 후 첫 시험인 3월 말 고사에서 미술 빵점이 나오며 아버지에게 약속한 1등은 헛말이 되고 말았다.

그때 이웃집 아들은 초등학교를 졸업하며 3년간 한문 서당을 다니고 중학교에 입학했다. 그는 나보다 한 살 아래였는데 4년 후배가 되었다. 그는 중고등학교를 완벽하게 1등으로 졸업했다. 내가 그에게 뒤늦게 중학교 다니는 게 힘들지 않으냐고 하자, 그는 "공부할 게 없다!"라고 했다. 그럼 뭐하냐고 하니 영어만 조금 한단다. 나이 어린 애들이 깐족거리지 않느냐고 하니 가끔 있기는 하지만 그저 그러려니 한단다.

아버지가 이웃집 아들 성적을 모를 리가 없을 텐데 그와 관련해서 아버지는 내게 아무런 말씀이 없었다. 물론 아버지

는 그 후로도 내 첫 성적표와 미술 빵점 얘기는 일절 하지 않
았다. 아버지는 늘 나를 지켜내느라 할아버지로부터 푸대접
을 받는 것도 마다하지 않았다. 어쩌면 무한한 사랑이란 이
런 것이 아닐까. 게다가 아버지가 나를 가르쳤던 교수법은
훗날 내가 교실에서 그대로 흉내내며 거의 40년을 우려먹었
다. 이제 곧 아버지가 세상을 떠난 지 40년이 되어간다. 반
면에 아버지 말씀을 허투루 받아들인 나는 때늦은 후회를 감
추려 애쓴다.

영어 입문

　나는 영어책을 만나기 전에 영어 노래를 먼저 만났다. 산골에서 TV는 상상할 수 없었고 온 가족이 라디오 하나에 매달려 있을 때였다. 내가 초등학교 입학할 무렵이었을 것이다. 어느 날 우리 집에 처음으로 대학생이 들어온 이후로 비록 띄엄띄엄이지만 대학생이 끊이지 않고 들락거렸다. 아버지는 일을 시켜달라는 대학생을 무조건 받아들였다.

　엄마가 가끔 "이번 학생은 손이 곱상해서 일을 제대로 할지 모르겠다."라며 걱정을 해도 아버지는 묵묵부답이었다. 세월이 흘러 내가 고등학교 다닐 때 막걸리 몇 잔으로 얼굴이 불콰해진 아버지에게 지난 얘기를 꺼냈다. 아버지가 그때 살림이 넉넉하지도 않으면서 대학생이 올 때마다 집에 들인 것을 푸념조로 말했더니 짧게 한마디 하셨다. "쫓기는 건 짐승도 내치는 게 아녀." 아버지는 그런 분이었다.

나는 그 대학생들 대부분을 서울 출신으로 기억하고 있다. 그들은 긴급조치 또는 계엄령 위반 등으로 수배된 학생들이었는데 한두 달 또는 최장 6개월을 넘기지 않고 떠났다. 나는 그들을 형이라 불렀는데 그들이 필요로 하는 것은 딱 한 가지뿐이었다. 담배다. 나는 아버지 담배를 몰래 꺼내다 주며 그들에게 다가갔다. 그들이 내게 담배를 달라고 하지는 않았지만 재떨이에서 비벼 끈 담배꽁초를 뒤적거리는 걸 보고는 아버지 담배에 손을 대기 시작했다.

우리 집 맨 끝 방은 주로 머슴이 썼는데 가끔 머슴이 없을 때는 느닷없이 나타난 대학생들이 머물렀다. 나는 대학생이 버려진 담배꽁초를 찾는 것을 보던 날 저녁이면 어김없이 아버지 담배 몇 개비를 들고 방문을 두드렸다. 부끄럼을 많이 탔던 나는 말을 더듬거리며 "이거!"하며 담배를 내밀었다. 대학생 얼굴이 환해지는 것을 보며 머뭇거리면 대학생이 "왜?"하는데 고개를 들지 못하고 "얘기 좀⋯."하며 말을 맺지 못했다. 눈치 빠른 대학생은 바로 "들어와!" 했다. 나는 방에 들어가서도 좀체 고개를 들지 못하고 방바닥만 보기 일쑤였다. 그러면 대학생은 "괜찮아."하며 나를 안심시키고는 서울 얘기를 꺼냈다.

나는 기차도 모르는데 전차 이야기를 들으니 그저 멍할 뿐이었다. 또 있었다. 여름에 냉장고에서 시원한 얼음을 꺼내 먹는다는 것이다. 나는 여름철 얼음은 도깨비만 만들 수 있다고 들었는데. 게다가 두 개의 꼭지에서 찬물 더운물이 콸콸 쏟아진다는 말에는 그저 어안이 벙벙했다. 그야말로 문화 충격이 엄청났다. 이런 와중에 내가 이해할 수 있는 얘기가 나왔다. 우리 집 앞 개울물이 흘러 서울 한가운데를 지나는 한강으로 간다는 것이다. 그런데 얼마 후 그 대학생이 떠나며 "내가 서울에 올라가면 편지할 테니 답장해라!"하는데 뭔가 이상했다. 물이 서울로 내려가는데 대학생은 왜 서울로 올라가는 거야.

얼마 후 우리 집에 다시 나타난 대학생은 툭하면 노래를 부르는데 도대체 알아들을 수가 없었다. 며칠을 참다가 겨우 물었다. "그게 뭔 노래예요?"하니 그는 "팝송이야."라고 했다. 그는 멀뚱멀뚱 쳐다보는 나를 보고 아차 했는지 이내 "영어 노래."라고 다시 말했다. 호기심이 발동한 나는 그날 저녁 바로 방문을 두드렸다. 나는 대학생을 몇몇 접하다 보니 촌놈답지 않게 용감해졌다. 그는 종이에 'Beautiful Sunday'를 쓴 다음 그 단어 밑에 '뷰티풀 선데이'라고 썼다. 가사 역시 마찬가지로 영어를 쓴 다음에 한글로 발음을 써서 내게 주었다. 그것으로 나는 영어를 배우기 전에 팝송을 흥얼거리게 되었다.

나는 영어책을 초등학교 4학년 때 처음 봤다. 동네 어른들이 흔히 말하는 꼬부랑글씨로 된 책을 말이다. 그 무렵 학교 인근 군부대의 군인들이 산골 아이들에게 영어 수학 교습을 시작했다. 나와 누나는 거의 매일 아침 등교, 저녁 등교를 하며 두 번씩 학교에 갔다. 몇 명의 군인이 학교로 와서 저녁 6시부터 8시까지 영어 수학을 가르쳤는데 두 선생님이 기억난다. 처음에는 군의관이 왔고 다음에는 초등 교사였던 군인이었다. 교실에는 전등이 없었기에 각자 들고 온 호롱불을 자기 책상 위에 놓고 공부했다. 공부가 끝나면 나는 누나와 함께 2㎞ 거리의 산길을 걸어 집으로 왔다. 두 남매가 집에 올 시각이면 아버지는 사방이 훤히 보이는 앞산 언덕에 올라 플래시를 크게 휘저어 돌리며 큰 소리로 "오냐?"를 외쳤다. 저 멀리 두 남매가 들고 오는 호롱불이 보이면 아버지는 더욱 큰 소리로 "오냐?"를 목이 쉬도록 외치며 무서움을 달래 주었다.

그렇게 3년간 영어 수학을 공부했으니 중학교 영어 수학은 싱겁기 그지없었다. 특히 영어는 더 그랬다. 1학년 영어 방학 숙제는 지금도 기억난다. 영어 알파벳을 인쇄체 대문자와 소문자로, 필기체 대문자와 소문자로 열 번인가 스무 번인가 써오라는 것이었다. 그걸 왜 시켰을까를 곰곰이 생각해봤지만 50년이 흐른 지금도 알 수가 없다.

그로부터 20여 년이 지나 3학년 담임을 할 때다. 내 반 학생이 영화 「사랑과 영혼(Ghost)」 주제곡 언체인드 멜로디(Unchanged Melody)를 기막히게 부르는 것을 넋 놓고 봤다. 그는 영어책을 읽지 못하는 학생이었다. 알아보니 그는 어디선가 영어 가사를 얻어왔는데 영어 잘하는 여학생이 한글로 써 주었기에 초등학교 시절에 내가 했던 것처럼 따라 하고 있었다.

나는 가족과 함께 노래방에 가면 팝송 두 곡을 꼭 부른다. 비틀스의 「렛잇비(Let It Be)」 그리고 다니엘 분의 「뷰티풀 선데이(Beautiful Sunday)」다. 특히 비틀스의 「렛잇비」는 아버지의 가르침이기도 해서 혼자 있을 때 곧잘 흥얼거린다. 아버지는 내가 담배를 훔쳐 나르는 것을 알면서도 못 본 척 했다. 그것만이 아니다. 내가 공부할 때는 늘 아버지가 가정 교사가 되었다. 게다가 아버지는 밥벌이의 고된 나날에 힘겨 워하면서도 신문을 몇 번씩이나 뒤적이며 내 방에 불이 꺼지 는 것을 확인하고서야 주무셨다. 훗날 나는 어두운 밤에 산 길을 오르내리며 배운 영어가 바탕이 되어 번역서를 출판했 다. 또 그때 함께 배운 수학은 교사라는 평생 밥줄이 되었다. 그때 영어 수학을 가르쳤던 군인 선생님들도 돌아가신 부모 님 못지않게 그립다.

사족. 그때 처음 배운 문장이 생각난다. "I am a boy. You are a girl." 저 두 문장은 문법적 의미 외에 어디에 쓸 까 망설여진다. 왜 저런 문장을 썼을까 하고 푸념했지만, 저 문장보다 더한 것도 있었다. 고(故) 신영복 선생이 처음 배운 문장은 "I am a dog. I bark."라나.

지구본 저금통

  서양 속담에 돈이라면 하느님도 웃는다는 말이 있다. 돈의 속성을 잘 드러낸 말이다. 요즈음이야 국민소득이 높아지며 가난한 집 아이도 주머니에 늘 돈이 있다. 그렇지만 예전에는 아이들에게 돈이 귀했다. 도시는 그렇지 않았겠지만 깊은 산골에서는 특히 더했다.

  집에서나 학교에서나 모두 저축을 하라는데 저축할 돈이 없었다. 아니 돈을 구경할 수가 없었다. 학교에 입학하자 돈을 가져오면 저축 통장을 만들어준다는데 나는 돈이 없었다. 형에게 얘기하니 지폐 두 장을 주었는데 그게 내가 처음 만져보는 현금 20원이었다.

  어느 날 형이 지구본 저금통을 사 왔다. 지폐든 동전이든 모으라는 것이었다. 나는 대뜸 돈이 있어야 저축을 하지 아무것도 없는데 뭐로 저축을 하느냐고 투덜거렸다. 나는 동전을 한 개도 넣지 않았는데 시간이 지나며 지구본 저금통은 묵직해졌다. 주로 엄마와 형이 저금했는데 지폐를 아주 작게 접어서 넣기도 했다.

나는 심심할 때마다 저금통을 돌리며 놀다가 신기한 것을 발견했다. 지구본 저금통을 천천히 돌리기도 하고 때로는 빨리 돌리기도 했는데 그에 따라 표면에 그려진 지도가 이상하게 보이기 시작했다. 중국 동해안과 우리나라 서해안이 들러붙는 듯, 아프리카 동해안과 아라비아반도가 들러붙는 듯, 아메리카 동해안과 아프리카 서해안이 들러붙는 것을 봤다. 아, 나는 아메리카 대륙과 아프리카 대륙 사이에 있는 대서양 양쪽 해안선 모양이 똑같다는 것을 발견(?)했다!

나는 지구본 저금통을 돌리면 이상한 일이 생긴다는 것을 아버지, 엄마, 형에게는 말하지 않았다. 쓸데없는 짓을 한다고 혼날 게 뻔했다. 아마 3학년이나 4학년 때였을 것이다. 나는 담임 선생님에게 지도의 나라들이 들러붙어 보이는 까닭이 뭐냐고 물었다. 아주 힘겹게 얘기했는데 대답은 너무나 싱거웠다. "돌리니까 들러붙어 보이는 게 당연하다."라는 말씀이었다. 바꾸어 말하면 "그러니까 그렇지."와 같았다. 실망스러웠지만 꾸중을 듣지 않은 것으로 만족할 수밖에 없었다.

나는 고등학생이 되어 지구과학을 배우며 그 의문이 풀렸다. 대륙이 이동한다는 사실을 말이다. 1900년대 초에 기상학자 베게너가 대륙 이동설을 제시하였지만 대륙 이동 메커니즘을 설명하지 못했다. 그러자 대륙 이동설은 사라지는 듯했는데 1960년대에 판구조론이 등장하며 대륙 이동설이 살아났다. 이것은 지구가 끊임없이 살아 움직이며 대륙이 합쳐지기도 하고 분리되기도 한다는 뜻이다. 그러니 1960년대 말에 초등학교 선생님들은 대륙이 들러붙어 보이는 현상을 배울 수도 알 수도 없었던 게 당연했다.

지금 내 서재의 책상 위에도 지구본이 있다. 나는 가끔 지구본을 돌려본다. 천천히 돌리거나 빨리 돌리거나 상관없이 대서양 양쪽 대륙 해안선이 일치하는 게 여전하다. 내가 어렸을 때 봤던 그대로다.

나는 교사로 처음 발령받은 학교에서 어느 과학 선생님에게 그 얘기를 했다. 그는 초등학생으로 대단한 발견을 했다며 과학에 대한 남다른 감각을 칭찬 했다. 그때 내가 도시에 살고 있었더라면, 도서관이 있었더라면, 젊은 선생님이 있었더라면 하는 아쉬움은 얘기해 무엇하랴. 다 지난 얘기인 것을.

짜장면

지금 나이가 지긋한 사람들은 시골에 살았든 도시에 살았든 짜장면에 얽힌 추억 하나쯤은 갖고 있을 것이다. 아마 외식이라는 말도 거의 입에 오르내리지 않았던 시절의 풍경이 아닐까 생각해 본다. 짜장면이라는 말도 한참 세월이 흘러 겨우 10여 년 전에 표준어가 되었지만 그 추억만큼은 세월이 멈춘 것 같다.

초등학교 4학년이던 어느 날 교실 청소가 끝나자 선생님은 나를 교무실로 불렀다. 선생님이 "훌륭한 사람이 되려면 어떻게 해야 하는지 아니?"라고 하시기에 나는 "공부를 열심히 하면 됩니다."라고 했다. 그러자 선생님은 고개를 가로저었다. 내가 고개를 갸우뚱하자 선생님은 말을 이었다. "공부를 열심히 하면 부자가 될 수는 있지만 훌륭한 사람이 되기는 어렵다."라는 것이다. 나는 할 말이 없었다. 그런데 "책을 읽으면 훌륭한 사람이 될 수 있다."라는 선생님의 말씀에 나는 더 당황했다. 공부는 뭐고 책을 읽는 것은 뭐지?

　나는 그날 학교에서 교과서 아닌 책을 만났다. 선생님은 『보물섬』, 『신약이야기』, 『불교 설화』 등 네 권의 책을 주며 읽으라고 했다. 자유교양대회에 나가야 한다고 했다. 책을 받은 나는 집에 오자마자 네 권의 책을 모두 죽 훑어봤는데 『보물섬』 말고는 재미가 없는 것 같았다. 『보물섬』을 다 읽고 나서 『신약이야기』를 펼쳤지만 서너 쪽을 읽다가 『불교 설화』로 바꾸었다. 그런데 『불교 설화』도 재미없기는 마찬가지였다. 마지막 한 권 역시 지금은 이름조차 잃어버린 책도 똑같아 보였다.

　그러고 나니 엄마 눈치가 보였다. 내가 책을 읽어야 한다는 것을 온 가족이 다 아는데 엄마가 나를 가만 놔둘 리 없었다. 엄마 눈치가 보일 때마다 읽는 책은 『보물섬』뿐이었다. 다른 책은 도대체 읽을 수가 없었다. 그러고도 선생님이 물으면 읽는 중이라고 둘러댔다.

　자유교양대회 출발 전날 친구들에게 인사까지 하고 장도에 올랐다. 선생님은 나를 데리고 길을 나섰다. 뚱뚱한 선생님은 장구목 비탈길에 자전거를 끌고 가면서 힘들어하셨다. 내가 뒤에서 밀면서 오르막길을 힘겹게 지났다. 이후부터 장터까지는 계속 내리막이거나 평탄한 길이어서 나를 뒤에 태우고도 쉽게 달렸다.

　나는 장터에 있는 선생님 댁으로 갔다. 선생님 사모님은 외모나 말씨 등이 엄마와 비슷했다. 그 사실을 사모님도 애기하며 편하게 있으라 하셨다. 1남 5녀의 가족들은 나를 크게 환영했다. 선생님의 아들이 속을 썩여 아들이 하나 더 있었으면 했는데 내가 왔다며 좋아했다. 그렇지만 어려운 선생님 댁이기도 하거니와 처음으로 남의 집에 기거한다는 게 무척 부담스러웠다.

아침 일찍 선생님과 버스로 한 시간 정도 걸려서 읍내에 도착했다. 대회는 읍내의 어느 초등학교에서 열렸다. 시험은 사지선다형이었지만 『보물섬』 내용을 제외하고는 알 수가 없는 게 당연했다. 시험장 앞에서 나를 기다리던 선생님은 시험이 끝나자 내게 이것저것 물었다. 나는 고개를 떨구며 아무런 대답을 하지 못했다. 책을 건성으로 읽은 후회가 밀려오고 선생님께 죄송했다. 선생님은 그런 나를 혼내지도 않고 음식점으로 데리고 갔다.

읍내도 처음 음식점도 처음이었다. 늘 엄마가 해주는 밥만 먹다가 음식점에 가니 그저 낯설기만 했다. 중화요리점 차림표에 음식 이름이 여러 가지가 있었지만 나는 하나도 몰랐다. 음식점에는 선생님과 친한 다른 학교 선생님이 먼저 자리 잡고 동석했는데 마침 주문한 짜장면이 한 그릇 더 나왔다. 선생님은 나에게 먹으라고 했다. 나는 호기심과 두려움 사이에서 머뭇거리다 고개를 가로저었다. 만일 국수 한 올이라도 보였다면 얼른 먹었을 테지만 그렇지 않았다. 면발 하나 보이지 않고 시커먼 춘장으로 덮인 데다 무지막지하게 큰 그릇의 짜장면이 내게는 두려움 그 이상이었다. 나는 무얼 시킬지 몰라 머뭇거리다가 다른 사람의 "짬뽕!" 소리를 따라

"저도요!" 하고 말았다.

집에 돌아오니 아버지가 궁금해 하며 물었다. "읍내에서 뭘 먹었니?" 하시기에 "짬뽕!"이라고 짧게 말했다. 아버지가 그 맛을 묻는데 나는 매워서 조금 먹다가 남겼다며 더 이상의 아버지 말씀을 피했다. 솔직히 말하자면 그저 맵기만 할 뿐 맛이 없었다. 어쩌면 엄마 손맛이 워낙 대단했던 것도 이유가 된다. 외가 대대로 외할머니나 엄마에 이르기까지 동네에서 소문이 자자할 정도로 이어 온 맛에 길들여진 내가 낯선 매운맛에 실망한 건 그리 이상할 것도 없었다.

그 이듬해인 5학년 때다. 학교 애향단 대표로 6학년 학생회장 형과 읍내를 향해 출발했다. 40리 길을 걸어 장터까지 갔다. 그 형은 친척 집으로 가고 나는 지난해에 머물렀던 선생님 댁으로 갔다. 여전히 선생님 사모님은 반갑게 맞이해 주셨다. 다음날 형과 함께 읍내로 가서 교육청에서 주관하는 애향단 조직에 참여했다.

우리는 행사가 끝나고 중화요리점으로 갔다. 학생회장 형은 내게 묻지도 않고 짜장면을 시켰다. 내가 "그거 안 먹어." 했는데도 형은 내 말에 대꾸도 없이 짜장면을 기다렸다. 잠시 후 짜장면이 나오자 형은 짜장면을 젓가락으로 쓱쓱 비벼서 "한 젓가락만 먹어 봐!"하며 그릇을 내 앞으로 내밀었다. 시큰둥한 표정으로 형의 성의를 생각해서 한 젓가락 입에 넣었다. 아! 그 기막힌 맛을 무엇에 비교할 수 있을까. 나는 앞뒤 가릴 것 없이 짜장면 한 그릇을 게 눈 감추듯이 먹어 치웠다. 그리고 느릿느릿 먹는 형의 짜장면을 쳐다보며 군침을 삼키는데 작년에 안 먹은 시커먼 짜장면 그릇이 눈앞에 어른 거렸다.

짜장면만 보면 선생님 말씀이 떠오른다. 나는 공부를 열심히 하지 않아 부자가 되지 못했다. 게다가 선생님이 주신 책을 읽지 않아 훌륭한 사람도 되지 못했다. 내게서 부자와 훌륭함은 온데간데없고 겨우 짜장면 맛만 남아 있다. 선생님 말씀을 허투루 들은 대가가 엄청나다.

나이가 들어가며 가끔 짜장면을 먹는다. 그런데 그때마다 소식도 모르는 학생회장 형이 생각난다. 오늘은 내가 짜장면을 먹지 않더라도 한 그릇 주문해서 그냥 비벼놓고 싶다. "형, 한 젓가락만 먹어 봐!"

펜글씨 쓰기

　엄마는 내가 글씨를 쓸 때마다 "크게 써라! 또박또박 써라!"를 귀에 못이 박히도록 말했다. 내가 한문을 배우기 시작하며 붓글씨를 쓸 때는 아버지가 곁에서 획순을 빠짐없이 지켜봤다. 아버지는 붓글씨 쓰기가 도(道)에 이르는 과정이라고 자세히 설명해 주셨지만 내가 이해할 수는 없었다.

　초등학교 5학년이 시작될 무렵이었다. 담임 선생님이 나와 누나를 불렀다. 펜글씨 대회에 나가야 하니 펜글씨 쓰기 연습을 하라는 것이다. 나는 형이 펜글씨 쓰는 것을 봤지만 붓글씨보다 어렵다고 생각했다. 선생님은 종이, 펜대, 펜촉, 잉크를 내밀며 매일 연습한 것을 검사받으라고 했다.

　그날부터 나와 누나는 매일 펜글씨를 쓰기 시작했다. 그런데 선생님에게 받은 종이는 8절(B4) 갱지였는데 그림을 그리는 도화지와는 달리 질이 좋지 않았다. 글씨를 쓸 때 조금만 눌러 쓰면 글씨가 퍼져버렸다. 그렇다고 펜촉이 종이에 닿을 듯 말 듯 쓰면 글씨가 모양이 나지 않았다. 하여튼 나는 매일 갱지에 펜글씨를 가득 차도록 써서 검사받았다. 그때마다 선생님 눈치를 살피느라 마음이 조마조마했다. 기껏 열심히 썼는데 글씨에 잉크가 많이 퍼진 날은 꼭 꾸중이 뒤따랐다.

그렇게 3개월쯤 지나던 6월 초에 누나는 펜글씨 쓰기를 포기했다. 선생님과 어떻게 이야기가 되었는지 모르지만 하여튼 누나는 펜글씨 연습을 그만두었다. 나는 펜글씨 연습을 혼자 하다 보니 괜한 심술이 났다. 나도 그만두고 싶은데 그럴싸한 구실이 없었다. 여름이 되어 날이 더워지니 펜글씨 쓰기는 더 싫어졌다. 그러다 방학이 되며 펜글씨 연습한 종이를 검사받지 않게 되자 나는 슬그머니 히죽거렸다.

펜글씨 대회는 8월 어느 날이었다. 나는 대회 참가 며칠 전부터 시작된 토사곽란이 멈추지를 않았다. 물만 겨우 먹으며 방바닥에서 일어서지를 못하는 지경이었다. 엄마는 학교에 연락했다. 선생님은 대신 누나가 대회에 나가라고 하셨다. 누나는 펜글씨 쓰기를 그만둔 지 두 달이 넘어가는 판에 다시 대회에 나가라는 말에 이러지도 저러지도 못했다. 누나가 못 가겠다고 버티자 선생님은 그냥 놀러 가는 셈 치고 가자고 하셨다. 부모님도 선생님 체면을 생각하지 않을 수 없었다. 결국은 누나가 장도에 올랐다.

나는 며칠 동안 헤맨 끝에 겨우 일어나 죽만 먹으며 회복하고 있었다. 누나가 돌아왔는데 경필 대회 펜글씨 쓰기 금상을 받아왔다. 모두 좋다고 하는데 나는 마냥 즐거워할 수 없었다. 학교에 가면 틀림없이 대회 불참에 따른 책임 추궁이 있으리라는 것을 눈치채고 있었다. 도둑이 제 발 저린다는 말처럼 그동안 싫은 것을 억지로 해온 데다 꾀를 부린 죄를 알고 있기 때문이었다. 아니나 다를까. 여름방학이 끝나고 개학 날 학교에 가니 여러 선생님이 "이놈아, 네가 나갔으면 대상을 탔을 텐데, 왜 안 나갔냐?"라며 이구동성으로 나를 나무랐다.

나는 누나가 상을 탄 게 미웠다. 그냥 대강 하고 오면 되는데 왜 상을 받아서 나를 괴롭게 하나. 그런 생각뿐이었다. 온 가족이 좋다고 하는데 나는 또 심술이 났다. 아마 그때 학교에서 몇 주 동안은 시달린 것 같다. 그러고 나니 펜글씨뿐만 아니라 펜대, 펜촉, 잉크 모두 쳐다보기도 싫었다. 그 후 중학교에 가서도 펜글씨 대회가 있었지만 나는 아예 관심을 두지 않았다. 다행인 것은 초등학교처럼 지명해서 시키지는 않았기에 피할 수 있었다.

나는 매형님 댁에 갈 때마다 누나의 펜글씨 대회 수상 메달을 꺼내 본다. 누나는 공부뿐만 아니라 예능에도 재능이 많았다. 단지 여자라는 이유만으로 누나의 공부와 재능이 묻혀버렸다는 것을 나는 알고 있다. 특히 눈썰미가 대단했다는 것은 엄마도 인정했다. 누나가 펜글씨 연습을 그만두었다가 대회에 나갔는데 그 정도 성과라면 눈썰미 때문이라고 해도 좋을 듯하다. 눈썰미가 바로 실력이었다.

만화방

　예나 지금이나 우리 주위의 많은 책 중에 만화책만큼 재미있는 게 또 있을까. 기억이 흐릿하지만 내가 처음 본 책도 만화책이었다. 초등학교 때 나는 책은 아니지만 『소년조선일보』 연재만화를 기다리며 조바심을 냈다. 심지어 연재만화가 끝나면 짙은 아쉬움에 잠을 못 이루기도 했다.

　중학교 입학 후 같은 방을 쓰는 하숙집 아들은 만화책을 즐겨 봤다. 그가 보던 만화책을 얻어서 보려니 감질났다. 나는 만화방으로 달려갔다. 만화방은 아버지 사촌 누님이 주인이었는데 간단한 음식, 음료 등 먹을 것도 팔았다. 고모님은 나를 보자 조카가 왔다며 반가워했다. 내가 만화책을 보고 싶다고 하자 "그래, 그래!"하시며 얼마든지 보라고 하셨다.

　그날부터 나는 만화방에 가서 살다시피 했다. 방과 후에 하숙집 자전거포에서 일을 도와주고 저녁을 먹고 나면 달려

갔다. 아마 일주일에 주말을 제외하고 거의 네댓 번은 간 것 같다. 나는 만화책을 보며 누가 뭐라고 하지 않는데도 몸과 마음이 오그라들었다. 공짜였기 때문이다. 가게가 한가해지면 고모님은 어묵이나 전 등을 건네주며 곁에서 많이 먹으라는 말까지 덧붙였다. 고모님은 며느리 눈치를 살피면서도 아버지가 오실 때마다 술대접을 빠트리지 않았다. 그렇게 인정이 넘치니 내가 만화방을 가지 않을 수가 없었다.

그 만화방에는 나와 동급생인 여자 조카가 있었지만 만화책을 즐기지는 않았다. 나를 보면 그저 삼촌 왔냐며 얼굴만 보이고는 자기 방으로 갔다. 나는 거의 자정까지 만화책을 보곤 했는데 그 사이에 고모님은 한쪽 의자에서 꾸벅꾸벅 졸고 계셨다. 민망한 나머지 보던 만화책을 들고 만화방을 나서는데도 "그래그래 가져가서 봐!"라며 쉽게 허락했다. 게다가 또 오라는 말도 하며 만화방 문을 닫았다.

그렇게 1학기 내내 만화책을 봤으니 여름방학 즈음에는 더는 볼 게 없었다. 그래서 2학기부터는 띄엄띄엄 만화방에 갔다. 그러면 고모님은 왜 요즘은 자주 안 오느냐며 궁금해 했다. 이후 만화방은 신간이 들어올 즈음에만 출입하였는데 그것도 2학년 때부터는 시들해졌다. 2천여 권이나 되는 만화책을 모조리 독파했기 때문이었다.

이후부터는 만화방에 만화책을 보러 가는 게 아니라 고모님의 맛난 음식을 먹으러 가는 게 일상이 되었다. 고모님은 어쩌다 가든 자주 들리든 똑같이 나를 반갑게 맞아주셨다. 그랬는데도 중학교를 졸업하고는 인사도 드리지 못했다. 나는 십수 년이 지나서야 동창 조카로부터 고모님이 벌써 돌아가셨다는 말을 들었다. 아무런 말을 못하고 그저 먹먹한 가슴만 움켜쥐었다. 나는 고모님의 은혜를 너무 쉽게 잊어버렸다.

세월이 흐르며 만화방 추억은 희미해졌지만 고모님의 온화한 모습은 더 선명해지는 것 같다. 고모님이 주신 사랑이 그립다. 가깝지도 않은 친척 조카를 어쩌면 그토록 끔찍이 맞아주실 수 있었을까.

되찾은 책

중학교에 입학하며 놀라운 게 있었다. 나는 초등학교 내내 겨우 선생님 세 분으로 졸업했는데 중학교는 무려 열두 과목의 선생님이 번갈아 가며 우리 반에 들어왔다. 과목별로 담당 선생님이 따로 있다는 게 신기했다.

당시 과학은 물상과 생물로 나뉘어 있었는데 한 분이 둘 다 가르쳤다. 생물 수업이 시작되자 선생님은 간단한 소개에 이어 생물 공부에 필요한 얘기를 했다. 그중에서 『생물도감』을 사라고 권유했다. 나는 하굣길에 장터에서 하나뿐인 서점에 들렀다. 컬러 사진으로 치장한 『생물도감』은 몇 번씩 봐도 그야말로 환상적이었다. 그런데 값이 무려 900원이나 되었다. 당시 참고서나 문제집 한 권 값이 50~100원이었던 것에 비하면 엄청난 값이었다. 그때는 많은 학생이 참고서 한 권 사지 못하고 교과서만으로 공부하던 시절이었다.

이미 며칠 전 장날에 엄마가 모든 과목 참고서와 문제집을 사줬기에 또 책을 사겠다는 말을 망설였다. 그렇지만 나는 주말에 집에 가서 아버지에게 돈을 달라고 보챘다. 아버지는 돈이 없다며 하숙집 아저씨에게 빌려서 사라고 하셨다. 하숙집 아저씨는 아버지의 먼 사촌 형님으로 일본에 함께 징용되었던 분이었다. 하숙집은 장터 최대의 자전거포를 운영하기에 늘 현금이 있었으나 아주머니는 거절했다. 그러자 민망한 아저씨가 나를 데리고 서점으로 가서 서점 주인에게 보증을 서준 덕에 외상으로『생물도감』을 살 수 있었다.

　나는『생물도감』을 생물 수업이 있는 날이면 학교에 가지고 갔다. 그러던 어느 날 책이 사라졌다. 담임 선생님께 신고했지만『생물도감』은 찾을 수 없었다. 아직 외상 책값도 갚지 않았는데 책이 사라지자 나는 망연자실했다. 그러고 몇 주가 지난 어느 날『생물도감』을 발견했다. 그런데 어럽쇼! 나와 이가 부러지며 싸웠던 옆자리에 앉은 녀석이『생물도감』을 펼쳐 드는데 기시감이 일었다. 책을 언제 샀냐고 물었더니 어물어물하고 만다. 나는 하굣길에 서점에 들렀다. 나 말고 누가 또『생물도감』을 사 갔느냐고 물었더니 여태까지 딱 한 권(!) 팔렸단다.

　눈에 불꽃이 튀고 속이 부글부글 끓었다. 다음날 나는 등교하자마자 그 녀석 멱살을 움켜쥐었다. 그러고는 바른대로 대지 않으면 또다시 이를 분질러놓겠다며 윽박질렀다. 도둑놈 이는 부러져도 값이 없다며 몰아세웠다. 그러자 말도 안 되는 변명을 늘어놓기 시작했다. 책을 되찾아 온 나는『생물도감』곳곳에 내 이름을 써놓았다. 심지어 양장본 표지에 서각 하듯 내 이름을 조각칼로 파놓았다.

지금도 내 서가에 그 책이 있다. 가끔 펼쳐볼 때마다 곳곳에 쓰인 내 이름을 보며 웃음 짓는다. 그런데 출판한 지 무려 50년이 되어가는 도감인데도 컬러 색조만 약간 변색되었을 뿐 도서 상태는 양호하다. 『생물도감』은 그 무엇보다도 잊을 수 없는 책이다. 그 책으로부터 책을 아끼고 사랑하는 마음이 시작되었기 때문이다. 내게는 중학교 시절의 그 무엇 하나도 남아 있지 않은 허전함을 『생물도감』이 유일하게 채워준다. 그나저나 내 『생물도감』을 훔쳐 갔던 그 녀석은 지금 어디서 뭘 하고 있으려나.

돌려받은 책값

　중학교 1학년 늦가을 무렵이었다. 학교에서는 수학 교과에 새롭게 도입된 집합 영역 학습을 위한 도서를 나누어주었다. 얇은 보조 교과서였다. 책값을 반별로 걷어서 행정실에 내야 했다. 담임 선생님은 내게 보조 교과서 대금을 모으라고 했다. 거의 두 주일간 도서대금을 모았지만 몇 명이 지체되어 관리하기가 부담되었다. 주말에는 산골 집에 가야 했기에 돈을 친척 하숙방에 놔두기가 불안했다. 나는 돈을 책가방에 넣고 길을 나섰다.

　하숙집에서 운영하는 자전거포에서 자전거를 빌려 타고 20리 길을 몇십 분 만에 도착했다. 자전거를 어느 집에 맡겨놓고 나머지 20리 산길로 접어들었다. 한 고개를 넘어 개울 가에서 물 한 모금 마시는데 청설모 네댓 마리가 떼 지어 나타났다. 난리였다. 서로 쫓고 쫓기며 노는 그들이 괘씸했다.

내 앞에 닿을 듯이 가까이 와서 빙빙 돌기도 하고 돌, 나무, 넝쿨 등을 가리지 않고 뒤엉켜 오르내렸다. 개에게 미안한 말이지만 나를 개무시하는 것 같았다. 심지어 그들은 내 발 등까지 스쳐 지나가며 놀고 있었다. 내가 놀라지는 않았지만 청설모들은 내가 아무렇지도 않은 것 같았다. 한참을 바라보다 청설모가 사라지자 다시 다음 고개를 거쳐 거의 두 시간이 넘어 집에 들어섰다.

나는 돈을 가방에 넣고 있었지만 엄마에게 돈 이야기는 하지 않았다. 아버지는 늦가을 추수에 바쁜 나머지 아들과 얘기를 나눌 여가가 없었다. 저녁 밥상에서 겨우 몇 마디뿐이었다.

일요일 아침부터 비가 내렸다. 평소 같으면 월요일 아침에 학교로 출발하는데 이번에는 일요일 오후에 길을 나서기로 했다. 엄마는 하루라도 더 있기를 바랐지만 나는 월요일 새벽에 일어나는 게 싫었다. 게다가 일기예보와 상관없이 늦가을 비가 추적추적 내리니 심란했다. 내가 길을 나선다고 하니 엄마 목소리는 벌써 눅눅히 젖어 들고 있었다.

내가 체구라도 좀 당당했더라면 길을 나설 때 엄마가 눈물을 덜 흘렸을 것이다. 나는 중학교 1학년 신체검사에서 신장 139㎝ 체중 35㎏밖에 되지 않았다. 엄마가 걱정할 때마다 반에 나보다 작은 애들이 열 명이나 된다며 엄마를 안심시키려 애썼지만 소용없었다.

산골 지형적인 영향 때문이었을 것이다. 하늘은 내가 집을 나설 때마다 대체로 비를 뿌렸다. 그러니 그 비만큼이나 엄마의 눈물도 마를 새가 없었다. 내가 초등학교 4학년일 때 우리 집 마당까지 신작로가 뚫렸지만 그 길은 평소 다니던 길보다 세 배나 멀었다. 누구나 힘들어도 가까운 길을 선호하기 마련이다. 엄마 목소리는 젖은 풀을 헤치고 나갈 아들을 배웅할 때마다 이미 깊게 젖어 있었다. 엄마 마음을 감지한 나는 부리나케 달려 언덕 너머로 사라지곤 했다.

그날은 다행히 바람이 잦아들며 비도 그치고 있었다. 길가에 풀들이 옷깃을 적셨지만 늘 있는 일이라 아무렇지도 않았다. 비는 그쳤지만 신작로에서 자전거로 가는 길은 자전거 바퀴가 흙에 빠져들어 몇 차례나 넘어지며 하숙집으로 돌아왔다.

하숙집에는 어린 조카들만 있었다. 하숙집은 농사도 짓고 있어서 추수에 바쁜 나머지 어린아이들만 집에 남겨둔 모양이었다. 나는 1만 몇천 원이나 되는 거액이 걱정되었다. 뒷문을 문고리에 걸고 숟가락을 끼워 밖에서 열지 못하도록 해놓고 일을 돕는답시고 옷을 갈아입고 밭으로 갔다. 밭에서는 추수가 마무리되어 집으로 돌아올 채비를 하고 있었기에 나는 밭에 가자마자 돌아섰다.

내가 방을 비운 지 불과 1시간도 되지 않는데 문고리의 숟가락은 보이지 않고 뒷문은 활짝 열려 있었다. 뒷골이 서늘한 느낌에 가방을 열었더니 돈 봉투가 보이지 않았다. TV를 보고 있던 조카들에게 누가 다녀갔느냐고 물었지만 모른다는 대답뿐이었다. 난 그 자리에 털썩 주저앉았다. 한참 후 정신을 차리고 담임 선생님 하숙집으로 달려가 신고했다. 선생님은 "찾아보도록 하자."고 간단히 말씀하셨다. 하숙방으로 돌아오는 길에 나는 일찌감치 포기했다. 빈집도 아니고 아이들이 있는데도 들어올 정도의 도둑이라면 보통이 아니라고 생각했기 때문이다.

그다음 주에 나는 엄마에게 힘겹게 얘기했다. 엄마는 놀라는 표정도 없이 태연하게 "걱정하지 마라. 엄마가 마련해 주마."해서 의아했다. 그에 덧붙여 엄마는 한마디 더 했다. "도둑은 못 막는 거란다." 난 그 주 내내 잠도 제대로 못 잤는데 엄마는 너무 평온했다. 저녁에 잠자리에서 생각해 보니 이게 다 엄마 말씀을 듣지 않은 탓이었다. 그날 하룻밤 더 자고 월요일에 출발했더라면 그 사달이 나지 않았을 텐데.

예나 지금이나 콩값은 다른 곡물에 비해 비싸다. 며칠 후 장날에 맞추어 아버지는 아직 덜 마른 콩을 도리깨로 털었다. 아버지와 엄마는 콩을 한 자루씩 짊어지고 큰 고개를 세 개나 넘는 산길 20리에 버스로 20리를 이동해서 장터 곡물상에 팔아 잃어버린 책값을 마련했다. 엄마는 내 용돈까지 합하여 1만 몇천 원을 주며 "이제 걱정하지 말고 선생님께 드려라."하고는 돌아섰다.

나는 엄마가 서둘러 돌아서는 까닭을 눈치챘다. 아버지는 내 눈에 눈물이 그렁그렁한 것을 엄마보다 나중에 본 것 같다. 아버지는 내게 돌아서라는 손짓을 하며 엄마가 뒤돌아보는 걸 아버지 몸으로 막아서듯 하며 길을 재촉했다. 나도 엄마가 또 볼까 재바르게 하숙집으로 들어가 한적한 구석에서 한참을 흐느꼈다.

저녁을 먹고 선생님을 찾아가 책값을 드렸다. 그런데 선생님은 그 일부만 받고 대부분을 내게 돌려주셨다. 아마 전액을 그대로 돌려주면 내가 부담될까 봐 조금만 떼어 놓고 주신 것 같다. 선생님은 장남으로 부모님과 동생들을 부양하는 분인데 그럴 상황이 아니라는 걸 나는 알고 있었다.

훗날 알게 된 사실이지만 선생님은 내 동창 여럿에게 평생 잊지 못할 사랑을 베풀었다. 그중 TV에 나온 게 있다. 30여 년 전 어느 방송국 프로그램에 「TV는 사랑을 싣고」와 같은 장면이 나왔다. 내 동창 여학생은 어느 잡지에 글을 실었다. 중학교 때 담임 선생님의 은혜를 그리워하며 그 사랑을 되돌려드리고 싶다는 내용이었다. 그 내용을 방송국 PD가 보고 프로그램을 제작했다.

선생님은 그 여학생의 자취방에 연탄을 들여놓거나 참고서와 문제집 등을 사주시는 등 공부할 여건을 마련해 주셨다. 이러한 사실을 확인한 방송국 기자가 내 동창 여학생을 데리고 방학 중 보충수업을 하는 선생님을 찾아갔다. 수업 중 교실에 있던 학생들은 카메라와 기자가 들어서자 환호했다. 기자가 선생님에게 내 동창 여학생의 이름을 말하는 순간 선생님은 바로 돌아서 눈물을 펑펑 쏟았다. 그 장면을 보고 나도 모르게 눈물이 흘렀다. 선생님은 내 동창 여학생을 좀더 돕지 못한 회한으로 울컥한 것이었다. 잠시 후 선생님과 만난 내 동창 여학생이 한참 동안 감격해하는 모습에 내 콧날마저 시큰했다.

이외에도 여러 친구들은 자기만 사랑받았다고 생각하고 있었다. 우리는 모두 사랑받은 것을 뒤늦게 알았다. 내가 돌려받은 책값 역시 여러 은혜 가운데 하나일 뿐이다. 내 동창 여학생의 말마따나 나도 선생님의 사랑을 돌려드리고 싶다.

엄마나 선생님 모두 내가 저지른 일에 당신들이 죄인처럼 말씀하셨다. 두 분은 나를 조금도 나무라지 않았다. 왜 두 분이 죄인이어야 하는지 어리석은 나는 이해하지 못했다. 훗날 나는 두 분이 죄인처럼 말한 것을 사랑으로 이해했지만 너무 늦었다.

국어 선생님

 여자 이름처럼 고운 이름을 가진 남자 국어 선생님이 있었다. 선생님은 내가 중학교 1학년 2학기 때 오셨다. 이분은 서울에서 고등학교 교사였는데 대학 및 학원 강의에서 인기가 대단했다. 단지 어떤 명예에 손상을 입은 즉시 사표를 내고 강원도 원주로 이사했다. 일설에 의하면 강원도 교육감이 감격해 하며 직접 임명장을 주었다고 한다. 그리고 교육감은 원하는 학교를 말하면 바로 보내주겠다고 했으나 이분은 '시골'로 보내 달라고 하여 교육감을 놀라게 했다.

 선생님은 희망대로 시골 학교로 부임하여 중학생 고등학생을 두루 가르쳤다. 선생님이 부임하고 그 이듬해에 영동고속도로가 개통되었으니 자가용이 없던 시절에 원주에서 출퇴근은 힘들었다. 하숙하던 선생님은 이사하려고 전셋집을 계약하고 주말에 이삿짐을 싣고 왔다. 그런데 살고 있던 사람이 집을 비워주지 않아 선생님은 다시 짐을 싣고 원주로 돌아가는 어처구니없는 일을 겪었다.

나는 2년 반 동안 국어 수업을 들으며 선생님에게 많이 혼났다. 선생님은 수업 시간에 꾸벅꾸벅 조는 나를 의자 위에 올려 세웠다. 바지를 걷어올린 종아리를 새끼손가락 굵기의 싸리나무 회초리로 딱 세 대씩 때렸다. 그건 내 잘못이니 괜찮다. 어느 날 내가 조퇴를 했는데 선생님은 신고가 없었다며 꾸짖었다. 담임 선생님 허락을 받은 조퇴였지만 수업 불참을 이유로 종아리를 맞을 때는 분했다.

선생님의 수업은 화려했다. 선생님 수업을 들은 지 거의 50년이 지나가지만 칠판 곳곳에 쓰며 설명했던 내용이 상당히 많이 떠오른다. 그리고 한 마디라도 놓치지 않으려 국어책 여백마다 메모하던 기억도 생생하다. 나는 초중고대에서 만난 국어 선생님이 여럿 있었지만 이 선생님보다 뛰어난 분을 보지 못했다.

선생님은 한글학회 임원으로 가끔 서울에 다녀오는데 그 당시 유명한 학자들의 소식을 전해주었다. 주로 양주동, 이희승, 최현배, 이숭녕, 허웅 등의 이론과 일화를 들려주며 자신이 지은 문법책을 펴놓고 수업했다. 그런데도 우리는 선생님이 학자라는 사실을 나중에야 알았다.

선생님은 우리에게 여러 문인과 문단 소식을 꾸준히 들려주셨다. 그때 들었던 양주동의 일화 하나 소개한다. 양주동이 술에 취해 종로 거리에 쓰러져 있을 때 통금 시간을 단속하던 경찰이 양주동을 끌고 종로경찰서로 들어갔다. 경찰서

바닥에 널브러진 노인을 보고 종로서장이 훈계하듯 한마디 하니 아무리 술독에 빠진 듯한 양주동일지언정 가만있을 리 없었다. 천하의 양주동이 대뜸 종로서장을 꾸짖었다. "네 이놈! 넌 공부도 안 했냐?" 뜨끔한 종로서장이 뒤돌아 곰곰 생각해 보니 어디서 많이 본 얼굴이었다. 아! 맞다. 양주동이다. 얼른 경찰을 시켜 여관방에 재우고 꿀물까지 타서 대접하도록 했다. 다음날 깨어난 양주동이 여관 주인을 불러 자초지종을 물으니 종로서장의 지시라는 대답을 듣고 "허, 그놈 공부 좀 한 놈이구먼." 하고 사라졌단다. 근현대의 문인 중에 수주 변영로나 무애 양주동처럼 무려 4~50년이 넘도록 두주불사(斗酒不辭)한 인사도 다시없을 것이다. 요즘이야 다 알려진 얘기지만 그 당시에 시골에서는 그런 얘기를 접할 방법이나 기회가 거의 없었다.

선생님은 아침마다 교내 방송으로 문법 강의를 했는데 정규수업을 보충하는 것 같았다. 등교하는 우리는 그 방송을 교문에서, 복도에서, 교실에서 조회 전까지 들었다. 그런데 그 방송 강의가 군더더기나 실수 하나 없이 깔끔했다. 방송을 듣던 우리는 선생님이야말로 방송국으로 가야 할 분이라고 합창을 했다.

어느 날 선생님은 나를 부르더니 내가 산골에 산다는 것을 알고 화분에 넣을 부엽토를 마련해 오라고 했다. 흙은 상당히 무겁다. 특히 부엽토는 수분이 많아 더 무겁다. 깊은 산일수록 부엽토의 질은 좋겠지만 산골 집에서 큰 고개를 세 개나 넘으며 그 흙을 짊어지고 올 수는 없었다. 나는 산골 집과

학교의 중간쯤 되는 산으로 갔다. 근처에 사는 친구의 도움을 받아 활엽수 그늘의 부엽토를 호미로 긁어모아 비료 포대에 담았다. 산속에서 길도 없는 비탈진 언덕을 따라 자루를 끌고 나와 신작로에 세워둔 자전거에 싣는 게 힘들었다. 자전거에 흙을 싣고 선생님 하숙집에 도착하자 선생님은 땀에 흠뻑 젖은 나를 보고 미안함과 고마움이 담긴 말씀을 하셨다. "애썼구나!" 그 흙은 선생님 하숙집에서 다시 버스에 실려 원주 본가의 화분으로 옮겨져 유용하게 쓰였겠지만 나는 투덜댔다. 별걸 다 시킨다며. 선생님 죄송합니다!

선생님과의 인연은 그리 오래가지 않았다. 내가 중학교를 졸업하며 선생님은 원주에서 더 먼 시골 어느 고등학교로 이동했다. 사연이 있었다. 선생님은 가정 형편이 어려웠지만 학업 성적이 뛰어난 내 동창 여학생의 고등학교 학비를 모으는데 선생님들의 참여를 원했다. 그런데 그게 여의치 않았다. 그러자 선생님은 우리 앨범에 사진 게재도 거부하고 대신 장미꽃 한 송이를 남겨 놓고 떠났다.

그로부터 20여 년이 지난 어느 날 나는 박사 과정 중 학회지 논문 게재에 필요한 자료를 찾고 있었다. 개가식 도서관에서 이곳저곳을 기웃거리다 사전류 전시대에서 무려 2천 쪽이나 되는 우리말 발음 사전을 만났다. 저자가 선생님이었다. 출판사로 전화를 걸었다. 출판사 대표는 열두 권의 저서를 출간한 선생님의 소식을 전하며 말을 더듬거렸다. "그런데 선생님은 작년에 돌아가셔서….."

중학교 흑백사진 앨범을 볼 때마다 장미꽃 한 송이를 물끄러미 바라본다. 선생님이 소중하게 여기는 명예를 지키려다 생겨난 상처는 치유되었을까. 담임이 아니면서도 담임 못지 않게 내 공부와 행동을 살펴주셨던 선생님 영전에 술 한 잔 올리고 싶다.

책값의 무게

나는 할아버지와 아버지로부터 "시골 천 원은 서울 만 원 맞잡이여."라는 말을 종종 들었다. 그만큼 시골에서는 돈이 귀했다. 그마저도 가을이 되어야 손에 쥐어볼 수가 있었다. 산골이다 보니 수익 작물 재배도 제한적이었다. 주로 당귀, 천궁, 더덕, 만삼, 황기 등의 약재와 무, 배추, 당근, 양배추 등 채소 정도뿐이었다. 그마저도 요즘처럼 값이 좋지 않았다. 부모님은 내 책값을 마련하느라 허리가 휘고 또 휘었지만 단 한 번도 책 구매를 만류하지 않았다.

초등학교는 산골에 있었기에 육성회비, 교과서 대금, 우유 건빵 대금 모두 무료였다. 초등학교 때는 교과서 외에 다른 책을 거의 만나지 못했다. 내가 산 책은 한 권도 없었다. 내가 학교 밖에서 받은 책 역시 한 권도 없었다. 내 책은 오로지 학교에서 받은 교과서뿐이었다.

내가 중학교에 가며 부모님은 시름이 늘었다. 학교에 내는 납부금 외에 하숙비 부담이 컸다. 당시 쌀 한 말이 1,200원이었는데 매월 하숙비 6,000원은 거액이었다. 그런데 3월 초 입학하자마자 전 과목 참고서와 문제집을 사는데 2,000여 원을 썼다. 그것도 모자라 한 권에 900원 하는 『생물도감』을 외상으로 샀다. 아버지와 엄마는 지난해에 거두어 겨우내 말리고 손질해두었던 천궁과 당귀를 짊어지고 큰 고개를 세 개나 넘으며 장터까지 가서 약재상에 팔아 책값을 마련했다.

고등학교 때는 더 힘들어졌다. 아버지는 내가 중학교 1~2학년 사이에 외양간에 가득했던 19마리나 되는 소를 모두 팔아 장사에 나섰다. 얼마 후 아버지가 이발은커녕 면도도 하지 못한 텁수룩한 얼굴로 마당에 들어섰을 때 엄마의 두 볼 가득히 쉴 새 없이 흘러내리던 굵은 눈물을 나는 도저히 잊을 수가 없다. 다행히 도시로 나간 형과 누나 그리고 대전 형이 학비를 책임져 주는 은혜로 어쩌다 한 권씩이나마 책을 사기 시작했다. 물론 주된 책은 과목별 참고서와 문제집이었다. 다른 책은 거의 사지 않았다. 고등학교는 도서실을 잘 갖추고 있어서 구태여 책을 살 생각을 하지 않았다.

대학 때는 책값이 만만치 않았다. 전공 도서 및 참고도서 값의 부담이 컸다. 당시는 복사기가 보편화되기 전이어서 해적판을 구하기도 어려웠다. 그래서 선배들의 헌책에 의존하는 경우가 많았다. 그냥 주는 선배도 있었지만 한 끼 식사나 술 한 잔 대접하기도 했다.

그러다 대학에 휴교령이 내려지며 하염없이 당국의 해제를 기다리기가 답답해졌다. 나는 하숙을 하던 친구와 막일을 시작했다. 두어 달 동안의 품삯으로 10여만 원을 거머쥐었다. 당시 하숙비가 3만 원이었는데, 그 친구와 제일 먼저 달려간 곳은 서점이었다. 그동안 도둑 독서를 하느라 눈치를 살폈는데, 그날은 당당하게 책을 읽고 제법 값나가는 책 한 권을 골라 책값을 거만하게 냈다. 그리고 나머지는 흐지부지 써버린 것 같다.

대학을 졸업하고 나는 학원 강사를 하며 주머니가 두둑해졌다. 매월 7~80만 원을 벌었는데 그 당시 교사 월급의 두세 배 정도 되는 금액이었다. 그때부터 본격적으로 책을 사기 시작했다. 첫 월급으로 『아웃사이더』의 저자 콜린 윌슨의 『우주의 역사』를 시작으로 꾸준히 책을 사 모으기 시작했다.

이듬해 교사가 되고 나서도 나는 이전처럼 매월 서너 권씩 책을 샀다. 그러던 어느 봄날, 텅 비어 있는 듯한 내 책장을 보고 실망한 대학생의 말 한마디에 자극받아 책을 무더기로 사기 시작했다. 당시 교사 월급이 30만 원 정도였는데 책과 LP 음반 구매에 매월 5~6만 원을 썼다. 상당한 금액이었다. 30여 년이 지난 요즈음 나는 도서 구매에 매월 10~15만 원을 쓴다.

이제 내가 그만두어야 할 일이 있다. LP 음반 구매는 그만 둔 지 오래됐고 그 LP 음반마저 조카에게 주며 내게서 사라졌다. 책도 그만 사고 이미 읽은 책이나 다시 읽겠다고 다짐하지만 자신이 없다. 법정 스님은 모든 도서 판권을 정지시키면서 마지막까지도 책을 정리하는 데는 고심에 고심을 거듭했다. 언젠가는 내 책도 LP 음반처럼 버려야 하는데 결심이 서지 않는다. 나는 책보다 무거운 부모님의 책값은 쉽게 잊어버리면서도 책은 잊지 않으려 애쓰는 바보짓을 여전히 하고 있다.

도서실

　천국이든 노인이든 도서관이라는 말이 있다. 보르헤스의 천국은 도서관이었다. 나와 어린 시절을 함께한 할아버지와 이웃 노인들 역시 도서관이었다. 문명이나 문화를 강조하는 나라들은 예외 없이 도서관을 떠받들다시피 했다. 도서관의 의미가 이러한데도 내가 학창 시절 내내 보아온 도서관은 차마 도서관이라 부르기 민망한 모습이었다. 사정이 그렇다 보니 정작 근사한 도서관을 보고도 반갑기는커녕 오히려 낯선 느낌이 앞선다.

　초등학교에 도서실이 있었다. 학교에서는 교실 한 칸을 나누어 한쪽은 교무실 다른 쪽은 도서실로 만들었다. 그런데 그곳은 온전한 도서실이 아니었다. 하나의 창고에 불과했다. 그곳은 여러 기구나 도구들, 여분의 책걸상, 건빵과 분유 등이 한 귀퉁이씩 차지하고 있었다. 조금 남은 한구석에 기증

받은 책들이 벽에 기대어 학생들의 선택을 기다리고 있었다.

아마 3학년 때였을 것이다. 매주 토요일은 자유학습의 날이었다. 각자 집에서 바둑판이나 장기판을 갖고 오거나 미술 준비를 해오기도 하는 등 무엇이든 자유롭게 했다. 나는 전날 책을 읽겠다고 했기에 선생님 안내에 따라 책을 가지러 처음으로 도서실에 갔다. 벽에 기대어 쌓여 있는 책들은 그야말로 제멋대로였다. 선생님이 문에서 기다리고 있었기에 나는 아무 책이나 몇 권 가지고 나왔다. 그런데 도대체 읽을 수가 없었다. 다른 책도 마찬가지였다. 선생님이 집에 가져가서 읽고 가져오라고 했지만 집에서 읽는다고 달라질 것은 없었다.

중학교는 조금 나아 보였지만 사정은 비슷했다. 교실 반 칸에 출입문과 창문을 제외한 양쪽 벽에 책장이 갖춰져 있고 책들도 책등이 보이도록 잘 꽂혀 있었다. 문제는 그 도서실을 청소하러 가본 것 외에는 다시 들어가지 못했다는 점이다. 오히려 초등학교만도 못한 도서실이라는 생각이 든다.

고등학교 도서실은 근사했다. 건물의 한 층을 차지하고 서고와 열람실 및 정기간행물 등을 잘 진열해 놓았다. 비록 한 층뿐이었지만 도서관이라 할만 했다. 나는 점심시간마다 도서실로 가서 신문 잡지 등을 주로 읽었다. 학생들이 버글거릴 정도는 아니지만 제법 분주한 모습이었다. 도서실 담당 선생님과 사서 선생님도 있어서 학생들이 마음만 있으면 얼마든지 필요한 책을 읽을 수 있는 체계를 갖추어 놓고 있었다.

고2 때였다. 3학년 도서 부원이 우리 반을 도서관 앞으로 집합시켰다. 책을 읽지 않는 것을 개탄하며 당장 내일부터 도서실에 와서 책을 읽으라고 윽박질렀다. 고개를 숙이고 듣던 우리는 과격한 선배를 비웃었다. 강제 독서가 무슨 의미가 있느냐며. 도서실에 곧잘 가던 친구조차 마음이 상했는지 발길이 줄어들었다. 나는 그와 상관없이 늘 하던 대로 잡지나 정기간행물만 읽었다.

　대학에서 처음으로 도서관 출입을 시작했지만 도서 대출이 그리 많지 않았다. 그것마저도 주로 전공 관련 참고도서를 대출하거나 학과 공부를 하러 도서관을 드나드는 게 전부였다. 새벽같이 달려와 줄을 서며 열람실 좋은 자리를 차지하려는 노력도 할 줄 몰랐다. 나는 그 좋은 시절을 그렇게 보냈다.

　그 후 대학원에 다니며 여러 도서관을 많이 드나들었지만 여전히 전공 도서 외에는 눈길이 쏠리지 않았다. 역시 학과 공부의 범주를 벗어나지 못하는 게 한계였다. 어느 날 외국 유학을 다녀온 어느 교수가 "외국 대학원생들은 주당 1천 쪽을 읽는다."라는 말에 크게 놀랐다. 매일 200쪽씩 5일을 읽어야 1천 쪽이다. 물론 문과 계열을 언급했지만 시사하는 바가 있었다.

　책을 읽는다는 것이 꼭 책이 있고 없고의 문제는 아닌 것 같다. 또 도서관을 탓하는 것도 무책임하다는 생각이다. 나는 도서관이 잘 갖추어져 있는 곳에서조차 읽기가 되지 않았다. 그렇지만 어릴 때부터 책을 읽지 않고는 못 배기게 어린

이들을 유혹한다면 사정은 크게 달라질 것이다. 그리하여 남녀노소 가릴 것 없이 가까운 슈퍼마켓 가듯 도서관을 들락거리는 광경을 상상하는 것은 너무 이른가.

제3부 읽기

틈새 독서

  책을 읽는 방법 중에 틈새 독서라는 게 있다. 김선욱은 『틈새 독서』에서 모든 독서는 틈새 독서라며 "하루 15분의 독서, 당신의 인생이 바뀝니다!"라고 한다. 맞다. 하루 한 시간 책 읽기는 어렵지만 15분 읽기는 마음먹기에 따라 얼마든지 누구나 할 수 있다. 다만 책을 읽는 습관이 되어 있지 않아 책을 펴는 것조차 부담으로 다가올 뿐이다. 하루 15분 읽기가 어렵다면 10분 읽기부터 시작해보자. 하루의 오전이든 오후든 저녁이든 정해 놓고 그 10분 동안은 만사 제쳐놓고 반드시 책을 읽겠다고 말이다. 그렇게 책 읽기를 몇 차례 반복하다 보면 자신도 모르게 수시로 책을 펴는 자신을 발견하게 된다.

  나는 대학을 졸업하며 학원 강사가 되었다. 전에 없이 많은(?) 수입으로 돈을 흥청망청 쓰기도 했지만 도서 구매를 빠트리지 않았다. 한 해 동안 40여 권을 학원에서 공강 시간이나 귀가 후 집에서 시간을 내어 읽었다. 특히 수업과 수업 사이의 휴식 시간 10분간 책을 읽는 습관이 그때부터 익숙해지기 시작했다. 귀가해서는 온전히 내 시간이었다. 그러다 군 입대와 함께 책 읽기는 중단되었다.

나는 군에서 제대하고 다시 학원으로 가지 않았다. 일할 생각이 들지 않았다. 군 복무 중에 아버지가 갑자기 세상을 떠났다는 사실을 받아들이기 어려웠다. 아버지와 고향 산골에 가서 살자고 했던 약속이 사라져버리고 어디에도 마음을 붙이지 못한 나는 떠돌아다니기 시작했다. 배낭에 작업복 한 벌, 속옷 한두 벌과 문고 도서 서너 권만을 넣고 가는 방향도 목적도 없이 길을 나섰다.

주로 산에서 텐트도 없이 바위 밑이나 동굴 같은 곳에서 어둠이 올 때까지 책을 읽었다. 산속의 어둠이 깊어지며 고독이나 공포가 밀려올 수 있지만 그렇지 않았다. 겹겹의 나뭇가지 사이로 걸러지며 내 눈동자에 들어와 박히는 별빛이 가히 환상이었다. 도저히 눈을 감을 수가 없었다. 어린 시절 여름밤에 마당 한 귀퉁이 너럭바위 위에서 엄마 무릎을 베고 누워서 보았던 바로 그 별빛이었다.

나는 군대에서 야영하며 배운 게 몇 가지 있다. 바싹 마른 싸리나무로 불을 피우면 연기가 거의 피어오르지 않는다. 또 텐트밖에 없는 맨땅에 참나무 낙엽을 깔면 훌륭한 매트리스가 된다. 산속에서 해가 질 무렵 나는 싸리나무로 모닥불을 피워 놓고 참나무 낙엽을 그러모아 두툼한 깔개 겸 이불을 만들었다. 밤새 이슬이 내려도 아무렇지 않았다. 새벽을 맞으며 어둠 속에서 읽던 페이지를 마저 읽고 날이 밝아질 때 떠났다.

돈이 떨어지면 막일꾼이 되었다. 읍내 정도만 돼도 일할 곳은 많았다. 다만 잠잘 곳이 마땅치 않았기에 허름한 여인숙이나 공사장 한 귀퉁이에서 스티로폼 조각을 깔고 소주 한 병으로 잠을 청했다. 그렇지만 한곳에 오래 머물지는 않았다. 애초에 떠나려고 작정한 것은 아니었는데도 우연히 떠날 이유가 저절로 생기는 것 같았다. 나는 한곳에 정착하지 못하며 불안한 가운데서도 책을 읽었다. 책을 펴는 그 순간부터 현실의 나를 잊을 수 있었다. 여름날 뙤약볕에서 힘든 노동을 할 때나 졸음이 와서 눈을 제대로 뜨지 못할 때도 책은 나를 다른 세계로 데려가는 도구가 되었다. 돌이켜보면 이런 게 자기 초월이 아니었을까, 하는 생각이 든다.

나는 서울과 양평에 있는 두 사촌 형에게는 아무런 연락도 없이 아무 때나 찾아갔다. 며칠 또는 몇 주씩 머물기도 했다. 그런데도 두 형은 나를 있는 그대로 받아주었다. 그중 한 형은 내가 책을 읽으면 슬쩍 빼앗아 방바닥에 패대기를 쳤다. 재미없는 책을 읽는다며. 그때 내가 읽었던 책은 수리철학, 과학철학, 철학사 등이었는데, 아마 형 마음에 들지 않은 것보다는 나를 시험해 본 게 아니었을까, 하는 생각이 든다. 그러면 나는 아무런 말 없이 다시 책을 집어 들고 읽었다. 형 마음이 본심이든 아니든 관계없이 아무렇지 않았다. 형을 의심하거나 믿어서가 아니라 그냥 읽는 게 즐거울 뿐이었다.

거의 1년간 이곳저곳으로 방황하던 나는 교사 발령을 받고 새로운 세계로 들어섰다. 학교에서는 아침 자율학습과 오후 보충수업이 1년 내내 있었다. 그중에서 자율학습 감독 시간은 책 읽기에 딱 좋았다. 어떤 선생님은 자율학습에 교사가 동원되는 것을 싫어했지만 나는 오히려 즐거웠다. 그 시간에 학생은 공부하고 나는 책을 읽을 수 있었기 때문이다.

교무실에서도 책 읽기가 불편하지 않았다. 주변이 어수선해도 책을 읽는 데 방해받지 않았다. 어느 날 교무실에서 책을 읽다 생긴 일이다. 아내와 함께 친하게 근무한 적이 있던 어느 여교사는 내가 보는 책을 휙 낚아채더니 심술을 부렸다. 자기가 얘기하는 걸 듣는 척도 않고 책에 밑줄을 그어대며 읽는다나 어쩐다나…. 그런데 이것 또한 아무렇지 않았다. 내 까다로운 성격을 고려한다면 상상할 수 없을 만큼 이상한 일이었다. 아마 책을 읽는 순간만큼은 자기 초월의 경계 근처까지 가 있었기에 그렇지 않았을까. 내가 책을 읽으며 일시적이나마 선한 본성에 다가간 것은 아니었을까.

나는 틈새 독서를 교직 생활 내내 답습했다. 출근하면 조회를 간단히 하고 15분간의 자율학습 시간에 책을 읽었다. 점심 식사 후에는 교무실을 나와 내 반 학생이 있는 교실로 갔다. 학생 생활지도를 겸하여 교실 한 귀퉁이에 서서 30분간 책을 읽었다. 또 매주 HR이라는 학급회의 45분간 또한 책을 읽는 시간이었다. 그러면 매주 4시간 45분의 독서 시간을 얻는다.

정규수업 및 보충수업이 끝나면 퇴근 시간까지 한 시간 정도가 남는다. 잡무를 처리하기도 하지만 가능한 한 나는 책을 읽었다. 그러고도 4시 30분 퇴근 시간 이후 여섯 시까지 약 1시간 30분 동안 책 읽기에 빠져들기까지 했다. 학생들과 선생님들도 없는 조용한 학교에서 책을 읽는 즐거움은 대단했다. 학교가 시끄러울 때는 학교 뒷산의 너럭바위로 갔다. 숲으로 둘러싸인 바위에 앉아 신선한 공기를 마시며 책을 읽는 것을 상상해보라. 이것 또한 일주일이면 12시간 30분이나 된다.

이외에도 나는 주말과 방학을 이용하여 온전히 책 읽기에 매달렸다. 사흘에 한 권을 읽는다는 목표가 있었기에 그 기간을 허투루 보내지 않았다. 그러니 1년에 100권 독서를 해마다는 아니어도 띄엄띄엄이나마 이뤄낼 수 있었다.

내가 가진 책 읽는 도구 중에 키높이 책상이 있다. 이 책상은 나의 책 읽기에 날개를 달아주었다. 나는 늘 책상 위에 여러 책을 쌓아놓기도 하고 펴놓기도 하며 동시에 여러 책을 읽기도 한다. 그런데 식사 후에는 책 읽기가 부담스럽다. 식사 후에는 서 있거나, 돌아다니거나, 어떤 형태로든 움직여야 한다. 그러니 식사 후에 책을 읽는다는 생각은 할 수 없었다. 이때 키높이 책상은 식사 후에 책을 읽을 때 나타나는 부담을 덜어주었다. 식사 후 한 시간 정도를 음식 소화와 관계없이 책을 읽게 되었다. 또 책상에서 책을 읽다가 졸리면 일어서서 키높이 책상으로 갔다. 그러면 졸음을 떨쳐낼 수 있고 의자에 오랜 시간 앉았을 때 나타나는 비뚤어진 자세도 교정이 되었다. 게다가 키높이 책상 주위를 움직이며 책을 읽을 수도 있었다.

하여튼 책 읽는 시간은 자신이 마련하기 나름이다. 자기 일을 제쳐두고 책만 읽으며 살아가는 사람은 거의 없다고 봐야 한다. 책을 많이 읽는 사람은 거의 틈새 독서를 한다고 보면 틀림없다. 한번 습관을 붙이면, 한번 재미를 붙이면 그다음부터는 누가 말려도 하게 된다. 다만 그 순간까지 이르지 못하고 지레 겁먹고 시작조차 하지 못하는 사람들이 많다. 그렇다면 할 수 없다. 그저 눈 한번 딱 감고 무조건 시작해보는 거다. 처음에는 다 그렇다니까.

사족. 몇 년 전에 함께 근무했던 교감이 교장으로 승진 발령받은 학교가 바로 내가 초임 교사 시절의 학교였다. 학교 뒷산의 숲속 너럭바위가 궁금하여 인사차 가봤는데 허탈했다. 그곳 또한 개발 바람을 비켜나지 못했다. 숲속 너럭바위는커녕 뒷산 자체가 온데간데없이 사라지고 넓은 도로가 뚫려 있었다. 학교 앞 운동장 주위의 숲도 마찬가지였다. 여름이면 학교 앞뒤로 시원한 그늘을 드리우던 나무숲 대신 아파트 숲이 학교 건물과 운동장을 빼곡하게 둘러싸고 있는 모습에 서운함을 넘어 서글픈 생각마저 들었다.

미니 수첩

  요즈음은 남자들도 핸드백이 있다. 나도 있다. 핸드백을 갖기 전에 나는 소지품을 재킷 주머니에 넣고 다녔다. 그 소지품이 주머니보다 크면 손에 무엇인가 들어야 하니 번거롭다. 나는 문고 도서나 작은 다이어리일지라도 주머니에 넣기가 곤란하면 종이봉투에 담아 들었다. 남자가 핸드백을 갖고 다닌다는 것을 상상할 수 없었던 시절의 얘기다.

  내가 서점을 빈번하게 드나들며 구매 희망 도서목록을 메모지에 쓰다가 생각해낸 게 미니 수첩이다. 미니 수첩은 와이셔츠 주머니에 쏙 들어갔다. 그런데 가끔 엎드릴 때 땅에 떨어트리는 게 문제였다. 미니 수첩을 몇 차례 잃어버리자 나는 고민 끝에 대책을 마련했다. 그 수첩 한 귀퉁이에 구멍을 뚫고 고리와 집게를 매달았다. 수첩의 고리를 집게로 와이셔츠 주머니에 고정한 다음부터는 분실하지 않았다.

처음에는 주로 전화번호부와 주소록으로 사용했다. 초기에는 도서명보다 전화번호와 주소가 훨씬 많았다. 시간이 지나며 도서 자료 메모가 늘어갔다. 나는 신문을 볼 때마다 제일 먼저 도서 광고나 도서 안내를 살핀다. 메모할 사항이 있으면 늘 와이셔츠 주머니에서 대기하고 있는 미니 수첩과 볼펜을 꺼낸다. 지금은 불량 볼펜이 사라졌지만 가끔 볼펜에서 잉크가 흘러나와 나를 당황하게 만들기도 했다. 와이셔츠 주머니의 얼룩을 지우려다 실패하고 손빨래로도 지워지지 않는 고민 끝에 세탁소로 달려가기도 했다.

얼마 지나지 않아 미니 수첩은 오로지 도서 정보로만 채워졌다. 수첩 하나로 대략 3~4년 정도를 썼다. 해마다 약 2~300여 권의 도서명을 기록하지만 구매하는 책은 100~150권 정도였다. 그러면 나머지 도서를 다음 해에 구매하는가 하면 그렇지도 않다. 해마다 쏟아지는 신간에 쫓기다 보면 잊을 수밖에 없다. 결국은 나중에 헌책방에서 중고도서로 그 일부만 구입하고 나머지는 도서목록에 있을지라도 잊고 마는 것이다.

나는 미니 수첩에 기록하는 도서목록을 관리한다. 해마다 1로 시작하는 구매 예정 도서 번호가 연말에는 2~300번까지 이르게 된다. 구매한 책은 두 줄을 그어 놓고 구매하지 않고 서점에서 훑어보기만 한 책은 한 줄을 그어 놓는다. 아무런 줄을 그어 놓지 않은 책은 아직 서점에서 확인하지 않은 도서로 구분한다. 나는 주제별 독서를 하는 편이어서 유사한 도서명이나 유사한 내용이 담긴 도서를 확인하고도 혼동할 때가 종종 있다. 그럴 때 미니 수첩의 도움을 받는다.

연말에 미니 수첩을 보면 그해 도서 구입 상황 및 독서 행태를 짐작할 수 있다. 이를 토대로 다음 해 독서 계획을 세운다. 그 미니 수첩들 일부는 분실한 것도 있어서 지금 남아 있는 것은 10개가 되지 않는다. 미니 수첩은 너덜너덜하고 누렇게 바래졌지만 내 독서 이력을 보여주는 자료다. 차마 버리지도 못하고 쓰레기 아닌 쓰레기처럼 밀려나 서재 한 귀퉁이에서 먼지만 쌓여간다.

책 빌려주는 바보

　우리는 살아가면서 인간관계가 조화롭지 못할 때 심한 스트레스를 받는다. 책을 빌려주는 일도 그 하나다. 도서관이 없는 시골에서 책을 빌려주고 받기가 늘 있는 일은 아니지만 이웃 간의 다툼으로 이어진 일이 있었다. 우리 집에 있던 『토정비결』 때문이었다. 『토정비결』은 수시로 집을 나갔다 들어오기를 반복했는데 어느 날 아예 사라져버렸다. 문제는 빌려갔던 사람이 돌려주었다고 우기는 것이다. 환장할 일이다. 결국 아버지는 『토정비결』을 다시 샀다. 도서관처럼 대출 반납 장부가 있는 것도 아니니 어찌할 수가 없는 노릇이었다.

　어려서부터 우리 집에 있는 책을 이웃에서 빌리고 돌려주는 과정을 보아 온 나는 책은 빌려주지 말아야 한다고 생각하게 됐다. 그도 그럴 것이 소장하고 있는 책이 몇 권 되지도 않는데 그것마저 잃어버리면 낭패이기 때문이다.

내가 교사가 되고 나서 책을 사 나르며 겪은 일이다. 내가 읽던 책을 눈여겨보던 동료 교사가 책을 빌려달라고 했다. 나는 몇 차례나 책은 사서 보는 것이라며 거절했다. 마침내 그 선생은 내게 빈정대며 화를 냈다. 어처구니없었다.

다른 학교에서도 책을 빌려달라는 교사를 만났다. 그리 멀지 않은 자리에 앉아 있던 교사가 책을 빌려달라고 하기에 이번에는 동료 교사의 화를 걱정하여 빌려주기로 했다. 원하는 대로 무려 다섯 권이나 빌려줬다. 그런데 얼마 후 그 책들이 내게 돌아왔지만 마음이 편치 않았다. 책을 깨끗이 다루지 않은 흔적이 군데군데 있었다. 심지어 책을 펴놓고 칼질한 흔적도 있었다.

그 무렵 결혼 직후 제자들 셋이 찾아왔다. 그들은 책을 보고 놀다 일어서며 역시 내게 책을 빌려달라는데 거절하지 못했다. 한 권 또는 두 권을 원하기에 모두 허락했다. 아니나 다를까. 그 이후로 다시는 만나지 못하는 제자가 생겼다. 30여 년이 지났지만 여전히 사람도 책도 소식이 없다.

어떤 사람은 책을 산 책, 빌린 책, 훔친 책으로 분류한다. 내 서재에는 오로지 산 책만 있어서 서운하다. 내겐 빌린 책을 움켜쥐고 반납하지 않을 배짱이 없었다. 책을 훔치고 싶었던 적이 없었다고 한다면 거짓말이다. 갖고는 싶은데 워낙 값이 비싸다 보니 훔치고 싶기도 했다. 그런데 실행할 엄두조차 내지 못했다. 책을 훔치기에는 내 가슴이 워낙 작았다. 나는 니콜라스 바스베인스의 『젠틀 매드니스』에 등장하는 책도둑 블룸버그를 부러운 눈으로 읽었다. 나도 이제는 내 서재를 단 몇 권만이라도 빌린 책과 훔친 책으로 채우고 싶다.

책을 빌려주는 사람은 바보, 빌린 책을 돌려주는 사람은 더 바보라는 말을 곱씹어 보지만 뾰족한 수가 없다. 어쩌면 책을 갖고 있는 한 바보를 면할 방법은 없을 것 같다. 바보도 종류와 등급이 있다는데 나는 어디에 속하는지 모르겠다. 한때는 빌려달라는 책을 사서 주기도 해봤지만 그것도 한두 번이지 계속할 수는 없다. 왜 사람들은 책을 살만한 돈을 갖고 있으면서도 책을 빌려달라고 하는지 정말 이해하기 어렵다. 제발 부탁한다. 책 빌리고 싶으면 도서관에 가. 아니면 사서 봐!

숨긴 책

　언제부터인가 책을 주문하고 학교에서 받기 시작했다. 아내의 눈을 피하려는 술책이었다. 책값은 '술값'이라 둘러댔다. 학교에 책이 쌓이기 시작했다. 10여 권 정도야 상관없지만 여름방학 무렵에는 50여 권을 넘어서니 그대로 둘 수가 없었다. 집으로 가져가야 한다. 그렇다고 한 번에 다 가져가면 안 된다. 서너 권씩 가방에 넣어 표시 안 나게 가져가야 한다. 책장에 꽂을 때는 아내의 시선에서 먼 곳부터 듬성듬성 나누어 기존의 책들 사이에 끼워 넣어야 한다. 표지 장정이 화려한 책은 책등이 안 보이게 거꾸로 꽂아야 한다. 그렇게 긴장하며 책을 감추느라, 책이 늘어나는 속도를 조절하느라 애쓰다 보니 나는 늘 좌불안석이었다.

　그러다 결혼 후 4년이 지날 무렵 사촌 형이 승용차를 바꾸며 내게도 자가용이 생겼다. 그 차는 소형인데도 트렁크가 유난히 컸다. 책 50여 권은 표시 안 나도록 쉽게 은닉할 수 있었다. 그러니까 내가 1년간 구매하는 도서의 절반 정도는 가볍게 숨길 수 있는 공간이 있었다. 이때부터 내가 책을 관리하는 방식에 변화가 왔다. 읽은 책은 먼저 승용차 트렁크에 잠재운 다음 일정한 시간이 지나면 내 서재 한적한 귀퉁이에 서서히(?) 자리를 잡았다.

결혼 직후 장모님은 "이제 책은 그만 사고 집을 사게."라고 했는데도 나는 여전히 집 대신 책을 사들였다. 장모님의 연속되는 말씀으로 내가 주눅들자 아내는 내 편을 들었다. "하는 거라곤 그것밖에 없는데 그것도 못하게 하면 어떻게 해요? 그냥 놔둬요!"라고 하기에 눌렸던 내 마음이 솟아올랐다. 그런데 난 아내의 말을 내 마음대로 해석했다. 다시 책을 사 나르는 일에 날개를 단 듯 맘껏 펄럭이고 말았다. 마치 이카로스의 날갯짓처럼.

이카로스가 미지의 세계를 동경했듯이 나 또한 책의 세계를 끝없이 동경하는 게 문제였다. 하지만 세상일은 내 마음대로 되지 않는 게 상식이다. "당신은 애들이 커가는 데 걱정도 안 되나 봐?" 저 한마디에 나는 그만 속수무책으로 무너졌다. 맞다. 두 딸이 커가는 것을 생각해서라도 'LP 음반은 이제 그만'처럼 '책도 이제 그만'이 되어야 했다. 아, 그런데 책을 끊는다는 게 말처럼 되지 않았다.

어느 날 아내가 말했다. "요즘, 책 안 사?" "응, 조금." "얼마나 사는데?" "서너 권." "하긴, 대학원 다니며 볼 새도 없을 거야." "…." 뭔가 수상했다. 그렇다고 내가 따져 물으면 더 이상해질 것 같아 슬며시 물러났다.

　내 책의 문제는 엉뚱한 데서 시작되었다. 둘째 딸은 내 서재를 곧잘 들락거렸다. 둘째는 초등학교 1학년 때부터 위험하게도 책상 위에 의자를 올려놓고 올라가 책장 위 천장에 닿은 책까지 꺼내 봤다. 게다가 내가 거꾸로 꽂아놓은 고가의 책까지 꺼내놓았으니 사태를 수습하고 말고도 없었다. 이를 아내가 그냥 지나치지 않았다. 아내는 이미 서재 곳곳에 '끼어' 있는 책등을 쫙 훑어냈다. 책등에 쓴 도서 번호뿐만 아니라 도서 구입 일까지 책 뒤표지 간지에 써놓았으니 아내는 아마 "볼 테면 봐라!"로 괘씸하게 받아들였을지도 모른다.

　나는 여자를 몰라도 너무 몰랐다. 여자가 아주 민감한 존재라는 것을 알 턱이 없었으니 내게 비극이 다가오리라는 것을 모르는 것 또한 당연했다. 어느 책을 보니 여자는 남편이 바람피우는 것을 직접 보지 않고도 거의 '감'으로 알아챈다는 대목이 있었다. 그러니 남자들이 일을 저질러 놓고 아니라고 잡아떼 봐야 헛일이다. 빨리 이실직고하여 정상참작이라도 얻어내는 게 상책이란다. 이런 것을 나는 뒤늦게 알고 땅을 쳤다.

　벼락이 식은 후 내가 서재 한 귀퉁이에서 책을 원망하며 풀이 죽어 있을 때였다. 둘째가 "아빠, 왜 그래?"하는데 그토록 예뻤던 딸이 그렇게 미울 수가 없었다. 나는 아무런 대꾸도 없이 돌아앉아 책 읽는 시늉을 하며 자꾸 말을 거는 둘째를 외면했다. 게다가 "저 위의 어느 책은 재미있다."라며 재잘거리는 딸의 기분을 받아줄 만한 여유가 바닥나 있었다.

지난 일을 돌이켜볼 것도 없고 둘째 딸도 잘못이 없다. 내가 책을 원망하는 것도 말이 안 된다. 무엇보다도 아내는 나를 기죽이려 하지 않았다. 내가 무엇을 하든 아내는 선선히 동의했다. 다만 내가 책을 사 나르는 게 과도했기에 아내가 제동을 걸었을 뿐이다. 내가 아버지에게 과유불급(過猶不及)을 배웠으면 뭘하나. 아버지는 늘 실천을 뜻하는 습(習)을 강조하셨는데 나는 학(學)으로만 끝난 탓이었다. 아버지 죄송합니다!

사족. 둘째 딸은 초등학교 상급 학년이 되자 이런저런 곳에 글을 투고하기 시작했다. 그러던 어느 날 둘째는 모 신문에 보낼 글이라며 내게 가져왔다. 둘째의 글은 내 서재를 그냥 들락거리지 않았다는 증거로 충분했다. 나는 잘 썼다고 칭찬하며 얼른 보내라고 추켜세웠다. 10여 일 후에 그 글을 신문에서 다시 읽으며 감개무량했다. 며칠 후 둘째가 선물로 받은 양장본 도서를 펼쳐 들고 기뻐하는 모습에 나는 그만 가벼운 현기증이 일었다.

말과 책임

　우리는 살아가면서 말 한마디로 천 냥 빚을 갚는다는 사실을 알면서도 실천하지 못한다. 생각을 정리하고 말해야 하지만 그렇지 못하는 경우가 더 많다. 아차 하며 놀랄 때는 이미 늦었다고 봐야 한다.

　교사 초년 시절, 교실에서 시간이 날 때마다 학생들에게 서점 데이트를 제안하곤 했다. 주로 종로서적이나 광화문 교보문고로 오라고 했다. 주말이면 늘 가는 곳이니 특히 토요일 오후는 서로 만날 확률이 아주 높다고 강조했다. 게다가 책을 읽고 있는 학생을 발견하면 맛난 음식도 사주겠다는 말도 덧붙였다.

　학생들은 그 넓은 서점에서 어떻게 선생님을 만나겠느냐며 걱정부터 했다. 그러면 나는 종로서적이나 교보문고 수학 매장 쪽으로 오라고 했다. 나는 다른 쪽의 책들을 읽을 때도 수학 매장 쪽 근처 바닥에 앉아 읽는다. 특히 교보문고는 바닥 전체가 카펫이 깔려 있어서 발을 쭉 뻗고 책장에 기대어 책을 편하게 읽을 수 있다. 게다가 수학 매장 쪽은 한가하기 그지없는 곳이다.

어느 해 겨울 주말이었다. 교보문고 수학 매장 쪽에서 책을 읽고 있는데 한 여성이 수학 매장 쪽 책장 골목골목을 살피더니 내게 다가오며 조심스러움과 머뭇거림이 섞인 목소리로 "혹시 황 선생님…." 했다. 나는 고개를 들고 일어서며 "그런데요."하니 그녀가 인사를 했다.

교보문고 스낵코너에서 그녀와 음료를 나누며 지난 얘기를 나누었다. 수줍음을 많이 탔던 그녀는 대뜸 자기를 기억하느냐 물었다. 여학생 세 반 200여 명을 가르쳤는데 담임도 아니었기에 학생 면면을 기억하기가 쉽지 않았다. 나는 한참 얼굴을 살펴보다 한 가지 특징을 기억해냈다. 네가 양 볼이 발갛고 말이 거의 없었던 것 같다고 하자 그녀는 활짝 웃었다. 선생님이 교보문고로 오라고 했을 때 자기는 수학을 잘하지 못한다는 자격지심으로 교보문고에 가고 싶었지만 망설임으로 끝났다며 아쉬운 표정을 지었다.

지금 그녀는 어느 이과대학에 다니고 있는데 적성이 맞지 않아 자퇴하고 다시 공부해서 문학을 하고 싶다며 지금 준비하고 있단다. 내가 고등학교 때 문학으로 방향을 잡지 않은 까닭을 물으니 부모님이 대학 가기 쉬운 이과를 종용하여 그리되었다며 한숨지었다. 그리고는 내가 수업 때마다 책 읽기를 강조하며 미니 수첩에 깨알 같은 글씨로 도서명 기록한 것을 보여주던 일을 떠올렸다. 또 선생님의 수학보다는 늘 책 읽는 모습을 오래 기억한다고 했다. 오늘은 공부가 잘되지 않고 심란했는데 선생님이 "주말에는 교보문고에서 책을 읽는다."라는 말이 떠올라 서점을 찾았단다.

지금이야 교보문고도 방문객이 책을 읽을 수 있도록 테이블과 의자를 마련해 놓았지만 그것은 근래의 일이다. 당시에는 교보문고도 하나뿐이었다. 종로서적보다 교보문고를 선호한 까닭은 바닥에 카펫이 깔려 있어서 아무 곳에나 앉아도 책 읽기가 편했기 때문이다. 그런 곳에서 학생들과 책을 읽고 싶었던 나는 주말만 다가오면 함께 만나기를 바랐다. 때로는 서점에 가지 않으면서 얘기한 적도 있었다. 나는 책임짓지 못할 말을 한 것을 잊고 있었는데 그 여대생을 만나며 나를 돌아보게 되었다.

내 말의 책임을 절감한 일은 또 있었다. 강남의 C 중학교에서 근무할 때다. 2학기 초 내가 가르치는 3학년 학급에 울산에서 전학 온 학생이 있었다. 2학기 중간고사 수학은 서술형 4문제 8점씩 32점이었다. 서술형 답안지는 A4 용지 한 면을 가로세로 각각 이등분하여 총 네 문제를 쓰도록 만들었다. 문항 번호는 세로 방향으로 왼쪽 1, 2 오른쪽 3, 4였다. 즉 왼쪽 아래로 1, 2이고 오른쪽 아래로 3, 4 순이었다. 그런데 그 학생은 왼쪽 첫 칸을 1, 오른쪽 첫 칸을 2, 왼쪽 아래 칸을 3, 오른쪽 아래 칸을 4로 답안지를 작성했다. 그러니 내용은 모두 완벽하게 썼지만 1번과 4번만 맞고 2번과 3번은 순서가 바뀐 것이니 맞았다고 할 수 없다. 나는 교실에서 문제를 풀어준 후 그 학생에게 "두 문제는 틀렸다."라고 말했다.

잠시 후 나를 따라 교무실에 온 그 학생은 "문항 순서는 바뀌었지만 내용이 맞으니 정답으로 인정해 달라."고 했다. 나는 아무렇지도 않게 "이미 32점으로 채점해 놨다. 네 서술형 점수는 만점이다. 걱정하지 마라."며 학생을 안심시켰다. 그러자 그 학생은 "저는 전학 와서 한 달 반 동안 선생님이 한 번도 허튼 말씀을 하시는 걸 보지 못했습니다. 조금 전 말씀 역시 그렇다고 생각했습니다."라며 나를 뜨끔하게 만들었다. 아! 나는 즉시 사과했다. "선의의 거짓말이었지만 미안하구나. 정식으로 사과하마. 미안하다."

가볍게 말했지만 결과가 엄청나다는 것을 뒤늦게 알았다. 비록 길지 않은 시간이었지만 그 학생은 답답한 마음을 견디며 나를 찾아왔을 것이다. 나는 교실에서 심술부리듯 말하는 습관이 있었는데 그 이후로 좀 줄었다. 하지만 여전히 미흡한 내게는 반면교사가 따로 없다.

사족. 그 학생은 2학기 중간고사부터 기말고사까지 연이어 전체 1등을 했다. 10월 어느 날에는 전국 중고등 학생 PC 프로그램 경진대회에서 대상을 받고 9시 뉴스에 등장했다. 이게 끝이 아니다. 그는 서울과학고에 진학했다. 그해 여름 마이크로소프트의 빌 게이츠가 우리나라를 방문해서 서울과학고에서 강연하고 몇몇 학생들과 인터뷰했는데 그 학생과 나눈 대화가 신문에 실렸다. 내가 그 학생 답안지 두 문제를 빵

점처리 했더라면 훗날 두고두고 멍텅구리 소리를 들을 뻔했
다.

책의 가치

　우리는 무엇을 하든 그 대가에 초연하기가 쉽지 않다. 최소한 마음의 위안이라도 바라기 마련이다. 나는 책을 읽으며 장차 어떤 쓸모가 있을까를 생각하지 않은 게 아니라 미처 생각할 줄을 몰랐다. 그냥 그저 즐거울 뿐이었다. 그러니 그토록 부지런히 책을 사 날랐을 것이다. 그런데 주위에서 나를 바라보는 시선은 곱지만은 않았다. 그런데도 어리석은 나는 그에 아랑곳하지 않았다.

　나는 책을 사 모으기 시작하며 내게 책이란 무엇일까를 생각하지 못했다. 또 책이 얼마나 나를 괴롭힐지, 책이 얼마나 나를 기쁘게 할지도 짐작하지 못했다. 게다가 책을 빌려주거나 팔거나 버리는 것은 있을 수 없는 일이라고 여겼다. 그런데 책이 늘어나다 보니 뜻하지 않게 책이 애물단지가 되는 경우를 뒤늦게 알게 되었다. 그럴 때마다 책을 버리려고 정리해 놓았다가 다시 책장에 꽂는 짓을 반복하게 되었다.

그러던 차에 미움 받던 책이 뜻하지 않게 나를 기쁘게 해주는 일이 있었다. 나는 결혼을 준비하며 책 읽은 덕을 톡톡히 봤다. 당시 내 책이라고 해봐야 600여 권밖에 되지 않았다. 그걸 트럭에 싣고 와서 승강기도 없는 아파트 5층 계단을 오르내리며 들여놓았다. 목덜미로 흘러내리는 땀을 쉴 새 없이 닦아내면서도 입은 연신 히죽거렸다.

며칠 후 신혼 살림살이를 들여놓던 중에 처이모부 내외가 찾아왔다. 나는 처가 쪽에서 교사 사위를 달갑게 여기지 않는 것으로 짐작했다. 아마 교사의 사회경제적 지위가 낮다는 판단에 따른 자격지심이었을 것이다. 그런데 처이모부가 책장에 꽂아놓은 내 책들을 훑어본 모양이었다. 나는 "자네가 저렇게 많은 책을 읽은 게 마음에 드네."라는 처이모부의 한마디에 그만 입이 귀밑에 걸리고 말았다.

그게 다가 아니었다. 그분은 조카 부부를 결혼식 당일 집에서 결혼식장까지, 결혼식 끝나고 김포공항까지, 신혼여행에서 돌아올 때 다시 김포공항에서 집까지 데려다준다고 하셨다. 나는 어안이 벙벙해졌다. 워낙 긴장한 탓에 묻는 말에 대답도 제대로 하지 못하고 더듬거렸다. 그날 저녁 잠을 설쳤다. 누웠다 일어나기를 몇 번씩 반복하며 책장의 책등을 쓰다듬고 또 매만졌다.

그분은 회사원이었는데 괌에서 근무하다 잠시 귀국하여 휴가를 보내는 중이었다. 그런데 그분은 회사에 휴가를 연장하면서까지 내 결혼식 및 신혼여행 이후까지도 책임졌다. 이게 끝이 아니었다. 첫아이가 몸이 아파 병원을 들락거려도 회복이 더뎌지자 아내는 매일 눈물범벅이었다. 그분은 소식을 듣자마자 늦은 밤에 차를 운전해서 서울역 뒤 소화아동병원 진료를 안내할 정도였다.

이외에도 가끔 식사에 초대하거나 뷔페 식사를 마련하기도 하며 조카 가족을 남다르게 우대했다. 사실 그 사이에서 처이모 역할이 컸지만 나로서는 내 책도 한몫했다는 생각이 든다. 그렇다. 책을 읽다 보면 언젠가는 그 효과나 가치가 알게 모르게 나타나기도 한다.

읽는 동기

내가 초등학교에 입학할 무렵 집에 있던 책은 아마 100권을 넘지 않았을 것이다. 그마저도 형 누나의 교과서를 제외하면 50권 정도로 줄고 또 서당용 한자 책과 명리학, 만세력, 토정비결 등을 제외하면 20여 권 내외로 줄어든다. 그러다 내가 초등학교를 졸업할 때가 되어서야 200여 권으로 늘었을 것이다. 그 외에 내가 읽을 만한 자료는 『소년조선일보』가 있었는데 주로 연재만화에 쏙 빠져 있었다.

나는 언제 처음으로 책을 샀을까. 아마 중학교 입학 후부터였을 것이다. 교과서 이외에 참고서와 문제집을 산 게 도서 구입의 시작이었다. 이어서 고가의 『생물도감』을 샀다. 중3 때는 잡지 『진학』을 사서 읽었던 게 전부였다. 그 잡지도 문학을 읽기보다는 연재만화에 끌렸을 뿐이다.

고등학생이 되어서는 초등학교나 중학교에 없던 도서관을

만나며 읽을거리가 많아졌다. 학교에서는 신문이나 정기간행물을 잘 갖춰 놓았을 뿐더러 수시로 읽을 여건을 조성해주었다. 이때 문학을 조금 읽었지만 어쩌다 만나는 정도였을 뿐이다. 또 처음으로 시집 『영원한 소월의 명시』를 샀지만 군데군데 읽다가 말았다. 그렇게 나는 책 읽기에 관심이 별로 없었다. 책 읽는 습관이 없던 탓으로 돌리기에는 너무나 아까운 시절이었다.

그런 상태는 대학생이 되어서도 마찬가지였다. 도무지 전공 이외에 문학이든 비문학이든 읽을 생각조차 하지 않았다. 어쩌다 읽는 시늉은 했을지언정 지속해서 읽지는 못했다. 부끄럽게도 나는 그렇게 대학을 졸업했다.

나의 책 읽기는 대학을 졸업한 직후부터 시작되었다. 그때 산 책이 『아웃사이더』의 저자 콜린 윌슨이 쓴 『우주의 역사』였는데 진한 감동의 여운을 여태껏 느끼고 있다. 그 맛에 매월 책을 사며 읽기 시작했는데 1년이 지나자 방 귀퉁이에 40여 권의 책이 쌓였다.

교사가 되어 첫 한 달 동안 사촌 누님 댁 신세를 졌다. 사실 말이 누님이지 엄마 같은 분이었다. 조카들이 넷이지만 막내만 나보다 나이가 어렸는데 그 조카 방에서 더부살이했다. 조카는 대학생이었는데 서울 토박이답게 청계천과 세운상가에 대해서 아는 게 많았다. 책과 LP 음반 구매 루트를 쫙 꿰고 있었다.

나는 하숙집을 구하자마자 고향집으로 가서 지난해에 읽던 책 40여 권을 가져다가 책꽂이에 꽂아놓았다. 어느 날 같이 하숙하던 대학생 둘이 내 방에 들어와 얘기를 나누게 되었다. 그중 한 대학생의 "선생님들은 방에 책이 가득한 줄 알았다."라는 말에 뜨끔했다. 내 귀에는 더 읽어야 한다는 뜻으로 아프게 들렸다.

나는 지난해에 40여 권을 읽었는데 부족하다고 생각했다. 이제부터 연간 100권을 읽겠다는 야심 찬 다짐을 했다. 사흘에 한 권, 가능할 것 같았다. 이후 주말이면 종로서적과 교보문고로 갔다. 그게 끝이 아니었다. 새 책을 산 다음 세운상가와 청계천으로 가서 LP 음반과 헌책도 사 모으기 시작했다.

주로 주말과 방학에 집중적으로 책을 읽었다. 특히 기억에 남는 책이 있다. 여름날 에어컨도 없는 방에서 선풍기 하나에 의지해『드레퓌스 사건과 지식인』을 무려 25시간 동안 단숨에 완독하고는 그만 콧물을 줄줄 흘리고 말았다. 또 하나는『한하운 전집』이다. 읽는 내내 흐르는 눈물을 어찌해 볼 도리가 없었다. 그 책은 책이 아니었다. 그냥 눈물 덩어리였다.

교사 김용택은 산골학교에서 월부 책장수에게 산 월부책을 읽으며 시인이 되었다. 나는 하숙집 옆방 대학생 말 한마디에 독서의 길로 접어들었다. 시인 김용택이 그 월부 책장수를 만나고 싶어하듯 나도 그 대학생을 만났으면 좋겠다. 크게 한턱내고 싶다.

LP 음반

　내가 처음 중등교사로 부임한 학교는 달이 비친다는 시냇물 위로 형성된 반달 모양의 마을 위쪽에 자리하고 있었다. 주변을 살펴보니 서울 속의 시골이었다. 학교는 온통 숲으로 둘러싸여 한여름 더위를 피하기에 좋았다. 특히 뒷산의 너럭바위는 수십 명이 앉아도 남을 만큼 넓어서 학생들과 파티를 하거나 동아리 활동 공간으로도 좋았다. 나는 매주 특별활동 시간에 학생들과 너럭바위로 갔다. 그곳에서 녹음기를 틀어 놓고 학생들과 음악 감상을 했다. 오후가 되면 숲속 음악 감상실로 읽던 책을 들고 올라가기도 했다. 서울 어디에 그런 곳이 또 있겠는가.

　나는 음악 감상 준비를 하며 자연스럽게 학교 앞 레코드점을 찾게 되었다. 학생 시절에는 주머니가 여의치 않아 기웃거리기만 했던 레코드 가게를 출퇴근길에 오며 가며 들락거렸다. 찾는 게 없으면 바로 청계천이나 세운상가로 갔다. 흔히 백판이라 불리는 해적판을 구할 수 있어서다. 거기에서도 없으면 업자를 구슬려 잘 팔릴 테니 한 300장 찍으라고 꼬드겨 놓는다. 다음주에 들려보면 묻기 전에 판매 상황이 보인다. 당시 내 월급이 30만 원 정도였는데 라이선스 LP 한 장에 3천3백 원, 백판은 1천5백 원이었다. 그런데 가게에 들어서자마자 한 장도 안 팔렸다며 책임지라고 푸념하는 때도 있다. 그러면 좀더 기다려보라고 달래야 한다. 다음에도 희귀판을 찍게 하기 위해서다.

어느 주말 여름 고려대학교 근처 종암동 레코드점에서였다. 핑크 플로이드(Pink Floyd)의 두 장짜리 오리지널 앨범 「더 월(The Wall)」을 발견했다. 중고품인데 2만 원을 부른다. 무려 한 시간 이상을 밀당해서 1만 5천 원으로 손에 넣었다. 문제는 그다음이었다. 하숙집까지 갈 몇백 원밖에 안 되는 버스비가 없었다. 웬만하면 가게 주인에게 버스비를 구걸할 수 있었지만 차마 그러지 못했다. 뙤약볕에 하숙집으로 걸어가는데 두 시간 정도 걸렸다. 방에 들어서자마자 턴테이블에 LP 판을 올려놓고 바늘을 잡는데 손에 떨림이 일었다. 식사 시간이 훨씬 지났는데도 하숙집 아주머니가 밥을 차려 놓고 부르는 소리를 듣지 못할 정도로 빠져들었다.

종로에는 우리나라 최대 레코드사가 운영하는 레코드점이 있었다. 그곳은 정말 다양한 음반들이 진열된 그야말로 음반 백화점이었다. 워낙 자주 드나들다 보니 직원이 내게 인사를 할 정도였다. 한 아가씨는 내가 선호하는 음반을 알고 있었다. 내가 묻지 않아도 최근에 발매된 음반들을 알려주니 이곳저곳 두리번거릴 필요가 없었다. 바로 돈만 내면 되었다. 카드가 통용되지 않을 때니 항상 현금 지불이었다. 얼마 후 그 가게는 청담동에 빌딩을 지어 이전했는데 매출은 신통치 않았던 모양이다. 문화는 강북이라는 말마따나 서점을 비롯한 문화 콘텐츠들은 강남에서 고전한다는 말이 사실이었다.

그렇게 그러모은 프로그레시브 록 계열의 LP 음반이 1천여 장 정도 되었을 무렵 CD 음반이 나오기 시작했다. 당연히 가격이 비쌌다. 아마 1만 원 이상이었던 것 같다. 게다가 결혼을 하며 책과 음반을 혼자 살아갈 때처럼 사 나를 수는 없었다. 둘 다 하기는 어렵기에 LP 음반 및 CD 음반은 잊기로 했다. 음반이 책에 밀린 것이다.

나는 새 음반 구매를 멈췄지만 음악은 계속 들었다. 그런데 새 음반을 외면하다 보니 자연히 기존의 음반과도 거리가 생기기 시작했다. 더불어 이사를 거듭하며 LP 음반은 천덕꾸러기가 되어갔다. 이사를 하는 횟수에 비례하여 LP 음반은 줄어들기가 점점 빨라지며 결국은 500여 장이 되었다. 그마저도 책의 유랑 무리에 끼어 먼 시골까지 갔다가 영원히 내게 돌아오지 못했다.

최근 LP 음반 복고 바람이 불며 마음이 설레기도 했지만 그냥 접기로 했다. 여전히 책을 놓을 수 없는 나는 두 마리 토끼를 다 잡을 수 없는 현실을 외면하지 못한다.

책의 유랑

나에게 책은 애증의 추억이 서려 있다. 책은 자랑스러움과 골칫거리 사이 어디쯤 있을까. 나는 책을 사들이며 나중에 그 책이 어떻게 될까를 고민하지 않았다. 그러니 이사할 때나 책과 이별해야 할 때 어찌할 바를 모르고 허둥대는 짓을 반복해왔다.

교사로 3년이 지나가며 책은 약 300여 권으로 늘었다. 하숙을 접고 의정부에 사는 사촌 형 집으로 옮길 때 책을 트럭에 싣고 갔는데 1년 만에 형은 회사를 따라 원주로 이사하게 되었다. 나는 거처를 옮겨 방배동 친척 집에 더부살이하며 책을 가져가기가 곤란했다. 고향 친구 여동생에게 부탁했더니 가져오라고 했다. 400여 권의 책을 트럭에 싣고 상계동 친구 여동생 집에 도착해서 문을 두드리니 친구 여동생이 책을 보고 기겁했다. 친구 여동생 부부가 한참을 고민하더니 수유리 본가 창고로 가자고 했다. 그렇게 책은 창고의 어둠 속으로 들어갔다.

1년 후 친척 집을 나와 어느 대학 근처에서 하숙할 때였다. 상계동에 사는 친구 여동생에게서 전화가 왔다. 장맛비에 수유리 시댁 창고에 물이 새니 책을 가져가라는 것이다. 아, 책이 다 젖었겠구나! 좌불안석하며 달려갔더니 두 상자 일부만 젖은 게 보였다. 풀어헤쳐 볼 겨를도 없이 트럭에 책을 싣고 하숙집에 들어서자 하숙집 아주머니가 인상을 찌푸렸다. 나는 재직하는 학교 동료 교사와 한방을 쓰고 있었다. 아주머니는 교사도 학생처럼 방학에는 고향으로 갈 것을 예상했다. 방학이 있는 여름 겨울 약 넉 달 동안 대학 부설 연수원생을 받으려 했는데 차질이 생긴 것이다. 책은 하숙집에서 미운털이 되었다.

유월 어느 날, 퇴근길에 옆방 대학원생을 만났는데 손에 비닐을 들고 있었다. 그는 하숙집에서 쫓겨났는데 아주머니가 책 더미를 문밖에 내놔서 덮어야 한단다. 그가 쫓겨난 사연이 있었다. 같은 방을 쓰는 회사원이 밤늦게까지 공부하는 대학원생 불빛을 견디다 못해 나갔기 때문에 하숙비 손해가 났다며 취한 조치였다. 그는 기말고사 중이니 1주일 후에 방을 비우겠다고 애원했지만 열댓 명이나 되는 하숙생을 거느리는 '하숙 공장' 사장님은 매몰차게 거절했다. 동시에 장마철임에도 불구하고 책과 이불 등을 문밖으로 내던졌다.

나는 아주머니에게 학생이 기말고사 중이라 이사할 겨를이 없다 하니 1주일만 내 방에 짐을 들여놓도록 하겠다고 했다.

아주머니 입에서는 좌고우면 없이 바로 "안 돼요!"가 튀어나왔다. "그거 너무하시는군요." 하니 "그러면 선생님도 나가세요!" "네에? 아니 학생 책이 젖을 것 같아 며칠간 책을 보관해준다는 게 그렇게 잘못된 일입니까?" "선생님도 나가세요!" "그래요, 그렇다면 나가죠. 대신, 하숙비 환불해 주시고. 여기 올 때 복덕방에 줬던 소개비도 돌려주세요. 석 달 만에 나가는데 그냥 나갈 수는 없소!" "하여튼 나가세요!"

이렇게 나는 내 책과 다른 사람 책 때문에 하숙집에서 쫓겨나게 되었다. 사흘 뒤 트럭에 짐을 싣고 나니 하숙집 아주머니가 나머지 하숙비를 주는데 소개비 3만 원이 빠져 있었다. 핏대를 올리며 재차 환급을 요구했지만 묵묵부답이었다. 나는 부아가 치밀어 오르는 걸 참지 못하고 거칠게 한마디 내지르고 말았다. "아주머니, 세상 그렇게 사는 거 아니에요, 씨발!"

책은 방배동 친척 집 지하실 연탄창고 한 귀퉁이에 쌓았는데 습기가 없어서 다행이었다. 6개월 후에 결혼하며 책은 아파트 전세방에 둥지를 틀었다. 2년 만에 책 상자를 펼쳐보니 친구 여동생 시댁 창고에서 비에 젖은 몇 권을 제외하고는 대체로 상태가 무난했다. 책장에 600여 권을 펼쳐 놓으니 책이 숨을 쉬는 것 같았다. 나는 밤중에 화장실을 가다가도 책등을 쓰다듬으며 흐뭇해했다.

책은 4년 후 아파트 중도금 납부에 허덕이며 허름한 반 지하 방으로 이사할 때 다시 상자로 회귀했다. 책장과 책을 놓을 공간이 부족해서였다. 그러다 2년 만에 다시 아파트로 돌아오며 책은 책장에서 책등을 보여주었다. 책은 해마다 거의 100여 권 이상씩 늘어가며 점점 보물단지와 애물단지 사이를 오갔다.

　그로부터 6년 후 현재 사는 아파트로 이사하며 다시 늘어난 책 때문에 곤란을 겪었다. 이삿짐센터는 기본 이사 비용에 책과 LP 음반만큼의 추가 비용을 요구했다. 게다가 직원들은 책 상자와 LP 음반 상자는 기피 대상이라 하기에 1천여 장 되는 LP 음반을 정리했다. 5백여 장만 남기고 나머지는 신촌과 홍대 입구 레코드점으로 보냈다. 책은 정리하기 싫었지만 국내 최대 헌책방으로 5백여 권을 보냈다. 헌책방 사장이 돈 대신 책을 가져가라고 하기에 사전 서너 권 가져오고 말았다.

　그렇게 책의 유랑이 끝났다고 생각했지만 그리 오래가지 못했다. 런던 유학에서 돌아온 큰딸 방에 가득했던 책을 처분해야 했다. 1천여 권의 책 중에서 2백여 권을 추려서 알라딘으로 보내고도 8백여 권 처리가 난감했다. 거실 한쪽 벽의 책도 정리하라는 아내의 성화에 할 수 없이 1천여 권의 책을 누나 전원주택 창고로 옮겨 잠재우고 말았다.

　창고에서 5년간 잠들어 있던 책은 최근에 마련한 산골 숲속 서재에서 숲 향기를 마시며 다시 깨어났다. 창고에 함께 쌓여 있던 5백여 장의 LP 음반은 곧 결혼할 조카가 관심을 보이기에 바로 건네주었다. 이것으로 내게서 LP 음반의 흔적은 완전히 사라졌다. 하긴 LP 음반 모으기가 끝난 지 30년이 지났으니 이제는 아쉬워할 것도 없다. 책과 LP 음반의

동병상련을 떠올릴 만하지만 그냥 잊기로 했다. 하여튼 이제 책의 유랑은 정말 끝났을까. 아무도 모를 일이다.

몰입과 초월

고교 시절 어느 선생님은 스스로를 선생님이라 하지 않고 '아버지'라 칭했다. 그러니 말씀할 때도 당연히 "아버지가 말이야….."로 시작했다. 언젠가 그 아버지는 학생들의 공부뿐만 아니라 하는 짓이 못마땅한 모양이었다. 그때 아버지는 "이놈들아, 공부할 때는 머리가 터지도록 하는 거야! 놀 때는 허파가 부어터지도록 웃고 즐기는 거야!"라고 말씀하셨다. 이어서 아버지는 지금 학생들의 상태가 어디쯤 있는지를 물었지만 나는 공부나 노는 것이나 미지근했기에 마땅한 대답을 하지 못했다.

나는 교사가 되어 학생들을 가르치며 그 아버지의 말씀을 뒤늦게 이해했다. 그 말씀은 학생들의 공부에 동기부여가 필요할 때, 책 읽기를 권유할 때, 더 나아가 나를 돌아볼 때도 종종 사용했다.

나는 도서 정보를 담을 미니 수첩을 늘 와이셔츠 주머니에 넣고 다녔다. 수시로 구매할 책을 메모해 두어야 하기 때문이다. 수첩이 아주 작다 보니 쓰는 글자도 작을 수밖에 없다. 수첩에는 도서명, 저자, 출판사, 가격 등을 써놓았다. 나는 교실에서 종종 그 수첩을 펼쳐서 보여주며 학생들에게 책 얘기를 했다.

　어느 날 한 여학생이 내게 어려운 질문을 했다. 선생님은 왜 책을 전투적으로 읽느냐는 것이다. 내가 책을 찾고 읽는 일련의 과정들이 그 여학생에게는 전투적으로 보였던 모양이다. 모든 학생은 선생님을 힘들게 하는 재주가 있다. 탁월한 학생이든 아니든. 나는 탁월한 그 여학생에게 독서가 마음의 양식이니 하는 따위의 진부한 말은 하고 싶지 않았다. 한참 뜸을 들이다 보니 그 반 모든 여학생이 숨죽이다시피 나만 응시하고 있었다.

　나는 짧게 말했다. "그렇게 읽다 보면 자기 초월을 경험하게 된단다."라며 종소리와 함께 교실을 나섰다. 그러자 그 여학생은 나를 쫓아 나왔다. 복도에서 마주한 그 여학생은 그저 내 얼굴만 보며 말없이 그다음 말을 기다리고 있었다.

　"우리가 살아가면서 종교나 극한체험을 통해서 아니면 정신수련 등으로 자기 초월을 경험할 수도 있다. 그러나 그것들은 우리 삶의 특수한 영역에 있는 것들이다. 반면에 독서는 남녀노소 누구나 쉽게 접근할 수 있기에 지극히 상식적이다. 수학은 상식을 순화시킨 것이라는 말이 있듯이 독서 역시 상식에서 출발하여 그토록 멀리 보이는 초월에 다다르기도 한단다."라고 말했던 것 같다. 그 여학생이 내 말을 얼마나 이해했는지 어떻게 받아들였는지는 모르겠다. 하여튼 그 여학생이 프랑스 파리 유학 중에도 독서와 관련한 편지를 주고받을 정도로 대화는 이어졌다.

우리는 살아가면서 자기도 모르게 어떤 초월을 경험한다. 스포츠나 예술 활동에 심취하여 자기를 잊어버릴 정도로 깊게 빠져들며 다른 세계를 여행한 것처럼 얘기하는 사람들을 심심찮게 볼 수 있다. 그들이야말로 초월을 통해 자기가 행하는 일의 진정한 의미를 깨달은 사람일 것이다. 초월이라고 해서 꼭 거창한 무엇을 말하는 것이 아니다. 어쩌면 초월은 내게 아주 가까이 있는 그 무엇인지도 모른다. 초월이 멀리 있는 느낌이 들면 자기 발견이라 해도 좋다.

40여 년 전에 그 아버지는 무엇을 하든 제대로 하기를 바라는 마음을 그렇게 표현했을 것이다. 제대로 하려면 빠져들어야 한다. 누구든지 무엇에든지 빠져들면 반드시 얻는 게 있게 마련이다. 기대해도 좋다.

칠석 약속

선생님들은 대체로 3월이 가장 바쁘다지만 나는 2월이 더 바쁘다. 새 학기 준비에 큰 차이는 없다. 나는 다른 선생님들과 다르게 준비하는 게 두 가지 더 있다. 먼저 2월 하순쯤에 학급 명렬표를 받게 되면 즉시 좌석 배치도를 만든다. 좌석 배치도에는 반, 번호, 성명, 평균 점수 등을 적는다. 좌석 배치도를 내 도서목록을 적는 미니 수첩에 끼워 넣고 다니며 틈이 날 때마다 부지런히 외운다. 학교에서도, 집에서도, 밖에서도, 화장실에서도, 잠자리에서도, 걸어가면서도 좌석 배치도를 보며 중얼거린다.

예전에는 개학 준비 회의를 주로 2월 28일에 열었다. 학급당 학생 수는 70명을 넘는 경우도 있었다. 3월 2일 개학까지 이틀 동안에 내 반 학생 이름 외우기가 만만치 않았다. 그런데 해마다 학생 수가 줄어들며 개학 준비 회의 또한 점점 당겨지기 시작했다. 요즈음은 새 학기 준비 일정이 계속 앞당겨져 개학까지 대략 두 주 정도 여유가 있다. 학급당 학생 수도 반 토막을 넘어 삼분의 일 정도인 24명으로 줄었다. 그러니 근래에는 학생 이름을 외워 부르다 틀리는 경우는 거의 없다.

한 가지 하는 일이 또 있다. 교실 청소다. 3월 2일 개학을 앞두고 반드시 하루 내내 교실 청소를 한다. 학생들이 수업 끝나고 하는 교실 청소라면 30분도 채 걸리지 않는데 내가 하는 청소는 좀 유별나다. 책상과 의자를 모두 뒤집어 놓는다. 그러면 책상과 의자 발목에 짧게는 1년 길게는 20여 년 동안 쌓인 먼지와 머리카락 덩어리가 돌처럼 굳어진 채로 붙어 있다. 그것을 송곳, 망치, 드라이버로 깨트리고 쇠 솔로 문질러 털어낸다. 어떤 교실은 단단한 부스러기와 머리카락을 쓸어 모으면 커다란 쓰레기통이 넘쳐날 때도 있다. 마지막으로 걸레질을 하고 나면 하루가 휙 지나가 버린다.

책걸상 발목을 닦으며 있었던 추억 하나. 어느 해 2월에 먼지 덩어리를 긁고 쓸어 담는데 교실 칠판 옆 게시판 위쪽에 눈길이 쏠렸다. 중학생 수준을 뛰어넘는 명언에 나도 모르게 끄덕인 것이다. 누군가 붉은색 스프레이로 "솔로 천국 커플 지옥"을 한 글자가 손바닥만 하게 써놓았다. 나는 책걸상 청소를 미루고 게시판 앞에 책상 두 개를 나란히 놓고 올라섰다. 페인트가 수성이기는 한데 걸레로 세게 누르며 문질러도 잘 지워지지 않았다. 물을 한 양동이 퍼다 놓고 걸레를 적셔가며 지우는데 2월 말인데도 땀이 흘렀다.

내가 솔로 천국 커플 지옥을 중얼거리며 손가락이 아프도록 닦는데 교장과 행정실장이 교실에 들어섰다. 교장이 "뭐 하는 거요?" 하기에 뒤돌아 내려다보며 "이게 맞는 말이긴 한데…. 놔둘까요?" 하니, 교장은 "색깔만 바꾸면 쓸 만한데."하는 것이다. 이어서 "저 책상들은 왜 뒤집어 놓은 거요?"하기에 "연례행사입니다!"로 답했다. 솔로 천국 커플 지옥은 명언 그 이상인 것 같다. 청소하다 보면 '진리(?)'를 발견하기도 한다.

그렇게 나는 책을 읽기 전에 손을 씻는 것처럼 새로운 학생들을 만나기 전에 두 가지 행사를 해마다 의례처럼 한다. 그러고 나서 새 학기에 학생들을 만나면 나는 그들을 교실 뒤쪽에 대기시킨다. 그리고 교실 가운데에서 교무 수첩이나 학생 명렬표 없이 자연스럽게 한 명씩 이름을 부른다. 학생이 가까이 오면 눈을 마주친 다음 "네 자리는 저기다."라고 알려준다. 그렇게 모든 학생을 한 명씩 자리에 앉힌 다음 내 소개를 하며 새 학기 첫날을 시작한다.

대부분 학생들은 의아해한다. 9년 만에 처음으로 남선생님을 만났다는 학생도 있고 첫날 첫 시간부터 모든 학생의 이름을 어떻게 외웠는지 궁금해 하는 학생도 있다. 어떤 학생들은 개학식이 끝나면 나를 찾아와 어떻게 자기의 이름을 알았느냐 묻기도 한다. 그러면 나는 능청스럽게 "그냥 외우면 돼. 수학은 아무나 하냐?"라는 말과 함께 헛기침까지 두어 번 내뱉으며 허풍을 떤다. 나는 학생들의 이름을 부지런히 외웠기에 대부분 완벽하게 잘 넘어가기도 했지만 가끔 동명

이인 또는 유사한 이름을 혼동하여 실수하고 사과하기도 했다.

개학식 일정이 끝날 무렵에는 매년 똑같은 '자기 이름 유래 알아 오기' 과제를 준다. 과제 용지는 부모님이 쓰고 아이가 태어날 때의 정황 및 작명의 숨은 뜻을 아이에게 이야기해 주도록 부탁한다. 덧붙여 독서 계획 및 진학 희망 학교(학과)까지 쓰도록 한다. 고입이든 대입이든 명문 학교를 버리고 명문 학과를 희망하도록 강조한다. 이때 명문 학과는 자신의 적성에 맞는 학과를 말한다.

나는 교직 경력 10년 차부터 중3 담임을 할 때마다 반 아이들과 칠석날 봉화대 만남을 약속하기 시작했다. 중학교 졸업 15년 후 칠석날 7시에 남산 봉화대에서 만나자고 말이다. 15년 후는 현재 중3 학생 나이의 두 배가 되는 때다. 즉 나이 서른이 되었을 때의 만남이다. 나는 1년 내내 틈이 날 때마다 15년 후의 만남을 반복적으로 얘기하기를 멈추지 않는다.

졸업식 날에는 학부모와 함께한 자리에서 마지막으로 14년 후 칠석날 7시 서울 남산 봉화대 약속을 알린다. 졸업식 당일은 이미 한 해가 바뀌어 1년이 지났기에 혼동하지 말라는 얘기를 끝으로 학생들을 교실에서 내보내고 나 홀로 청소를 한다. 그때 청소를 돕겠다는 학부모와 학생들이 있지만 거절한다. 지난 1년을 정리 정돈하는데 소중하고 꼭 필요한 그 순간을 혼자 있고 싶어서다.

그 후 15년이 지난 첫 칠석날이었다. 서울 남산 국립극장 앞에서 택시를 탔는데 택시 기사가 나를 힐끔거리며 봤다.

내가 학생 졸업 앨범을 들고 있으니 궁금했던 모양이었다. 내가 오늘 칠석에 견우와 직녀가 만나듯 15년 전의 제자들을 만나러 간다니 택시 기사는 와! 하는 탄성을 지르며 방송에 나올만한 일이라고 추켜세웠다.

나는 봉화대 앞 벤치에 앉아 책을 읽었지만 마음이 안정되지 않았다. 잠시 후의 감격에 들떠 있었다. 그런데 8시가 넘도록 아무도 만나지 못했다. 슬슬 배가 고팠지만 계속 기다렸다. 이젠 모기마저 극성스럽게 달려들며 더 심란해졌다. 결국 9시가 되자 자리에서 일어섰다. 두 시간을 기다린 허탈감은 엄청났다. 순환 버스를 타고 어느 전철역 근처에서 내려 간단히 요기하고 10시가 넘어 집에 들어서니 아내는 벌써 눈치챈 듯 나를 위로했다.

그로부터 나는 칠석날 만남을 무려 3년 연속 허탕 쳤다. 3년째에는 자괴감마저 일었다. 그런데도 네 번째 만남을 위해 다시 봉화대로 갔다. 다만 이번에는 생각을 바꿨다. 오늘 제자를 못 만나도 좋다. 나에게 칠석날은 그냥 봉화대에서 책 읽는 날이다. 제자를 만나든 못 만나든 끄달리지 않겠다고 다짐했다.

네 번째는 앞선 세 번의 허망한 발걸음을 보상하듯 첫 만남의 감격을 맛보았다. 남학생 한 명과 감격스러운 만남을 이루었다. 그 학생은 그야말로 첫 만남이지만 나는 세 번의 실패 끝에 이룬 첫 만남이었다. 나는 어째서 혼자만 오게 되었는지 궁금했지만 곧 여럿을 만났다. 그들은 봉화대와 직장 사이의 거리 및 퇴근 시간 관계로 약속 장소에 가기 어려운 나머지 대표 한 명만 나를 만나도록 하고는 잠실역 근처의 음식점에서 기다리고 있었다. 나는 음식점에서 10여 명의 제자와 함께 밤늦도록 15년의 기다림을 즐겼다.

그런데 그토록 즐거운 분위기가 한순간에 가라앉는 일이 있었다. 내가 음식점 입구에서 제자들을 만나 악수하고 있는데 이를 멀리서 바라보기만 하다 그냥 돌아선 제자가 친구들에게 전화했다. 그는 현재 자신의 상황이 차마 인사할 처지가 못 되어 죄송하다며 훌쩍였다. 그와 동시에 나도 참지 못하고 감정이 북받치고 말았다.

그날은 울고 웃은 날이었다. 저 멀리 미국으로 유학 간 제자가 새벽 세 시라며 전화를 걸어왔다. 10여 명이 한 휴대폰을 돌려가며 참석 못한 친구를 위로하기에 바빴다. 그렇다. 인간 만사가 늘 좋은 일만 늘 나쁜 일만 있는 것은 아니었다. 나는 제자들과 만남을 마무리하며 한마디 했다. "이런 만남을 약속한 이유는 너희들끼리의 만남을 연결해주기 위한 것이다. 그러니 앞으로 서로 좋은 관계를 유지하기 바라고 나를 다시 만날 필요는 없다. 나는 해마다 다른 제자를 만나야 한다."

그날 나는 제자들에게 그들이 무엇을 하는지 어떻게 지내는지 전혀 묻지 않았다. 그 자리에 나온 것만으로도 충분히 확인한 삶이기 때문이었다.

나는 해마다 칠석날이면 서울 남산 봉화대에서 책을 읽는다. 책을 읽다 보면 서른이 넘은 제자들이 달려와 "선생니~임!"하며 인사를 한다. 그렇게 만남이 늘 성공적이지는 않다. 보통 두세 번 정도는 허탕을 친 후에야 만난다. 그럴수록 감격은 더하다. 생각해 보라. 15년 전에 약속한 봉화대를 찾아온 제자들과 만났을 때의 감격이 어땠을까를.

봉화대 책 읽기는 특별한 무엇이 있다. 15년의 기다림 속에서 마주하는 독서이니만큼 설렘이 대단하다. 사람들의 발길이 빈번한 것조차 문제가 되지 않는다. 다만 야외이다 보니 비가 올 때는 가까운 팔각정으로 자리를 옮겨야 한다. 그런데도 제자들을 기다리는 책 읽기에는 15년을 넘나드는 추억의 나이테가 점점 늘어 간다.

문고 도서

언제부터인가 학교는 담임 교사에게 학급비를 지급했다. 처음에는 10만 원이었고 최근에는 20만 원으로 늘었다. 담임들은 그 돈을 주로 치킨이나 피자 등을 주문해서 학급 파티를 열었다. 물론 그 당시 학생 수를 고려하면 학급비로는 어림없고 담임의 주머니에서 학급비만큼 지출해야 한다. 학생들은 먹는 것에 과도한 집착을 보인다. 물론 내가 어렸을 때도 그랬을 테지만 돈이 없어서 못 먹었을 뿐이다. 그때는 부잣집 아이나 가난한 집 아이나 다 같이 주머니가 넉넉하지 못했다.

나는 학급비로는 한 번도 파티를 열지 않았다. 그 돈으로 문고판 도서를 샀다. 10만 원으로는 턱없이 모자라기에 출판사를 찾아갔다. 마포에 있는 출판사에서는 교사가 직접 찾아온 감사의 표시로 10% 외에 추가로 더 할인해 주었다. 사실

나는 추가 할인을 받으려고 출판사를 찾아간 것은 아니었다. 도서 구매 외에 출판사 대표를 만나고 싶었기 때문이었다. 그러나 공교롭게도 한 번도 만나지 못했다. 그렇다고 책 몇 권 사며 약속을 할 처지도 아니었다.

내겐 책을 사서 나눠주며 씁쓸했던 기억이 있다. 왜 우리 반은 자기들에게 물어보지도 않고 '이까짓' 책을 주느냐며 노골적으로 불만을 터트리는 학생들이 있었다. 불만을 표시하지 않는 학생들조차 좋아하는 눈치가 아니었다. 그럴 때마다 다시는 책을 사지 않겠다는 다짐을 하면서도 나는 책 사는 짓을 반복했다.

그나마 문학 문고는 몇 종류 있었지만 자연과학 문고는 하나뿐이었다. 어느 날 과학영재고 입시를 준비하는 학생에게 자연과학 문고를 권했다. 그러자 이미 다 읽었단다. 교보문고는 자연과학 문고판 시리즈를 따로 전시해 놓았는데 대략 500여 권의 수학, 물리, 화학, 생물, 지구과학 분야의 도서를 다 읽었다는 말에 적잖이 놀랐다. 나도 모두 읽었기에 10여 권을 지목하며 확인해 보니 사실이었다.

나는 학교에서 방과 후 수업으로 5년간 독서 지도를 했다. 그것은 우연이었다. 학기 초에 책을 많이 읽는 아이에게 독서를 권하며 확인하고 다시 권하는 지도를 하고 있었다. 그러던 어느 날 그 아이의 엄마가 찾아왔다. 그녀는 국문학을 전공한 학부모로 대치동 학원의 독서 지도 프로그램을 찾아봤는데 마음에 들지 않았다고 했다. 체계적인 독서 지도를 원하는데 담임의 지도를 계속 받고 싶다고 했다. 그러니 지금의 독서 지도를 방과후 수업으로 전환해달라는 것이다.

　나는 방과후 수업 담당 선생님과 상의했는데 마침 '수요자 중심 방과후 수업'이라는 게 있다며 소개했다. 그것은 학부모가 학교 외부에서 방과후 수업 반을 조직하고 강사를 지정하여 학교에 등록하면 학교에서는 학부모 희망에 맞추어 운영하는 방식이었다. 그날 오전 중에 학부모와 이야기를 끝내며 반이 조직되는 대로 알려달라고 했다. 그런데 놀랍게도 그날 오후 두 시에 연락이 왔다. 그녀가 친분 있는 10여 명의 학부모에게 안내하자마자 즉시 동의한 결과다.

　나는 일주일에 얇은 책 한 권 전체를 읽도록 계획하고 비문학 중에서 자연과학 분야의 문고판 도서를 선택했다. 도서를 주문해서 책과 토론과제 학습지를 나누어주고 그다음 주 방과후 시간에 90분간 독서 토론을 하는 방식이었다. 토론과제 학습지에는 질문이 들어 있었다. 학습지는 내용 요약보다는 읽으며 생각을 유도하는 내용으로 구성했다. 그 학습지를 만들기 위해 나는 해당 도서를 세 번씩 읽었다.

　독서 토론이 시작되면 내가 만든 토론 기록지에 발표자의 말을 요약하여 적도록 유도했다. 요약이 어려우면 내가 요약해주기도 했지만 시간이 흐르며 학생들은 발전하는 모습을 보였다. 토론이 끝나면 독후감과 유사한 글쓰기 과제를 주었다. 문장이나 글의 형식은 관여하지 않았다. 다만 글의 일관된 내용이나 논리만 점검했다. 특히 학습 과제와 독서 토론 기록지는 학부모가 확인하도록 안내했다. 그러면 토론할 때 누가 어떤 말을 했고 그것을 내 아이가 어떻게 요약 기록했는지를 일목요연하게 볼 수 있었다.

만약 문고 도서가 없었다면 일주일에 한 권 읽기는 상상할 수 없는 일이었다. 학생들은 책 읽는 습관이 되어 있었지만 중고등학교에서 다루는 자연과학 개념을 어려워했다. 그것을 설명하기 위해 나 역시 공부할 수밖에 없었다. 나는 방과 후 수업 5년간 책 읽기와 자연과학 공부에 많은 시간을 쏟았다.

나에게 문고 도서의 쓰임새는 또 있었다. 중학생이 읽을 만한 문고판 도서를 미리 준비해 놓고 아이들에게 선물했다. 인사 잘하는 아이, 성적이 많이 오른 아이, 지각 없는 아이, 벌점 없는 아이들에게 주며 읽기는 강요하지 않았다. 심지어 '읽지 않아도 된다'라는 말까지 하며 주었다. 강제 독서는 피하고 싶었기 때문이다.

문고 도서는 나에게 동반자 같은 책이었다. 재킷 주머니에 넣고 다니기에 너무 좋았다. 가방 없이 길을 나설 때면 꼭 문고 도서 한두 권을 재킷주머니에 넣고 출발했다. 여행을 떠날 때도 문고 도서는 반드시 나와 함께 가야 할 물건이었다. 그렇게 함께해 온 문고판 도서들이 줄어들다 못해 아예 사라지는 것 같다. 특히 휴대폰과 그 사용량이 급증하며 문고 도서의 퇴락을 부채질한다는 생각이 든다.

도서관 순례

 아내와 함께 동유럽 3국 헝가리, 오스트리아, 체코 여행을 하며 크게 두 가지에 기대를 걸었다. 하나는 합스부르크 제국의 최고 도서관을 비롯한 도서관을 가능한 한 많이 탐방하는 것이고, 또 하나는 물리학자 볼츠만 묘비 확인이었다.

 헝가리에서는 도서관 이외에 관심이 하나 있었다. 고구려 여러 부족 중 하나였던 말갈족이 헝가리인의 다른 이름인 마자르족의 원형이라는 얘기를 읽은 바 있었다. 헝가리인 몇몇 사람에게 마자르족을 물었지만 모른다는 말뿐이었다. 내가 모르는 사람들에게 물었다고 봐야 한다. 어쩌면 내가 공연히 마자르족과 말갈족의 친연관계에 집착한 결과일지도 모른다.

 나는 오스트리아 국립도서관에서 벌어진 입을 다물지 못했다. 유럽 전체를 다스리다시피 했던 합스부르크 제국의 위엄이 느껴졌기 때문이다. 다만 책에 접근하지 못하는 아쉬움은 어찌할 수가 없었다.

오스트리아 수도 빈에 있는 중앙묘지로 갔는데 나와 아내는 동상이몽이었다. 아내는 모차르트를 비롯한 음악가들의 묘지를 방문하는 것이고 나는 물리학자 볼츠만 비석을 찾는 것이었다. 아내는 항상 꽃이 마르지 않는 모차르트 묘비 앞에서 음악을 들으며 감격스러워했다. 나는 묘지 안내실로 가서 물리학자 마흐와 볼츠만의 묘지를 물었다. 안내인은 볼츠만은 있지만 마흐는 없다고 했다. 나는 그럴 리 없다며 고개를 가로저었다. 그러자 그는 두꺼운 묘지 편람까지 보여주며 없다는 것을 내게 확인시켰다.

나는 음악가들의 묘지에서 그리 멀지 않은 곳에 있는 볼츠만 묘비를 만나 환호했다. 볼츠만 묘비명은 $S=k\log W$ 이다. 이것은 시간의 화살이라 부르기도 하는 엔트로피 법칙을 표현한 방정식이다. 그런데 그렇게 긴 수식이 가로 방향일까, 세로 방향일까 궁금했다. 그게 가로 방향이면 비석이 T 모양이 될 테고, 세로 방향이라면 표현도 어렵거니와 사람들은 이해하지 못할 것이다. 실제 비석은 T 모양에 가까웠다. 커다란 벽면에 비석이 있고 그 위에 볼츠만 흉상이 놓여 있었다. 그 머리 위쪽에 유명한 볼츠만 방정식을 가로 방향으로 새겨놓았다. 나는 감격한 나머지 사진기 셔터를 연거푸 눌렀다.

체코 국립도서관은 입장료 외에 사진 촬영을 몇 유로인지 내야만 허락했다. 세계에서 제일 아름다운 도서관으로 꼽힐 만했다. 오스트리아의 도서관보다도 더 장엄한 느낌을 받았다. 그래서 이 도서관이 오스트리아 국립도서관보다 대단하다고 했더니 안내 사서가 감격해 하며 애국심을 드러냈다. 이곳 역시 책에 접근하는 것을 허락하지 않았다.

나는 체코에서 물리학자 아인슈타인과 작가 카프카의 흔적에 들떠 있었다. 아인슈타인이 살던 집을 살펴보고 그가 드나들던 카페를 찾아갔다. 그곳을 카프카도 자주 이용했다는 말에 호기심은 더욱 커졌다. 더욱이 『아인슈타인 평전』에 따르면 그가 프라하에서 카프카를 만났다는 얘기가 있었기 때문이다.

내 호기심은 두 가지였다. 카페 구석에 남아 있을 그들의 흔적을 찾는 것과 혹시 그들 두 사람이 프라하 대학에 몸담고 있었으니 어떤 교류가 있지 않았을까 하는 것이었다. 물리학자 아인슈타인과 작가 카프카라는 세기의 명사들이 만났다는 사실만으로도 흥분이 고조되었다. 그런데 그 두 사람의 흔적은 카페에 전혀 없었다. 그렇다. 기대와 실망은 비례한다. 카페 주인에게 물었지만 아는지 모르는지보다 아예 관심조차 없었다. 나는 카프카의 무덤에서 『변신』 몇 쪽을 읽으며 모차르트 무덤만큼이나 마르지 않는 꽃을 확인하는 것으로 만족했다.

유럽은 어느 나라에 가든 어느 곳에 가든 도서관을 곳곳에서 만날 수 있다고 한다. 나는 그게 바로 선진국의 참모습이라고 여긴다. 그것을 제대로 흉내 내는 나라가 일본일 것이다. 그동안 우리는 일본을 따라 배우며 성장했다. 도서관 역시 일본 따라 하기를 기대해 본다. 코로나만 아니었으면 유럽의 도서관과 서점 순례를 계속했을 것이다. 이어서 미국 도서관을 둘러보고 마지막으로 이집트의 현대화된 알렉산드리아 도서관도 보려 했는데 그게 언제쯤일까 상상 속에서 맴돌기만 한다.

서재

　서재라는 말만 떠올려도 마음이 설렌다. 책을 읽는 사람이라면 누구나 근사한 서재를 꿈꾼다. 굳이 학자가 아니더라도 나만의 방만큼이나 나만의 서재 또한 내 욕망의 한구석을 차지하려 애쓴다. 그렇다. 버지니아 울프의 말을 빌릴 필요도 없이 자기만의 방은 남녀노소가 따로 없다. 거기에 서재까지 갖춰진다면 그야말로 금상첨화다.

　서재는 책상, 책장, 의자가 기본이다. 나는 대학생이 되어서야 내 공간에 그럴듯한 책상, 책장, 의자를 마련했다. 책상이나 책장은 허름했지만 만족했다. 그동안 갈망하던 성취감이 있었다. 그 후 근사한 책상과 책장은 교사가 되어 마련했다.

　20여 년 전에 현재 사는 아파트로 이사하며 거창한 서재를 꿈꿨다. 구체적이고도 세밀한 서재 설계도를 그렸다. 방 세

벽면에 빼곡하게 책장을 설치하고 바닥에서 천장까지 책등이 보이도록 책을 꽂는다. 방 한가운데는 적당한 크기의 똑같은 네 개의 책상과 의자를 배치하는 것이었다. 마침 정남향의 아파트는 소식(蘇軾)이 말한 명창정궤(明窓淨几)의 낙(樂)을 실현할 만한 조건을 갖추고 있었다.

그렇지만 대부분의 꿈이 꿈으로 끝나듯 내 서재의 꿈도 꿈일 뿐이었다. 나는 가족회의에서 패배했다. 세 여인은 각각 자기만의 방을 꿰차고 사라졌다. 세 여인의 등을 바라보며 거실에 홀로 남은 나는 겨우 거실 벽 1.5면을 차지하는 데 그쳤다. 나만의 방은커녕 내 맘대로 한 발 내딛고 팔을 휘저을 만한 한 뼘의 공간도 차지하지 못했다. 이런 마당에 명창정궤는 무슨 개뿔.

하여튼 책이 늘어나며 책장은 책을 감당하기 어려운 상황이 되어갔다. 적은 공간에서 더 많은 책을 맞아줄 책장을 찾는 데는 많은 시행착오가 필요했다. 기성품들은 가격의 높고 낮음에 관계없이 대부분 책을 위한 책장이 아니었다. 결국 내가 원하는 책장을 찾을 수 없다면 내가 만들어야 한다는 결론에 이르렀다. 책장을 주문 제작하기 위해 목공소를 찾아갔다. 가격이 만만치 않았다. 그 무렵 책장 설계도를 만지작거리며 고민하던 중에 대단한 독서가 조희봉의 『전작주의자의 꿈』을 만났다. 눈이 번쩍 뜨였다. 그 책은 흥미진진했다. 게다가 그가 고안한 책장은 보는 즉시 내 마음에 쏙 들었다. 망설일 필요가 없었다.

나는 목재상에서 2300㎜×915㎜×18㎜ 규격의 판재 두 장을 폭 180㎜로 5등분했다. 그리고 건재상에서 붉은 벽돌을 구매했다. 내가 차지한 거실 벽 1.5면 전체를 책으로 채울 요량이었다. 벽돌의 두께는 60㎜이므로 4장 또는 5장을 한 세트로 하여 판재의 길이를 삼등분하는 위치에 벽돌을 받쳐 놓으며 판재를 쌓아 올렸다. 천장까지 8단으로 올렸는데 1단과 8단의 높이는 벽돌 5장(300㎜)으로, 2단~7단의 높이는 벽돌 4장(240㎜)으로 했다. 완성된 책장은 A5, B5 규격의 도서를 충분히 꽂을 수 있는 크기다. 이 정도면 비록 작은 방일지라도 방 한쪽 벽면에 1천 권은 넉넉히 꽂을 수 있다.

이것으로 내 서재가 완성된 게 아니다. 10년이 지나가며 아파트에서 감당하기 어려운 책들을 누나 전원주택 창고로 옮겼다. 이후 5년여 동안 창고에서 동면하던 책을 찾아왔는데 그 책들은 운이 좋았다. 최근 산골에 마련한 서재에서 숲속 향기뿐만 아니라 서재의 편백나무 향을 맡으며 살아났다.

산골 숲속에 마련한 서재는 아파트 서재와 같은 형식으로 만들었다. 다만 좀더 크고 높은 탓에 안전에 신경을 썼다. 각 단의 높이를 모두 벽돌 5장(300㎜)으로 9단이나 쌓아올리다 보니 7단~9단의 책을 꽂을 때는 사다리를 썼다. 이렇게 만든 책장은 판재와 벽돌만으로 구성한 것이어서 자칫 잘못하면 책장이 앞으로 넘어질 위험이 있다. 그래서 맨 윗부분과 중간 부분의 판재와 벽돌을 고정할 궁리를 했다. 벽면 고저 좌우의 맨 가운데를 기준으로 맨 위쪽과 중간 두 곳만 고정하면 아이들이 매달려도 충분히 안전하다. 그 두 곳의 벽돌 양쪽 끝에 못을 박고 철사로 감아 판재와 벽돌을 고정했다.

내가 판재를 잡고 턱걸이하듯 매달려 보기도 하고 벽에서 수직 방향으로 당겨 보기도 했지만 꿈쩍하지 않았다.

나는 산골 숲속 서재에 이름을 붙였다. 조선 중기 어느 학자의 아들은 호를 지졸(趾拙)이라 했다. 지(趾)는 발이니 따라간다는 뜻이다. 졸(拙)은 서툴다는 뜻이니 교(巧)와 대(對)가 된다. 나는 서재를 지졸재(趾拙齋)라 쓰고 꾀죄죄로 읽는다. 졸렬함을 따라가는 서재이니 꾀죄죄할 수밖에 없다. 그러나 내겐 이곳이야말로 명창정궤의 즐거움을 만끽하는 곳이다. 내 숲속 서재는 천 년 전 소식이 한 수 읊은 까닭을 어렴풋하게나마 짐작할 수 있게 해준다.

내 서재는 서울과 산골 두 곳으로 나뉘어 있다. 아직은 주말부부처럼 책과 만난다. 내 서재도 앤 패디먼의 『서재 결혼시키기』처럼 합쳐질 수 있을까. 이대로가 좋은 것 같기도 하고 아닌 것 같기도 해서 갈피를 잡지 못하고 있지만 숲속 서재에서 맞이하는 나날은 그저 새롭기만 하다. 아마 100여 년 전의 버지니아 울프가 내 숲속 서재를 봤더라면 놀라서 벌어진 입을 다물지 못했을 것이다. 아니다. 그 대단한 버지니아 울프일지언정 너무 놀라다 못해 아예 혼절했을지도 모른다.

서재에는 거실이나 방의 벽 한 면 그리고 판재와 벽돌만으로 만든 유일무이한 나만의 책장이 있다. 책은 늘 책등이 보이도록 진열해야 한다. 책등이 보이지 않으면 잃어버린 책이나 다름없다. 필요할 때 책을 찾기 어렵거나 찾을 수 없다면 읽기 또는 다시 읽기가 불가능하다.

아르헨티나의 작가 보르헤스는 "천국은 도서관처럼 생겼

을 것."이라 했다. 나도 내 서재에서 책을 읽으며 천국을 상
상해봤다. 그런데 아직은 이곳이 바로 천국이라는 데까지 이
르지는 못했다.

도서 목록

    교직에 입문하며 책을 가까이하기 시작했다. 연평균 100여 권의 책을 구매했지만 해마다 10여 권은 읽지 못했다. 그러다 보니 내 서재에는 지금도 읽지 못한 책들이 제법 많다. 내 서재는 3천7백여 권의 책이 있어야 하지만 그렇지 못하다. 수시로 눈물을 머금고 정리하며 사라진 책들이 5백여 권이나 되다 보니 현재는 3천2백여 권으로 줄었다. 안타까운 것은 그렇게 정리했던 일부 책들을 다시 사들였다는 점이다. 바보짓이 따로 없다.

    나는 이미 있는 똑같은 책을 다시 구매하는 멍청한 짓을 줄여보려고 만든 도서 목록 노트에 책을 등록한다. 도서 목록에는 페이지마다 칸을 나누어 도서 번호, 도서명, 저자, 출판사, 발행일, 가격 등을 기록한다. 다음은 유성 매직으로 책등 아래쪽에 노트의 도서 번호와 같은 번호를 써서 책장에 꽂는다.

그다음 책을 읽기 전에 책의 먼지를 털고 물티슈로 닦은 다음 마지막으로 내 손을 씻고 책을 펼친다. 그게 저자에 대한 예의라고 생각하는 나만의 규칙이다. 책을 빨리 읽고 나면 저자에게 미안한 생각마저 든다. 그래서 빨리 읽은 책은 반드시 다시 읽으려 애쓴다. 사실 책은 다시 읽을 때 더 재미있다. 책을 읽는 즐거움이 대단하지만 다시 읽는 즐거움이 더 대단하다는 사실을 모르는 사람도 많을 것이다.

책을 다 읽고 나면 사인한 뒤쪽 간지 여백에 무엇인가를 적는다. 독후감을 쓰기도 하지만 그보다는 엉뚱한 얘기들이 많다. 짤막한 일기 또는 그날의 기분, 희망 사항, 인상적인 글귀 등을 쓰는데 형식도 분량도 천차만별이다.

나는 대체로 주제별 독서를 한다. 어쩌면 꼬리에 꼬리를 무는 독서라는 말이 더 잘 어울린다. 그렇다 보니 같은 주제의 유사한 제목의 책이 헷갈릴 때가 많다. 어떤 책은 똑같은 책을 세 권이나 사기도 했다. 또 같은 책인데 이름만 바꾼 책을 다시 사는 어처구니없는 짓을 하기도 했다. 그런데 나보다 더한 멍텅구리도 있다. 어느 대학 교수는 똑같은 책을 무려 다섯 권이나 샀단다.

그러나 사고 싶은 책을 다 살 수는 없다. 책이 없어서 못 사기도 하고 책이 있지만 비싼 가격에 결제를 망설이는 경우도 많다. 근래에는 5만 원을 넘는 책이 많지만 10여 년 전만 해도 드물었다. 물론 지금도 책값이 5만 원 이상이면 적어도 서너 번은 결제 창에서 클릭을 취소하며 돌아서기도 한다.

그러고는 도서관으로 달려간다. 도서관에 책이 있으면 빌려 오고 없으면 구입 요청을 하면 된다.

도서 목록을 작성해 온 지 30여 년 만에 도서 번호가 3천을 넘었다. 헌책방에서 구매한 것도 수백 권 되지만 대부분은 새 책을 구매한 것이다. 모든 책은 헌책이라는 말에 따르면 구분할 필요도 없다. 나는 빌려 읽어도 될 책을 사서 읽었다. 빌린 책 읽기는 한계가 있다. 반납 기일에 시달리고 책여백에 메모 하나 남기지도 못한다. 이보다 더 큰 문제는 빌린 책은 공짜라는 생각이 들어 책을 안 읽어도 된다는 심리가 발동한다는 점이다. 바꾸어 말하면 산 책은 돈이 아까워 읽는다는 보상 심리가 더 크다는 사실이다.

하여튼 나는 어떻게든 읽기 위한 집념으로 꾸준히 책을 샀다. 앞으로도 계속 책을 사겠지만 많이 살 필요는 없을 듯하다. 읽은 책을 다시 읽는 즐거움을 만끽하고 싶기 때문이다.

사람들은 제자의 많고 적음을 말할 때 공자 또는 추사 문하 3천 명을 떠올린다. 대단함을 상징하는 3천일 것이다. 그동안 내가 매년 가르쳤던 학생 수를 더해 봤더니 대략 8천명쯤 되었다. 보충수업으로 잠깐 스쳐간 학생까지 더하면 무려 1만 명을 넘는다. 엄청난 숫자다. 그런데 그 대부분이 얼굴이나 이름조차 기억하지 못하는 그저 상징적인 숫자에 불과하다. 창피하지만 어쩔 수 없다. 내가 산 책도 그럴 것 같아 속이 뜨끔해진다. 그러니 어찌 책을 그냥 놔둘 수 있겠는가. 다시 읽고 싶어진다.

책 읽는 곳

  많은 사람이 책을 읽을 수 있는 곳은 따로 있다고 생각한
다. 그렇지 않고서야 버스나 전철이나 거리에서 책 읽는 사
람을 만나기 어려운 풍경을 설명할 방법이 없다. 그러니 여
행을 다니며 책을 읽는다고 하면 믿어줄지 모르겠다. 학생들
과 수학여행을 떠날 때 2박 3일에 필요한 짐을 챙기며 보통
배낭에 문고판 도서 서너 권을 넣는다. 나는 모이는 장소와
상관없이 학생들 보라는 듯이 책을 읽는다.
  어느 해에는 제주 수학여행에 영어 원어민 교사도 동행하
게 되었다. 그 교사는 자신도 책 다섯 권을 가져왔다며 나와
도서명을 주고받았다. 그나 나나 제주도 수학여행 일정 내내
손에서 책을 내려놓지 않았다. 그야말로 수불석권의 진수를
보여주었다.
  숙소에 돌아와 샤워한 후 TV를 켰다. 그런데 원어민 교사

는 여전히 책을 읽고 있었다. 그는 TV에 관심을 보이지 않았다. 혹시 우리말을 모르기 때문인 것 같아서 BBC로 채널을 돌렸는데도 마찬가지였다. 그래서 잠시 쉬며 TV를 보자고 했더니 단번에 거절했다. 사흘 동안 읽을 분량이 있는데 시간이 모자란다는 것이다. 나는 그만 머쓱해져 TV를 끄고 말았다.

그는 실내 활동이든 야외 활동이든 가리지 않고 책을 펼쳐 들었다. 심지어 그 가파른 성산 일출봉에 올라 숨을 헐떡이면서도 책을 꺼내 읽고 있었다. 나는 "저 원어민 선생님의 책 읽는 모습을 보라!"는 말을 했지만, 학생들은 시큰둥했다. 그는 사진도 거의 찍지 않았다. 어쩌다 휴대폰으로 몇 장 찍는 게 전부였다. 그를 보며 미국이 독서 강국이라는 말을 실감했다.

한편 전철을 타고 책을 읽는 것은 이동 수단 중에서는 가장 좋다. 다만 조심해야 할 게 있다. 졸지 말아야 한다. 서울 전철이 1호선과 2호선만 있을 때다. 어느 해 여름 주말 오후 동료 교사들과 호프집과 당구장을 오가며 시간을 보내다 날이 저물었다. 그날은 모두 밤 10시경에 일찍(?) 헤어졌다. 나는 성북역에서 의정부행 전철에 올라 취기에도 불구하고 책을 꺼내 들었는데 도봉산역 소리를 들으며 그만 잠이 들었다.

술기운으로 깊은 잠에 빠졌던 나는 잠에서 깨어나며 당혹감에 빠졌다. 눈을 떠보니 사방은 온통 캄캄하고, 전철은 정지해 있고, 전철 안에는 오로지 나 혼자뿐이었다! 창밖을 보니 양쪽 모두 전철 차량이 가득했다. 어느 곳인지는 모르지만 차량기지라고 짐작했다. 나는 일어섰다. 문이 열리지 않았다. 누군가에게 들은 대로 의자 밑의 핸들을 돌리고 출입문을 좌우로 밀었더니 열렸다. 그런데 문이 열리자마자 더 난감했다. 늘 전철에 오르며 밟았던 플랫폼 대신 1m가 넘는 벼랑이었다. 반대쪽도 마찬가지였다. 그렇지만 내려섰다. 아직 어둠이 가시지 않은 새벽에 앞으로 가 봐도 뒤로 가 봐도 끝이 보이지 않았다. 차량 사이에서 오도 가도 못하는 상황이 되었다. 환장할 노릇이었다. 견디기 힘들었다. 목청을 가다듬으며 소리를 지르려는데 웬 망치 소리가 들리며 사람이 다가오고 있었다. 그는 차량 점검반원으로 순회 점검 중이었다. 그런데 도대체 방향을 알 수가 없었다. 나는 땅바닥에 엎드려 사방을 살폈다. 그의 무릎 아래가 보이자 나는 구조를 요청했다. 그가 시키는 대로 방향을 잡고 한참을 헤맨 끝에 빠져나오고 보니 구로역이었다.

나는 새벽이 지나가고 아침이 올 때 일찍(?) 집에 들어섰다. 형, 형수, 조카들 모두 깜짝 놀랄 만했다. 내가 아침에 귀가한다는 사실 말고도 헝클어진 머리에, 꾀죄죄한 얼굴에, 손에 묻은 시커먼 검댕이 자국 등 뭔 일이 일어나도 단단히 일어났다고 의심할 만했다. 그런데도 나는 태연하게 말했다.

"전철에서 책을 읽다 잠이 드는 바람에 그만."

사실 책 읽기 좋은 곳은 따로 있는 게 아니다. 자신이 만들어야 한다. 만들 수 있다. 생각하기 나름이다. 집 안에서는 화장실도 좋다. 읽는 족족 머릿속으로 그야말로 쏙쏙 들어온다. 실제 화장실에 책을 놔두는 집이 제법 많다고 한다. 또 산이면 어떠랴. 산행하며 배낭에 책 한 권 넣어 가면 산에서 읽는 정취도 그만이다. 나는 어린 두 딸과 월출산을 오르며 구름다리를 건너 쉬는 도중에 감춰놨던 책을 아이들에게 내밀었다. 욕심 부리지 말고 한쪽만 읽으라고 권했다. 두 딸이 다 자랐지만 벌건 얼굴에 땀을 훔치며 읽던 책 이야기를 두고두고 한다.

그렇다. 언제 어디서든 책을 읽겠다는 마음만 있으면 된다. 구태여 도서관이나 독서실 타령을 할 필요가 없다. 하나 더. 책 읽을 시간이 없다는 말은 이제 그만할 때가 되었다. 책은 시간 날 때 읽는 게 아니다. 책은 시간 내어 읽어야 한다.

보일러실 독서

　요즈음 기다림이 있는지 모르겠다. 워낙 바쁜 세상이라 기다리기가 어렵고 기다려주지도 않는 듯하다. 누군가를 또는 무엇을 기다린다는 것은 한없는 인내가 필요하다. 그럼 그 인내의 길이는 어느 정도가 적당할까.

　교사 초년 시절이었다. 겨울방학이 시작되었지만 엄마에게 갈 수 없었다. 방학 시작과 함께 보충수업을 매주 오전 내내 하고 있었다. 월요일부터 토요일까지 똑같은 날들이 이어졌다. 숲으로 둘러싸인 학교였지만 앙상한 나무들 사이로 안 보이던 하늘을 보며 고향을 떠올렸다. 앞산 너머에 사는 수리가 숨기 어려워 헤매는 꿩을 낚아채 벼랑 위 박달나무 둥지에 앉아 새끼를 먹이느라 꿩 털이 사방으로 흩날리는 모습을 말이다.

　토요일 오후에 처소가 있는 의정부로 가지 않고 종로서적으로 갔다. 4, 5, 6층을 오르내리며 10여 권의 책을 골라 종이 쇼핑백에 담아 나왔다. 전철을 타고 걷고 거의 두 시간 만에 처소에 도착했다. 엄마 같은 형수에 기대어 사는 집에 들어서려는데 현관문이 잠겨 있었다. 잠시 서성거리는 듯했지만 금세 30여 분이 지났다. 더 있으려니 너무 추웠다. 그렇다. 따뜻한 곳이 있었다. 보일러실이다. 잠깐이지만 나는 긴장했다. 열리지 않으면 어쩌나 하며 문손잡이를 돌려 당겼는데 열렸다!

보일러실로 들어갔다. 훈훈했다. 언 몸을 녹이고 나니 쇼핑백에 들어 있는 책이 궁금해졌다. 30W 백열전구가 그리 밝지는 않았지만 책 읽기에는 충분했다. 좁은 공간이지만 아늑했다. 스티로폼 조각을 방석 삼아 앉아 책을 폈다. 책을 읽으며 밖이 어두워진 것도 몰랐다. 속이 허전해 시계를 보니 7시가 넘었다. 이젠 배고픈 것보다 소변이 더 급했다. 게다가 안방 전화벨이 연거푸 울렸다. 몸과 마음이 조급해지기 시작했다. 더 이상 참을 수가 없었다. 상가로 가서 소변을 보고 돌아왔는데도 방안의 전화벨은 여전히 시끄러웠다. 그 전화를 내가 받아야 한다는 생각이 들었다. 그렇지만 현관문만 만지작거리다 다시 보일러실로 돌아왔다. 책을 펼쳤지만 읽을 수가 없었다. 나는 계속 울리는 전화벨에 끄달리고 있었다.

다시 일어섰다. 방의 욕실 창문 쪽으로 갔다. 발뒤꿈치를 들고 창문을 슬며시 밀었더니 열렸다. 창문은 높고도 좁았다. 창문을 힘겹게 떼어 내려놓았다. 그런데 그 좁은 창문에 머리를 들이밀기가 쉽지 않았다. 한겨울에 땀을 삐질삐질 흘리며 머리를 들이밀어 넣었는데 그만 아찔한 상황이 되었다. 내 몸은 창틀에 걸려 디귿(ㄷ)으로 접혔다. 손을 뻗었지만 욕조 테두리는 한참 멀었다. 그렇다고 좁은 창틀에 끼인 몸통을 다시 빼며 나가려 했지만 고통이 심했다. 난감했다. 그 와중에 밖에서 웬 남자가 "거, 뭐하는 거요?"하는 소리가 들렸다. 창틀에 끼여 거꾸로 매달린 채 뭐라고 한마디 해야 하는데 말이 안 나왔다. 환장할 지경이었다. 날이 어두워 도둑으로 의심할 만했다.

　이제 계속 들어가든지 다시 나가든지 결정해야만 했다. 나는 몸을 흔들고 비틀며 움직였다. 그러다 욕조에 거꾸로 처박히며 쿵 소리가 났다. 이어서 다시 "거, 누구요!"하는 소리는 귀에 익었다. 거꾸로 매달려 있을 때와는 다르게 들었지만 똑같은 사람이었다. 얼얼한 머리를 매만지며 욕조에 올라섰다. 전등도 켜지 않고 헉헉거리며 말을 더듬다가 누구 삼촌이라 하니 그는 왜 창문으로 들어가느냐고 다그쳤다. 답답한 나는 현관문을 열 테니 그리로 오라고 했다.

　불을 켜고 현관문을 열며 그와 마주쳤다. "아, 난 또 누구라고, 선생님 아니오? 왜 말을 않고 그러오?" 안면이 있는 이웃이었다. 나는 창틀 먼지와 땀범벅이 된 얼굴에다 욕조에 부딪혀 벌건 눈두덩으로 가쁜 숨을 몰아쉬며 어찌할 바를 몰랐다. 그가 가자마자 난 현관에 털썩 주저앉았다.

　늘 하던 찬물 샤워를 하고 옷을 갈아입고 주방을 뒤져 요기를 하고 나니 추웠다. 보일러실에서 읽던 책을 펴는데 손이 시렸다. 손이 곱아 책장을 넘기기가 어려웠다. 보일러가 고장 난 게 틀림없다. 책을 들고 밖으로 나와 다시 보일러실로 갔다. 여전히 따뜻하다. 이제야 진정이 되었다. 밤 10시가 넘도록 책을 읽던 중 형과 형수가 돌아왔다. 인기척에 현관으로 갔더니 형이 물었다. "너 왜 보일러실서 나오냐?"

보일러 순환 펌프가 고장 나니 보일러가 펄펄 끓어도 방은 냉골이었다. 기다림과 추위를 이겨내지 못하고 그 추운 방에 들어가려고 땀을 흘리며 온 힘을 썼지만 헛일이었다. 춥든 덥든 그냥 책만 읽었더라면 얼마나 좋았을까. 그날만큼은 보일러실이 방보다 좋았다. 추위를 피할 수도 있었거니와 방금 산 따끈따끈한 책을 계속 읽을 수 있었으니 말이다.

책 읽는 절

절은 절하는 곳이다. 아마 절과 관련한 말 중에 가장 널리 알려진 말일 것이다. 그러니 책 읽는 절이라는 말은 낯설 수도 있겠다. 그렇지만 나는 절에서 책을 읽는다. 또 나는 그 절을 드나드는 불자들과 책 이야기를 한다.

내가 가는 절의 주지 스님은 불화 장인으로서 대학에서 불화 강의도 한다. 『법보신문』에서 소개한 스님의 수행은 크게 두 가지다. 주지 스님은 원주 스님과 함께 2008년부터 군 법당 후불탱화 108개 점안을 서원하여 직접 그린 후불탱화를 점안해오고 있는데 곧 108번째 탱화 점안 완료를 앞두고 있다. 또 스님은 10여 년 동안 어느 교도소 교정 활동도 해오고 있다. 스님은 보시하는 삶이 부처님 가르침을 실천하는 가장 좋은 방법이라며 언행일치 수행을 계속하고 있다.

주지 스님은 '책의 지혜 나누기'라는 프로그램도 만들어 불자들에게 책의 지혜를 나누어준다. 혹시 절에 있는 책이라고 하면 불경만을 떠올릴 텐데 그렇지 않다. 스님이라 하여 불경만 읽지는 않는다. 주지 스님은 서재를 정갈하게 꾸며 놓았다. 두 벽면에 놓인 책장에는 불경, 미술, 사찰 관련 책들이 빼곡하다. 스님은 여러 책을 부처님 말씀과 연결하는 법문으로 책 속에 숨어 있는 지혜를 불자들과 나눈다.

책의 지혜 나누기는 내가 여러 도서를 읽으며 준비해 둔 연간 계획에 따라 원주 스님이 책을 구매해 놓는다. 나는 그 책들을 불자들에게 나누어주며 다음 달 셋째 주 일요일까지 읽어 오도록 안내한다. 나는 책을 다시 읽으며 내용을 요약 정리한 인쇄물을 만들어 불자들에게 나누어 줄 준비를 한다.

나는 법회가 열리는 당일 주지 스님과 서재에서 만난다. 약 한 시간 동안 주지 스님과 법문의 주제 및 내용을 정하고 세부 사항을 조정한다. 이후 법당으로 이동하여 내가 준비한 인쇄물을 불자들에게 나누어준다. 그 자료를 바탕으로 경전의 말씀과 관련한 스님의 법문을 청한다. 나는 스님과 불자 사이에서 책과 관련한 여러 의견이 잘 소통될 수 있도록 돕는다. 또한 질문이나 의견 등을 주고받으며 책으로부터 보다 많은 지혜를 찾아내도록 불자들의 발언을 유도한다.

주지 스님의 법문은 딱딱한 경전 대신 여러 책에서 나타나는 수행의 흔적들을 끄집어내어 경전을 읽는 효과까지 얻게 한다. 이어지는 토론의 내용과 수준이 그렇게 활발하지는 못하지만 불자들을 깨달음으로 이끄는 데 도움을 주고 있다.

절에서는 책의 지혜 나누기 행사로 명사 초청 강연도 곁들이고 있다. 그동안 다뤄왔던 저자나 명사들의 강연 및 대화로 독서 분위기를 고양한다. 내 짐작이지만 우리나라 절에서 불자들이 매월 책을 한 권씩 읽는 곳은 거의 없을 것이다. 책의 지혜 나누기는 10여 년 동안 90여 권의 책을 다뤘다. 코로나만 아니었으면 벌써 108회를 마치고 다른 프로그램을 내놨을 것이다. 그저 아쉬운 시간이 흘러가고 있다.

내가 찾아가는 절은 책을 읽는 곳이다. 나만 책을 읽지는 않는다. 사부대중 모두 책을 읽고 책 이야기를 나눈다. 우리나라에 책 읽는 절도 있다.

나만의 방

내 어린 시절 산골 집은 기와를 얹은 지붕에 방 두 칸과 부엌 한 칸이 전부였다. 아버지는 그것을 바탕으로 집을 증축하기 시작했다. 아버지는 부엌 옆으로 한 칸을 늘려 새로운 부엌을 만들고 부엌 자리는 할아버지 방이 되었다. 그리고 원래의 방 두 칸 중 윗방 옆으로 한 칸이 더 늘어 방은 부엌 한 칸과 방 네 칸이 되어 다섯 칸 집이 되었다. 이어서 방 앞쪽으로 마루와 봉당이 길게 만들어졌다. 최종적으로는 열 칸 기와집이 완성되었다.

나만의 방을 가진 사람은 오직 할아버지뿐이었다. 나머지 가족은 모두 공동 사용이었다. 나머지 세 칸의 방을 다섯 가족이 나누어 썼다. 나는 그저 방 한 귀퉁이에 내 앉은뱅이책상만큼의 공간을 차지했다. 그 방에서 방문을 열면 바로 밖이다. 여름에는 시원하지만 겨울에는 종일 아궁이에 불을 지

펴 방바닥이 절절 끓어도 방안은 윗바람이 세서 말할 때마다 입김이 솔솔 나온다. 그렇지만 화롯불에 둘러앉아 얘기도 나누고 감자와 고구마를 구워 먹으며 윗바람을 잊는다. 화롯불은 산골 집 부엌에서나 방에서나 없어서는 안 될 소중한 살림 도구였다.

중학교 때는 친척 집에 하숙을 하면서 그 집 아들과 방을 같이 썼다. 그러다 중3 때 하숙을 옮기며 처음으로 나만의 방을 가졌다. 늘 가족이나 친척과 함께 생활하던 나는 나 홀로 있는 방이 낯설었다. 무섭지는 않았지만 처음으로 외롭다고 생각했다. 아마 가족과 함께 생활하며 혼자 쓰는 방이었다면 그렇지 않았을 것이다.

고등학교 때는 2년간 기숙사 생활이었다. 한 방에 8명이 2층 침대 4개로 생활했는데 군대나 다름없었다. 6시 기상, 10시 취침, 중대별 식사, 구타, 외출 외박 통제 등 거의 군대 아닌 군대였다. 그러니 내 방은커녕 개인이란 아예 존재하지도 않았다.

그러다 고3이 된 나 때문에 도시로 나온 부모님과 슬레이트 지붕의 단칸방에서 살았다. 고향의 기와집 생각이 절로 났다. 슬레이트집에는 다락방이 있었다. 앉으면 머리가 닿을락 말락 하고 나 혼자 누워 잘 수 있는 다락방에서 나만의 공간을 누렸다. 좁은 공간이었지만 내겐 그야말로 우주였다.

그 당시 슬레이트집은 도시나 시골이나 흔했다. 내 다락방은 슬레이트 지붕에 뚫린 작은 구멍이 군데군데 있었는데 신기하게도 별빛, 달빛만 들어오고 장맛비는 한 방울도 스며들지 않았다. 여름 불볕더위에 달궈진 다락방의 슬레이트 지붕은 밖에서 물을 끼얹었거나 아버지가 다락방으로 올라가는 계단을 향해 틀어주는 선풍기 바람이 식혀주었다. 최근에 그 방을 무려 40여 년 만에 가봤다. 웬만하면 재개발로 사라졌으리라 생각하며 찾아갔는데 그대로였다. 먹먹한 마음을 누르며 한참을 멍하니 바라보다 돌아서는데 가벼운 눈물이 한참 흘렀다.

대학생이 되어 친구와 함께 하숙하며 앞으로도 계속 될 공동생활을 이어갔다. 둘이 쓰는 방은 혼자 쓰는 것보다 좋은 점이 많다. 살아가면서 어찌 장점만 찾을 수 있겠는가. 고교 때부터 친했기에 서로 의지가 되었다. 그러나 그것도 1년이 못 되어 친구가 자취하러 떠나며 끝났다. 나 역시 얼마 지나지 않아 하숙비 부담을 줄이려 자취를 시작했다. 나만의 방이 마련된 기쁨보다는 살림과 공부를 함께하는 애환을 3여 년 동안 경험했다.

군대는 말할 필요조차 없다. 그곳에 무슨 방이라고 할 만한 게 있기나 할까.

이후 교사가 되고부터 나만의 방에서 책과 음악을 즐겼지만 그것도 6년으로 끝나고 결혼과 함께 새로운 삶이 시작되었다. 결혼으로 이루어진 가족은 이전의 공동생활과 다르다. 나는 가족 개인마다 자기 방이 있다고 해서 나만의 방을 갖고 있다고 생각하지 않는다. 내가 말하는 나만의 방이란 아메리카 인디언처럼 홀로 자기만의 공간을 갖고 필요할 때마다 자기만 드나들 수 있는 공간을 의미한다.

나는 나만의 방을 갖기 위한 새로운 도전이 필요했다. 시골과 산골을 두루 돌아다녔다. 될 수 있으면 어린 시절과 비슷한 곳을 기웃거렸다. 3년을 허비한 끝에 최근에 남향 땅 앞으로 실개천이 흐르는 산골 숲속에 나만의 방을 마련했다.

그곳은 나의 슈필라움(Spielraum)이었다. 작가이자 화가인 문화심리학자 김정운에 따르면 독일어 슈필라움은 내 '마음대로 할 수 있는 자율의 공간'을 뜻하는데 물리적 공간은 물론 심리적 여유까지 포함한다. 그곳은 40여 년의 방랑 끝에 돌아온 내 어린 시절의 고향 같았다. 나만의 고요와 침묵을 만들어내는 숲속의 방은 아무런 간섭 없이 자유롭게 고독할 수 있는 곳이다. 나는 그곳을 아무런 걸림 없이 드나든다. 『낭만적 은둔의 역사』에서 데이비드 빈센트가 "개인은 자유롭게 고독한 상태로 들어가고 나올 수 있어야 한다."라고 한 말이 절절히 와 닿는다. 어쩌면 황동규 시인의 '홀로움'은 이런 곳에서 느껴지지 않을까. 무엇보다도 그곳은 나만의 고독을 즐기며 책과 숲에 빠져드는 곳이다.

버지니아 울프가 말하는 자기만의 방은 겨우 '안으로 걸어잠글 수' 있는 방 한 칸에 불과했다. 빈센트에 의하면 문이 잠기는 개인 공간은 포부 큰 작가들뿐 아니라 모든 청소년의 꿈이었다는 것이다. 20세기 초 영국의 주거 상황을 고려해 보면 파격적인 바람이었을 것이다. 게다가 연간 500파운드의 수입은 중상류층이어야 가능한 금액이었다. 그에 비하면 내가 숲속에 만든 나만의 방은 100여 년 전의 버지니아 울프가 말하는 자기만의 방을 훌쩍 뛰어넘는다. 김정운은 여수

외딴 섬 미역창고를 개조하여 그의 슈필라움 미역 창고(美力
創考, 아름다움의 힘으로 창조적 사고를 한다.)를 만들었다.
나는 산골 숲속 밭을 개간하여 나의 슈필라움 지졸재를 지었
다. 사진으로 본 김정운의 미역 창고가 훌륭하지만 내 지졸
재도 그에 못지않다. 꿇릴 게 없다.

  나는 가족이라는 울타리에서 나만의 방을 꿈꿔왔다. 가족
의 사랑을 갈구하면서도 홀로 이고 싶은 이중 심리를 감춰
왔다. 평생 나만의 방을 갖지 못하는 사람이 의외로 많을 텐
데 나는 운이 좋았다. 세상 많은 일이 운칠기삼(運七技三)이
지만 아내의 후원이 있었기에 가능했다. 그저 고마울 따름이
다.

제1부 쓰기

낙서와 메모

 책은 깨끗이 읽어야 한다. 책은 지저분하게 읽어도 된다. 어떻게 해야 좋을까. 책을 깨끗하게 읽는다는 것은 책을 읽을 때 아무런 표식을 남기지 않는다는 뜻이다. 즉 책 표지를 꺾어 펴거나 책 모서리를 접거나 책에 때를 묻히거나 하는 등의 어떠한 흔적도 남기지 않는 것이다. 반면에 책을 지저분하게 읽는다는 것은 책을 읽으며 밑줄을 긋거나 형광펜으로 칠하기도 하며 책 모서리를 접기도 하는 것을 말한다. 특히 책 여백에 독자로서 메모 또는 여러 가지 형태로 흔적을 남기는 것이다.

 내 둘째 딸은 책을 깨끗이 보려 애쓴다. 책을 읽은 다음 헌책방에 넘길 때 흔적이 있으면 그 양에 따라 책값이 전혀 없기도 하고 책값이 있어도 그냥 버리는 것만도 못한 대우를 받기 때문이다. 똑같은 책이라도 헌책 거래 조건을 알고 있어야 속상하는 일이 없게 된다. 그런 사정을 잘 아는 둘째 딸은 책을 사기도 팔기도 쉽게 자주 한다.

나는 반대다. 도서를 구매하면 늘 하는 일이 있다. 먼저 물티슈로 책 먼지를 닦는다. 새 책이든 헌책이든 종이에는 온갖 먼지가 붙어 있다. 헌책방에서 산 책은 얼룩이나 때도 닦아내야 한다. 이어서 앞장 책등 끝부터 1㎝ 위치에 30㎝ 자를 대고 앞장이 잘 펼쳐지도록 접는다. 뒷장도 마찬가지로 접는다. 그다음 앞뒤 표지와 본문 사이의 간지를 접는다. 표지나 간지는 두껍고 뻣뻣해서 이렇게 접어놓지 않으면 책을 읽을 때 불편하다.

그다음 뒤표지와 본문 사이에 있는 간지에 구매 연월일을 쓰고 사인을 해놓는다. 책을 읽기 시작하면 밑줄 긋기와 여백에 메모하기가 이어진다. 다 읽고 나면 뒤표지 간지에 사인해 둔 그 아래쪽에 무엇인가를 적는다. 그것은 독후감이나 서평일 때도 있지만 그냥 끄적거림이기도 하다. 이렇게 내가 책을 읽으며 밑줄 긋기, 메모하기, 독후감이나 끄적거리기를 하는 이유가 있다.

나는 벌어놓은 재산이 없기에 두 딸에게 유산으로 물려줄 게 없다. 내가 물려줄 것이라고는 3천여 권의 책뿐이다. 훗날 두 딸이 그 책들을 뒤적이며 밑줄, 메모, 끄적거림에서 내 삶의 흔적을 느껴보고 공감하기를 바라기 때문이다. 부모로서 자식에게 무엇인가 주고 싶을 때 줄 것이 없다는 사실은 참혹하기 그지없다. 그 서글픔은 어떤 말로도 위로가 되지 않는다. 글로 쓴 것은 만 년이 간다고는 하지만 그까짓 책으로 유산을 대신하려는 생각을 누가 알까 감추고 싶다.

나는 책이 낡은 것은 아무렇지도 않은데 책 모서리가 접힌 것은 참지 못한다. 하나하나 펴 놓아야 속이 후련하다. 책에 온갖 메모를 하면서도 책 모서리가 접히는 것은 왜 그리 못마땅한지 모르겠다. 책을 읽기 전에 손까지 씻으며 저자에게 경의를 표하면서도 책 여백에 낙서가 즐비한 까닭을 설명하지 못한다. 물론 모든 책이 다 그런 것은 아니다. 내 서재에는 읽지 않아서 깨끗한 책과 읽었지만 깨끗한 책처럼 중고든 신간이든 깨끗한 책들도 제법 많다.

나는 책을 버리거나 판다고는 생각해 본 적이 없다. 다만 살아가는 공간이 좁아지는 사정상 어쩔 수 없이 일부 책을 버리기도 했지만 후회를 거듭하며 앞으로는 '버티기'로 일관할 생각이다. 이런 내 의지가 언제까지 통할지는 모른다. 당장 내일 책을 버려야만 할 상황이 생길 수도 있지만 아직은 요지부동이다.

헌책을 구매하며 의문이 드는 것은 어쩌면 그렇게 깨끗한 헌책으로 남았느냐다. 모든 책은 헌책이라는 말이 있지만 말이다. 그런 면에서 보면 내 서재에 있는 책들은 아주 심하게 낡은 책이다. 아무도 거들떠보지 않을 책이다. 그런데도 그걸 붙들고 놓을 줄을 모른다. 그냥 내려놓으면 될 텐데. 아주 한심한 생각이 들기도 한다.

요즘 들어 책을 읽을 때마다 망설이는 게 있다. 밑줄 긋기나 메모하기인데 그만두기가 쉽지 않다. 습관이 무섭다. "습관은 죽어야 고친다."라는 말은 그래서 생겼나 보다.

술 취한 일기

아버지는 일기를 썼다. 내가 어렸을 때 아버지가 무엇인가 쓰는 것을 봤는데 그게 일기였다. 아버지는 거의 20여 년간 대형 달력이나 한 장씩 넘기는 달력 또는 두툼한 다이어리에 매일매일의 일들을 빼곡하게 기록했다. 농사에 있어서 파종, 김매기, 수확 등은 물론이고 소와 개가 낳은 새끼 마리 수도 있고 손님이 다녀간 기록도 남겼다. 심지어 이웃집 대소사도 기록할 정도이니 아버지 일기는 한 동네의 작은 역사로 봐도 충분했다.

아버지와는 다르게 나는 거의 일기를 쓰지 않았다. 거의라고 말한 까닭은 어쩌다 가끔 썼다는 뜻이다. 지금 남아 있는 일기장은 3권뿐이다. 하나는 고등학교 때 쓰기 시작했던 것이고 또 하나는 대학 때 쓰기 시작해서 결혼할 때까지 사용했다. 그리고는 먼지만 쌓여가던 중 어쩌다 한두 번씩 끼적

여 놓아 차마 일기라고 말하기 부끄럽다. 마지막 하나는 아주 얇고 작은데 결혼 이후 여행할 때 책과 함께 가져가던 것이다.

나는 가끔 술에 취했을 때 일기를 쓴다. 그 일기는 나중에 알아보기가 어려워 외국어 독해하듯 읽어야 한다. 읽어 보면 내 본심을 잘 드러냈다는 생각이 든다. 그 일기는 가족일지언정 보면 안 된다는 걱정으로 서재의 외딴곳에 깊숙이 감춰둔다. 고등학교 때 일기는 忍耐(인내) 誠實(성실) 調和(조화) 등을 혈서로 쓰기도 했다. 혈서는 오른쪽 새끼손가락 끝을 칼로 베고 그 상처에서 흐르는 피로 썼다. 그냥 상처만으로도 통증이 있는데 글씨를 쓰며 상처를 종이에 문지를 때 쓰라렸던 기억이 난다. 그 일기에는 시도 몇 편 있다. 초등학교 수준에도 미치지 못하는 졸작이다. 다만 그 당시 내 마음 한 구석을 보여주는 것이어서 가끔 펴보게 된다.

나는 일기 검사에 부정적인 시각이 여전하다. 초중고대 내내 일기는 나를 속이는 수단이었다. 게다가 그 일기를 베껴 쓰라며 친구에게 빌려주기까지 했으니 더 말해 무엇하랴. 일기가 초등학교는 물론이고 대학에서조차 검사 대상이었다는 게 도무지 받아들이기 힘들다. 물론 대학 때는 영어로 썼지만 마찬가지다. 아마 우리 교육에서 일기를 검사하지만 않았어도 아니 검사하지 못하게 했다면 학생들의 글쓰기 수준이 상당했으리라 확신한다. 피관음증에 시달리며 글을 쓰다 보면 자기를 속일 수밖에 없다. 자기를 속이는 글쓰기는 발전하지도 못하겠지만 발전한들 무슨 의미가 있겠는가.

나는 일기를 제대로 쓰는 사람이 부럽다. 내가 하지 못하는 무엇을 해내는 사람은 부러울 수밖에 없다. 그런데도 나는 일기 쓰기에 쉽게 다가가지 못하고 있다. 일기를 쓰려면 부지런해야 하는데 그게 만만치 않다. 사정이 이렇다 보니 내 일기는 발전하지 못하고 있다. 요즈음에도 일기를 쓴다지만 어쩌다 쓴다. 그것마저도 술에 취했을 때다. 이제 나는 술에 취하지 않고도 일기를 쓰고 싶다. 이 나이에 그걸 누가 본들 무슨 상관이랴. 볼 테면 봐라. 하여튼 나는 쓸 테니.

편집과 번역

책을 읽으며 화날 때가 있다. 주로 인쇄 및 제본 불량과 오탈자다. 먼저 인쇄 문제다. 한 단어 또는 한 줄이 안 보이는 경우는 그냥 넘어갈 수 있다. 절반 또는 한 페이지가 모두 불량인 경우는 화가 나서 전화해보지만 책을 교환하러 서점까지 가야 한다. 그래서 책을 사며 인쇄 상태를 꼼꼼히 살펴야 한다.

다음은 제본 불량이다. 가끔이지만 책을 읽다 중간쯤에서 책이 이등분되는 황당한 일도 있다. 물론 교환해 주지만 번거롭다. 역시 책을 교환하려면 서점까지 가야 한다. 요즈음은 바꾸기도 쉽지만 인쇄나 제본 불량은 거의 없는 듯하다.

마지막으로는 편집자가 아무리 매의 눈으로 살펴도 나타나는 오탈자가 있다. 그게 너무 많으면 안 된다. 오래전에 어떤 책을 샀는데 400여 쪽 중에 오탈자를 노트에 모아봤더니 무려 150여 개나 되었다. 출판사에 전화하니 미안해하기는커녕 짜증을 내서 얘기하다 말았다. 그러나 대부분의 출판사는 정중하게 사과하며 교정한 후 다음 쇄를 찍어 보내주기도 한다.

그래도 오탈자는 괜찮은 편이다. 내용이 오류인 경우도 종종 있다. 내가 편집자에게 수정을 제안했는데 저자가 고쳐서 2판을 발행하며 서문에 정중히 사례하는 겸손한 저자도 봤다. 어느 저자는 이메일을 수차례나 보내며 한턱 내겠다고 했다. 마지막에는 전화번호까지 주며 연락을 바랐다. 결국 만나서 그 책 얘기를 길게 나누고 후한 대접도 받았다.

그런 일이 종종 있던 20여 년 전 어느 날 해당 출판사 대표와 편집장이 나를 찾아왔다. 두 사람은 나를 만나자마자 수학책 번역을 제안했다. 나는 일개 중학교 교사로서 학위나 번역 경험이 없다며 거절했다. 그들은 그냥 돌아갔지만 일주일 후에 다시 왔다. 이리저리 핑계를 대며 거절하려 애썼지만 그들의 감언이설에 넘어가고 말았다. 사연은 이렇다. 원래 번역을 하던 사람이 미국 유학을 떠난 후 소식이 끊어졌다. 저자와의 계약에 따르면 기한 내에 미출간 시 위약금을 물게 돼 있었다. 그러니 번역이 절반은 되었으니 절반만 해주면 된단다.

번역을 시작하며 나의 부족함을 절감했다. 번역이 반역이라는 말이 사실인 것 같았다. 내 주제를 모르고 달려든 꼴이니 어디 하소연할 데도 없었다. 힘겹게 번역을 끝내고 원고를 출판사에 넘겼다. 그러고는 다짐했다. 나에게 두 번 다시

'반역'은 없다! 나는 1판 1쇄 오류를 점검하며 2쇄를 준비했다. 그런데 출판사는 생각이 없는 것 같았다. 하긴 내가 봐도 그 어려운 책을 누가 읽을 것 같지 않았다. 그런데 번역서가 출판되고 2년이 지나던 어느 날 서점에서 5쇄 도서를 봤다. 아니 이럴 수가 있나. 나는 화를 누르며 출판사에 전화를 걸었다. 편집장은 둘러대기 바빴다. 나는 그만두자며 전화를 끊었다.

그 책을 5쇄나 찍은 이유는 따로 있었다. 어느 교육청에서 그 책을 중고등 학생 권장 도서로 선정한 것이다. 나는 출판하는 책이 인쇄를 거듭할 때마다 몇 권이나 찍는지 모른다. 다만 나는 역자의 오류 수정 제안을 수용하지 못할 만한 이유가 무엇인지 궁금할 뿐이었다.

이후부터는 책을 읽으며 오탈자나 내용의 오류가 있어도 못 본 척하기로 했다. 그게 편했다. 편집자와 듣기 싫은 소리 주고받을 짓을 더는 하고 싶지 않았다. 그렇게 시간이 흘러가며 수학 과학 분야의 책들이 내게서 멀어지고 있었다. 자연히 그 공간은 문사철로 채워졌다.

요즈음 나는 수학 과학 관련 도서는 거의 읽지 않는다. 내 독서는 수학 과학 읽기로 시작했지만 한 번 멀어진 마음을 되돌리기 쉽지 않다. 오늘도 먼지 쌓이는 수학 과학 책을 뒤적이며 향수를 자극해본다.

독서, 여건과 의미

　삶의 피로가 쌓일 때마다 과연 서울은 살 만한 곳인가 하고 생각해 본다. 물론 서울에 살기를 원하는 사람이 제법 많겠지만 대다수는 어쩔 수 없이 씌워진 굴레에 얽매여 살아간다는 생각이 든다. 서울은 인구 과밀이다. 제한된 공간에 너무 많은 사람이 살다 보니 우리가 미처 예상하지 못했던 일이 일어나기도 한다. 그럼에도 필요한 것은 따져봐야 한다. 이때 무엇인가 희망 사항을 얘기하면 "무엇 무엇이 많아서 안 된다."라는 실망스런 대답만 돌아온다.

　이제 사람이 많다 보니 그렇다는 식의 둘러대기는 그만하자. 이런저런 상황을 그저 어떤 탓으로 돌리는 것은 무책임한 태도다. 모든 것이 많으면 풍요로울 테지만 지금의 서울은 많고 적음이 기형적이다. 그러면 부족한 것은 무엇인가. 과연 어느 그릇부터 채워야 하나. 내 관심은 두말할 것 없이

독서 여건의 개선이다. 식자층에선 그토록 독서 여건 개선을
역설해도 위정자들의 논리에는 와 닿지 않는 모양이다. 독서
의 계절이니 독서 주간이니 하는 따위는 이제 필요 없다. 빈
수레는 요란할 뿐이다. 종종 학생들에게 독서의 필요성을 힘
주어 말하지만 열악한 현실에 서글퍼지고 만다.

  그런데도 나를 달래주는 구석이 있어 다행스럽다. 다름 아
닌 옛 은사님을 찾는 일이다. 신간 도서 목록을 들먹이며 독
서론을 펼치노라면 신이 날 수밖에 없다. 은사님 앞에서 은
근히 뽐낼 수도 있고. 그러나 독서 여건을 운운하며 푸념을
늘어놓으면 놀랍게도 은사님은 서울을 부러워하는 눈치를
보인다. 아무리 그래도 서울은 독서 여건이 훨씬 좋다. 중소
도시에는 신간 기간 구별이 어려울 정도라는 말씀이다. 또한
정보의 부재는 더욱 심하고.

  문득 은사님께서 오래전에 말씀하신 것이 생각난다. 독서
여건도 여건이지만 독서 행위 자체에 얼마나 큰 의미를 부여
하느냐가 무엇보다 중요하다. 레몽 장의 소설『책 읽어 주는
여자』가 현실화되어서는 곤란하다. 우리는 독서에 대하여 너
무 심할 정도로 인색하다. 제도권의 탓만으로 돌리기에는 우
리들의 가슴이 옹졸한 감이 있다는 말씀이었다.

  개화기 무렵 서양인들의 눈에 비친 우리의 촌락은 낭만이
흘렀다. 기울어진 초가집 사랑방 한구석에는 누렇게 바래고
손때가 묻은 책들이 쌓여 있었다. 우리 할아버지들은『토정
비결』만 읽지 않았다. 주경야독이라는 말이 어울리는 풍경을
지녔다. 독서는 아무리 바쁘고 괴롭고 어려운 상황일지라도

해야만 했다. 일종의 의무처럼 말이다.

지난 고교 시절 물론 그때도 독서 여건은 형편없었다. 학생들을 짓누르는 입시에 따른 자율학습과 보충수업이 있었지만 친구들은 일찍이 등교하여 동그랗게 앉아 이야기꽃을 피웠다. 물론 화제의 초점은 자기가 읽은 책 이야기였다. 담임 선생님이 교실에 들어오는 것도 모른 채 한 녀석의 독서 자랑질에 급우들 모두가 머리를 맞대고 시간의 흐름을 잊어버리곤 했다. 선생님의 교무 수첩으로 뒤통수를 얻어맞으며 제자리 찾기에 바빴던 순간이 이젠 추억으로 남아 아련할 뿐이다.

주말이면 학생들에게 서점 데이트를 제의하지만 시큰둥한 표정을 읽으며 씁쓸한 고뇌만 남는다. 나는 스승의 제자이기는 하지만 제자의 스승은 못 되는가 보다.(1990)

정 선생님께

겨울은 춥기 마련이지만 올해 겨울은 꽤 추울 것이라는 얘기가 사람들의 가슴을 움츠러들게 합니다. 하지만 선생님께서 학교를 그만두신다는 소식은 이보다 더욱 제 마음을 얼어붙게 합니다. 비록 선생님의 가르침을 받은 기간은 최근의 3년에 불과하지만 제게 필요했던 것은 앞서 교직에 나와서 배운 모든 것보다 훨씬 많았습니다. 사실 사람들이 얻는 것은 오래 배운다고 많아지는 것은 아니지 않습니까. 중요한 것은 필요한 것을 얼마나 얻느냐가 아니겠습니까? 이 말은 선생님께서도 가끔 제게 하셨던 말씀이라 깊이 간직하고 있습니다.

저는 이제 겨우 서너 학교밖에는 근무하지 않아 짧은 제 경험을 일반화하기는 어렵습니다. 그렇지만 선생님의 말씀을 실천하면서 나름의 영역을 만들어 가고 있습니다. 특히 C

중학교와 J 중학교의 추억은 상당히 오래갈 것 같습니다. 여러 가지 면에서 두 학교는 양극단을 향해 치닫는 아주 대조적인 학교로 보입니다. J 중학교는 흔히 얘기하는 결손가정 아이들이 많습니다. 부모가 없는 아이, 부모 중 한쪽이 없는 아이, 아버지 또는 어머니를 모르는 아이, 부모가 있지만 스스로 밥을 차려 먹어야 하는 아이, 도시락을 싸 오지 못하는 아이, 스스로 도시락을 싸 와야 하는 아이, 학교에서 급식을 받아야만 하는 아이 등.

이 아이들은 20여 년 전 시골에서 제가 중학교 다니던 모습과 거의 비슷합니다. 잘 다듬어지지 않아서 거칠 뿐이지 순박하기 이를 데 없고 진정으로 제 손이 필요한 아이들이 틀림없습니다. 가끔 사회과학 서적을 뒤적일 때마다 계급의 재생산이라는 말을 접하면서도 그 말의 의미를 깊이 있게 인식하지 못했는데 두 학교에서 아이들을 가르치며 그 의미를 절실하게 느끼고 있습니다.

선생님, 저는 선생님께서 강조하셨던 말씀을 다소나마 실천하려 애쓰고 있습니다. 예를 들면 매주 돌아오는 주번의 임무를 '일주일 반장'이라 부르고 차렷 경례하고 학급일지 쓰기까지 많은 임무를 부여하고 있지요. 그런데 문제는 그러한 방식이 이전 학년에서 해왔던 것과 달라서 아이들이 어려워하고 지도하는 저도 쉽지 않다는 사실입니다. 그렇지만 앞으로도 계속할 작정입니다. 그리고 아이들 인사 지도만 해도 그렇습니다. 여러 선생님이 그냥 지나치지만 저는 꾸준히 지도하고 있습니다. C 중학교와 마찬가지로 인사를 잘하는 아이들은 반드시 얇은 한 권의 책을 선물하고 있습니다. 그리고 집단 상담을 통해 부족하나마 아쉬운 부분을 보완하고 있습니다. 때로는 상담 주제를 글로 쓰게 하여 부족한 시간을 메우기도 합니다.

선생님, 저는 그 상담 자료로 학급 문집을 발간할 계획을 세웠습니다. 졸업식 날 아이들에게 선물할 예정입니다. 아무런 상장 한 장 없이 교문을 나서는 아이들에게 쥐어 주고 싶습니다. 문집을 만들게 된 계기는 이것 말고 또 있습니다. 상담 자료를 작성하던 중에 개인별 자서전을 쓰는 시간이 있었는데 성적이 끝에서 맴도는 한 아이가 쓴 글이 저에게 감동을 안겨주었습니다.

1981년 7월 8일 그러니까 16년 전 나는 전라남도 여수시 덕충동에서 태어났다. 내가 세상에 눈을 뜰 때 엄마 아빠 형 누나들이 모두 지켜보고 있었다고 한다. 우리 동네는 시내에서 약간 떨어졌고 동네 앞에는 남해가 환히 보였다. 집 뒤에는 마루산이라고 있는데 봄가을만 되면 소풍 장소로 유명했다. 집 양쪽으로는 묘지와 밭 등으로 둘러싸여 있었다.

우리 집은 많이 가난했다. 먹을 것이 없어서 라면과 밀가루 죽을 먹었던 일이 아직도 머리에 생생하다. 그리고 초등학교 1학년 때 집안이 어렵고 아직은 알 수 없는 집안 사정으로 아빠는 고깃배를 타셨기 때문에 1년에 다섯 번 보기조차 어려웠다. 엄마는 서울로 올라가 식당일을 하셨다. 그래서 누나 셋과 나는 이모 집에서 살게 되었다. 엄마도 1년에 명절 때밖에는 볼 수가 없었다. 그래서 나는 해마다 방학이 되면 엄마가 계신 서울로 올라가 방학이 끝날 때까지 있다가 고향 여수로 내려갔다. 그때마다 나는 엄마와 헤어지기 정말 싫었다.

얼마 후 이모 집에서 엄마처럼 믿고 의지한 누나가 고등학교에 가기 위해 마산으로 떠났다. 이제 둘째 누나와 나는 너무나 외로웠다. 더구나 1992년 12월 어느 추운 겨울 아빠가 사고로 돌아가셨다는 소식을 들었다. 다시 떠올리기 싫은 지난날이다. 벌써 4년이 지났지만 아빠 시신을 찾지 못했다. 누나와 나는 더는 여수 이모 집에 있을 필요가 없게 되었다. 나는 초등학교 6학년 2학기 때 서울 J 초등학교로 전학 오게 되었다. 처음에는 낯설고 어색했지만 시간이 지나며 서울 생활에도 잘 적응하게 되었다. 무엇보다도 엄마와 같이 생활하게 되어서 좋았다. 사실 여수 이모 집 생활이 싫었다.

가끔 형과 누나들을 만나면 지나온 이야기를 한다. 형과 누나들은 나보다 더 어려운 일을 겪었다고 한다. 그래도 나는 초등학교 3학년 때부터 지금까지 계속 도시락을 싸서 다녔지만 형과 누나는 도시락을 싸서 다니는 친구들이 제일 부러웠다고 한다. 또 어려웠던 일이 많았던 만큼 많이 울기도 했지만 지금은 다 지나간 일이라며 웃어넘긴다. 나는 옛 생각을 하는 형과 누나들을 보면서 열심히 살겠다고 다짐을 해본다. 하지만 자꾸 누나한테 꾸중을 들을 일만 저지르게 되어 어떻게 해야 할지 모르겠다. 정말 신경쓰인다. 좀더 나은 고등학교에 가려면 남은 시간 동안 열심히 노력해야겠다.

현재 J 중학교는 선생님께서 처음 교직을 시작하셨던 1960년대 분위기가 제법 많이 남아 있는 학교라는 생각이 듭니다. 이 학교는 비록 한 세대가 흐른 1990년대에 속해 있지만 넉넉한 시대에 혼자 남은 외딴섬처럼 보입니다. 저는 흔히들 얘기하는 풍요로운 시대에 태어난 아이가 배고픔을 겪었다는 말을 그냥 흘려보낼 기분이 아니었습니다. 더군다나 C 중학교 학생들의 가정환경을 익히 알고 있었던 터라 제 감정은 더욱 착잡했습니다.

저는 이 글을 쓴 아이에게 글쓰기 소질이 있으니 이다음에 작가가 되라며 필기도구 한 세트를 선물했습니다. 그는 중학교 1, 2, 3학년 통틀어 늘 95%를 넘는 학습부진아였던 녀석이라 상장은커녕 선물 한 번 제대로 받아본 적이 없다고 하더군요. 교사는 특정한 분야에서 재능을 보이는 아이들을 찾아낼 줄 알아야 하는데 이를 제대로 하지 못하는 저로서는 자괴감에 빠지기도 합니다.

지금까지 드린 말씀은 모두 C 중학교에서 선생님으로부터 직접 혹은 간접적으로 배웠던 것을 실천한 것입니다. 제가 다른 학교에 가서도 큰 어려움 없이 그리고 별 탈 없이 그런대로 인정받은 것은 선생님의 가르침을 따른 결과라고 생각합니다. 저는 은혜롭게도 C 중학교에서 남달리 선생님의 가르침을 많이 받았습니다. 저는 학교 현장에서 진솔한 실천을 통해 이것을 갚아 나가려 합니다. 혹시 가르침에 어긋나는 언행으로 선생님의 이름에 누가 되지 않도록 조심하겠습니다. 괴테의 "좀더 빛을" 대신에 선생님의 '좀더 가르침을' 아쉬워합니다. 앞으로 교직 생활에서 선생님이 주신 가르침은 어릴 적 뛰어놀던 시골 어귀 느티나무 그늘처럼 제 성장을 지켜줄 것으로 믿습니다. 내내 건강하십시오. (1996)

추억 속의 그리스 문자

α. 나는 친구들이 일하는데 게으름을 피우는 α(알파) 군에게 노동의 철학을 운운하며 자존심을 상하게 한 것을 반성한다. (그러나 그 더운 여름에 친구들이 땀을 뻘뻘 흘리며 일하는데 눈치만 살피는 널 가만히 놔둘 수는 없었다.) (나는 노동을 상당히 중요시한다. "힘든 일은 내가 먼저, 하는 일은 웃으면서, 하던 일은 완벽하게"는 내 인생의 좌우명이다.)

β. 나는 독서의 중요성을 강조하는데 만화책만 읽은 것을 자랑처럼 중얼거리는 β(베에타) 군에게 너는 이다음에 멍텅구리가 될 녀석이라고 한 것을 반성한다. (만화책을 읽는 것도 독서지만 으쓱거리는 것은 바람직하지 못하다.) (나는 연간 약 90여 권의 책을 읽는다. 물론 정기간행물이나 전공도서는 제외하고 말이다.)

γ. 나는 불쾌지수 높은 여름날 짜증을 마구 내뱉는 γ(감마)

군에게 너 같은 녀석은 더불어 살기를 모르니 무인도 같은 곳에서 혼자 살라고 한 것을 반성한다. (자기만 편하고 싶어 하는 이기적인 생각은 고쳐야 마땅하다.) (나는 더불어 살기를 실천하고 있다.)

δ. 나는 청소하지 않고 도망친 δ(델타) 군에게 두 배로 청소시킨 것을 반성한다. (하다못해 세금만 하더라도 늦게 내면 할증이 있다. 반칙에는 벌칙이 있게 마련이다.) (나는 친구를 놔두고 도망치지 않는다.)

ε. 나는 지각을 규칙적으로 하는 ε(엡실론)군에게 심한 잔소리를 한 것을 반성한다. (규칙적이라는 것도 종류가 있다. 게으름을 고쳐야 좋은 대접을 받을 수 있다.) (나는 결석을 하면 했지 지각은 하지 않는다.)

ζ. 나는 도시락을 들고 돌아다니며 밥을 먹는 ζ(제에타) 군에게 어린애 같은 녀석이라고 한 것을 반성한다. (습관은 제2의 천성이다. 앉아서 밥 먹으면 어디가 덧나냐?) (식사 예절도 중요하다. 나는 예절을 지킨다.)

η. 나는 체육 시간에 주번을 쫓아내고 교실에 남아 농구를 하던 η(이이타) 군을 비난한 것을 반성한다. (힘이 정의가 아니다. 약한 친구를 윽박지른 것은 용서받지 못할 일이다.) (나는 고등학교 때 약한 친구를 괴롭히는 한 녀석을 두들겨 팬 적이 있다. 20여 년이 지났지만 자랑스럽게 생각한다.)

θ. 나는 단순한 말다툼으로 인한 싸움 끝에 친구를 병원으로 보낸 θ(세에타) 군에게 핏대를 올리며 비난한 것을 반성한다. (싸움도 적당히 해야지. 피투성이가 되도록 싸우면 되

겠니?) (나는 패배를 인정한 상대를 더 몰아붙이지 않는다.)

ι. 나는 '이지메'에 가담한 ι(이오타) 군을 벌준 것을 반성한다. (이것은 도저히 용서할 수 없는 일이다. 앞으로는 그런 일이 절대 없기 바란다.) (나는 집단 폭행당하는 친구를 돕다가 도리어 흠씬 얻어맞은 적이 있다. 그러나 그것은 정의로운 일이었다고 생각한다.)

κ. 나는 실외화를 신고 교실을 돌아다니는 κ(카파) 군의 신발을 뺏은 것을 반성한다. (안팎을 구분하지 못하면 곤란하다.) (나는 실외화를 교실 밖에서만 신는다.)

λ. 나는 실내화를 신고 운동장에서 재미있게 놀고 있는 λ(람다) 군에게 너는 교실과 운동장을 구분도 못 하느냐고 한 것을 반성한다. (대부분 운동화를 신고 있는데 왜 너만 실내화를 신고 있냐?) (평범한 것은 아름답다. 나는 남들과 비슷하게 생활한다.)

μ. 나는 주번을 하는 μ(뮤우) 군에게 '일주일간 반장'이라는 짐을 지워준 것을 반성한다. (네가 그렇지 않으면 언제 반장 흉내 한 번 낼 수 있겠냐?) (나는 반장을 몇 번 해봤다. 너도 한 번은 해봐야 한다.)

ν. 나는 주번 일지를 서기에게 쓰라고 하지 않고 꼭 주번을 하는 ν(뉴우) 군이 쓰도록 한 것을 반성한다. (글씨도 자꾸 써 봐야 는다. 네 글씨는 너무나 읽기 힘들다.) (나는 글씨를 잘 쓴다. 내 흉내를 내 볼 필요도 있다.)

ξ. 나는 우리 학교 운동장이 너무 커서 체육 시간에 달리기가 힘들다며 운동장을 파고 연못을 만들자고 한 ξ(크사이)

군을 생각이 좁고 게으른 녀석이라고 한 것을 반성한다. (왜 하필이면 연못이냐? 좀더 부지런해질 생각을 해봐라.) (나는 부지런한 사람이다.)

o. 나는 담배를 피우는 o(오미크론) 군에게 학교에서는 절대 피우지 말고 집에 가서 실컷 피우라고 한 것을 반성한다. (담배는 몸에 너무 나쁘다. 그러니 못하게 하는 것이다.) (나는 학교에서 담배를 피우지 않는다.)

π. 나는 담배를 피우는 π(파이) 군에게 한 번만 더 피우면 부모님을 부르겠다고 한 것을 반성한다. (네 부모님이 학교에 불려왔어야만 했는데.) (나는 연속되는 경고는 의미가 있다고 받아들인다.)

ρ. 나는 아픈데도 불구하고 조퇴를 자주 했다는 이유로 ρ(로우) 군의 조퇴를 거절한 것을 반성한다. (어느 정도는 척 보면 안다. 공부하기 싫어서 내빼려는 게 아니라고 할 테냐?) (사람은 인내를 배워야 한다. 나는 많이 참는다.)

σ. 나는 무단조퇴를 한 σ(시그마) 군에게 이제는 학교를 그만 다닐 때가 된 것 같다고 한 것을 반성한다. (사실 아니냐? 그렇게 싫으면 그만둬야지.) (난 비겁하게 무단도주는 하지 않는다.)

τ. 나는 친구 생일이라 결석했다는 τ(타우) 군에게 앞으로는 학교에 올 필요가 없다고 한 것을 반성한다. (핑곗거리가 그렇게도 없냐? 알리바이를 잘 만들어 보아라.) (나는 적당히 둘러대기도 한다.)

υ. 나는 가출했다 돌아온 υ(업실론) 군에게 뭣하러 돌아왔

느냐고 한 것을 반성한다. (돌아올 걸 왜 나갔냐?) (나는 가출도 표시 안 나게 한다.)

φ. 나는 결석일과 등교일이 거의 비슷한 φ(프아이) 군이 학교에 왔는데도 불구하고 도로 집으로 가라고 한 것을 반성한다. (심심하면 학교 오는 녀석이…. 할말이 있냐?) (나는 흐리멍덩하게 살지 않는다.)

χ. 나는 점심시간에 순찰하여 χ(카이) 군의 담배 맛을 망친 것을 반성한다. (앞으로도 담배 피우다 걸리면 혼날 줄 알어!) (나는 20세가 넘어서 담배를 피웠다. 너도 그렇게 해봐라.)

ψ. 나는 머리를 감지 않은 ψ(프사이) 군에게 머리가 더럽다고 한 것을 반성한다. (청결해야 한다. 적어도 이틀에 한 번은 머리를 감아야 한다.) (나는 매일 머리를 감는다.)

ω. 나는 ω(오메가) 군이 너무 무겁다고 한 것을 반성한다. (사실 넌 가로 세로가 비슷하지 않니? 공부에 빠져봐라.) (나는 공부를 열심히 해서 6개월에 8kg이나 빠진 적이 있다.)

⊙. 나는 그리스 문자를 소개할 것처럼 해놓고 엉뚱한 말을 한 것을 반성한다. (사바세계는 비정하다. 선생님께 속은 게 뭐 그리 속상할 게 있냐?) (나는 남을 속이지 않는다.)

A. 나는 수업 태도가 좋지 않은 A(알파) 군을 교실 뒤에 세워놓은 것을 반성한다. (안 그러면 네가 말을 듣냐?) (체력 강화 정신집중 일거양득이다. 오히려 고맙게 생각해라.)

B. 나는 공부 안 하는 B(베에타) 군을 착실한 다른 학생

과 비교한 것을 반성한다. (너는 공부를 너무 안 한다. 깊이 반성해야 한다.) (나는 열심히 공부했다!?)

Γ. 나는 시작종이 울리고 교실에 늦게 들어온 Γ(감마) 군을 벌준 것을 반성한다. (약속은 지키라고 있는 것이다. 왜 실컷 놀다가 종을 치면 화장실에 가냐?) (나는 약속을 철저히 지킨다.)

Δ. 나는 수업 중 엎드려 자는 Δ(델타) 군의 잠을 깨운 것을 반성한다. (꾸벅꾸벅 졸면 몰라도 그냥 엎드려 자는 녀석을 그냥 놔둘 수 있겠냐?) (나는 수업 시간과 취침 시간을 구별한다.)

E. 나는 수업 중 화장실에 가겠다는 E(엡실론) 군을 놀린 것을 반성한다. (중학생이 대소변 조절도 못 하냐?) (나는 대소변을 조절한다.)

Z. 나는 이동 수업에 늦게 가고 있는 Z(제에타) 군을 빨리 가라고 한 것을 반성한다. (어떻게 해서든 시간을 보내려고 하는 자세는 고쳐야 한다.) (나는 시간을 잘 지킨다.)

H. 나는 수업 중에 껌을 씹는 H(이이타) 군을 빈정댄 것을 반성한다. (수업 시간에 껌을 질겅질겅 씹는 습관은 고쳐야 한다.) (나는 교실에서 껌을 씹지 않는다.)

Θ. 나는 손으로 입을 가리지 않고 하품을 하는 Θ(세에타) 군을 못생겼다고 한 것을 반성한다. (무례한 행동은 고쳐야 한다.) (나는 손으로 입을 가리고 하품을 한다.)

I. 나는 수업 중 참으려 하지 않고 마구 기침을 하는 I(이오타) 군에게 초등학생 같다고 한 것을 반성한다. (기침

예절도 중요하다.) (나는 기침을 할 때 입을 가리고 한다.)

K. 나는 머리를 깎지 않은 K(카파) 군에게 당장 머리를 깎으라고 한 것을 반성한다. (머리를 자주 감는 녀석이면 몰라도 해골표 조미료가 뚝뚝 떨어지는 녀석이 무슨 할말이 있냐.) (나는 한 달에 한 번씩 머리를 깎는다.)

Λ. 나는 머리를 염색한 Λ(람다) 군에게 너는 국적이 어디냐고 물은 것을 반성한다. (그렇게 염색을 자주 하면 모발이 상한다. 괜찮냐?) (나는 염색하지 않는다.)

M. 나는 머리에 무스를 바른 M(뮤우) 군의 머리를 '물스'로 씻은 것을 반성한다. (그것을 바르는 이유가 있냐? 자연스러운 게 아름다운 것이다.) (나는 무스가 뭔지 모른다.)

N. 나는 귀에 구멍을 뚫은 N(뉴우) 군의 귓구멍이 막히도록 한 것을 반성한다. (그리로 혼이 빠져나간다는 말이 있다.) (나는 부모님이 주신 신체를 함부로 훼손하지 않는다.)

Ξ. 나는 수염을 깎지 않는 Ξ(크사이) 군의 면도를 독촉한 것을 반성한다. (멋도 적당히 부려야지. 또 조금만 더 있으면 얼마든지 기회가 많다. 기다려라.) (나는 매일 면도를 한다.)

O. 나는 목걸이를 한 O(오미크론) 군에게 강아지 같다고 한 것을 반성한다. (너는 목줄에 방울을 단 강아지처럼 보였다.) (나는 목걸이가 없다.)

Π. 나는 속옷을 입지 않는 Π(파이) 군에게 속옷을 입으라고 한 것을 반성한다. (땀 흡수가 되도록 속옷을 입어야 한다.) (나는 속옷을 입는다.)

P. 나는 무릎까지 길게 늘어트린 P(로우) 군의 허리띠를

자르라고 한 것을 반성한다. (유행도 적당히 받아들이기를 바란다.) (나는 유행을 선별해서 수용한다.)

Σ. 나는 교복을 '똥 싼 바지'처럼 입고 다니는 Σ(시그마) 군에게 "너 정말 똥을 싼 게 아니냐?"고 한 것을 반성한다. (바지에는 똥이 들어 있지 않겠지만 바짓단 끝은 똥이 묻었을지도 모른다.) (나는 바지 길이가 적당하다.)

Τ. 나는 바지 재봉선 끝부분을 일부러 뜯어 놓은 Τ(타우) 군의 바지를 꿰매도록 한 것을 반성한다. (멀쩡한 바지를 왜 뜯어 놓냐?) (나는 바짓단이 단정하다.)

Υ. 나는 바지가 땅에 질질 끌리는 Υ(웁실론) 군에게 바지를 알맞은 길이로 맞추라고 한 것을 반성한다. (짧은 다리가 바지만 길게 입는다고 길어지냐?) (나는 알맞게 맞추어 입는다.)

Φ. 나는 군인 패션을 추구하는 Φ(프아이) 군의 신발을 보관한 것을 반성한다. (안 그랬으면 학생부에 완전히 뺏겼을 것이다. 고맙다고 해라.) (나는 튀는 행동을 안 한다.)

Χ. 나는 Χ(카이) 군에게 좋은 말로 해도 되는데 화낸 것을 반성한다. (좋은 말로 했을 때 그리고 기회를 다시 주었는데도 너는 또 속였다.) (나는 화를 자주 내지 않는다.)

Ψ. 나는 수업 중 Ψ(프아이) 군에게 거친 말을 한 것을 반성한다. (좋게 말할 때 받아들여야 한다. 왜 핏대를 올려야 듣냐?) (나는 존댓말을 쓰는 사람이다.)

Ω. 나는 Ω(오메가) 군에 대한 반성과 변명이 뒤섞여 혼란스럽게 한 것을 반성한다. (나도 할말이 있는데 어쩔 수 없

다.) (나는 그래도 반성하는 사람이다.)

  ⊙. 나는 아직 반성할 것이 많은데도 불구하고 이것으로 끝낼 수밖에 없는 것을 반성한다. (누구나 가끔 도망치고 싶을 때도 있다.) (나는 아직 자랑할 것이 많지만 이쯤에서 끝내게 되어 무척 아쉽다.)(1997)

나는 고발한다

   짧게만 느껴지는 가을을 그야말로 낭만의 계절로 받아들이는 사람들은 환호할지 모릅니다. 하지만 어려운 시기를 이겨내는 어머니 처지에서는 가을이 결코 반가운 계절이 아닐 것입니다. 그런 가을이 바람처럼 휙 지나가고 아침에는 벌써 입김이 솔솔 나오는 겨울이 느껴집니다.

   나라에서는 IMF의 도움이 끝났다고 하지만 우리가 피부로 느끼는 것은 아직 멀었다는 생각입니다. 어느 하나 만만한 구석이 없는 세상살이를 혼자 헤쳐 나가는 어머니 모습은 처절하다는 느낌보다는 오히려 경외감을 갖게 합니다. 여기에 어려움을 더욱 부채질하는 것은 당신 아들이 뜻대로 따라주지 않는다는 사실입니다. 아들이 당신의 바람을 조금이라도 이해하고 따라준다면 얼마나 좋을까요. 이제부터라도 어머니께서는 당신 아들인 Σ(시그마) 군의 가정생활과 학교생활을 잘 살펴보십시오. 그에 따라 어머니가 잘 몰랐던 사실이 무엇인가를 판단해 보시고 Σ군이 당신 아들로 다시 태어나도록 적절한 대책을 마련하기 바랍니다.

먼저 Σ군은 아침 몇 시에 일어납니까? 본인의 말로는 일곱 시가 조금 넘어서 그리고 어머니가 열 번은 깨워야 일어난다고 하더군요. 세수하고 식탁에 앉는 날은 거의 없었던 것으로 생각됩니다. 또한 밥을 한 숟갈이라도 뜨고 집을 나서면 어머니 마음이 얼마나 흐뭇했겠습니까. 학교 급식도 맛이 없다고 먹지 않는 녀석이 시간이 없다고 하면서 인사도 하는 둥 마는 둥 가방을 메고 나가는 모습은 참으로 쳐다보기가 안타까웠을 것입니다. 어머니는 아들이 메고 가는 가방 속에 뭐가 들어 있을까 한번 생각해 보셨습니까? 대부분 어머니가 그렇듯이 Σ군의 어머니께서도 공부에 필요한 것들이 들어 있으리라 믿었을 것입니다. 아닙니다. 놀랍게도 가방 속에는 아무것도 없습니다.

여덟 시 이십 분이 지나는 바람에 Σ군은 교문을 지키는 선생님께 벌을 받고 땀을 뻘뻘 흘리며 교실에 들어서지만 할 일이 없습니다. 독서 시간인데 학교에서 나눠준 책은 어디로 갔는지 모릅니다. 다른 책도 없으니 할 수 없이 엎드려 잘 수밖에 없군요. 그러다가 1교시 종소리에 놀라 깨어나지만 어제 저녁에 두 시가 넘어서 잠이 들었기 때문인지 선생님이 들어오시는 것도 모른 채 침을 흘리며 자게 됩니다. 어떤 선생님은 깨우고 어떤 선생님은 그냥 놔두고 그러다 보니 Σ군의 입장에서는 깨워서 공부시키려는 선생님이 야속하게 보일 수밖에 없습니다. 그래도 저는 무언가 해보라고 하면서, 없는 공책 대신 연습장을 얻어서 주고 연필도 빌려서 주었더니 한 줄 정도 쓰다가 연필을 쥔 채 그냥 앉아서 자더군요.

3교시쯤 되면 속이 허전하겠지요. 매점에 가서 컵라면 하나 샀지만 친구들이 국물 한 모금 먹겠다고 여럿이 밀고 당기는 바람에 그나마 제대로 먹지도 못하고 맙니다. 하나 더 사서 먹고 싶지만 주머니에 돈이 모자랍니다. 다음 시간을 알리는 시작종이 울렸지만 교실에 들어간다는 것이 호랑이 굴에 들어가는 느낌입니다. 뒤늦게 화장실에 가서 용변을 보고 교실에 들어가니 선생님은 벌써 들어오셔서 왜 늦었냐고 꾸중합니다.

Σ군은 공부 시간에 삐삐나 휴대폰이 울려도 선생님이 모른 척해주기를 바랍니다. 또 공부 시간에도 화장실에 잘 보내주기를 바라며 수업 중 재미있는 얘기나 하다 끝내주기를 바랍니다. 수업 시간에는 그렇게 잘 자다가도 끝나는 종이 울리면 벌떡 일어납니다. 돌아다니며 실컷 놀다가 시작종이 울리면 화장실에 갑니다.

오전은 그럭저럭 때웠는데 오후는 정말 의자에 앉아 있기조차 싫었습니다. 때마침 머리가 아프기 시작했습니다. 그래서 Σ군은 담임 선생님께 몸이 아프다고 하면서 조퇴를 신청했지만 심하게 꾸중만 듣고 돌아서야 했습니다. 너무 화가 나서 가방을 둘러메고 담을 넘어 PC 게임방으로 달려가고 말았습니다. 컴퓨터 모니터 앞에 앉았더니 두통은 씻은 듯이 사라져 버립니다. 저녁 식사도 잊은 채 게임에 몰두하다 보니 새벽이 다가오고 있습니다. 새벽 세 시가 넘었군요.

　집에 돌아와서 잠시 눈을 붙이다가 여섯 시에 일어났습니다. 어머니는 눈이 휘둥그레졌습니다. 어머니는 아들이 학교에 일찍 가야 한다고 하니 서둘러 아침을 차려주었습니다. 학교에 다녀오겠다고 정중히(?) 인사까지 하고 단숨에 달려간 곳은 어제 저녁에 밤새 즐기던 PC 게임방이었습니다. 그곳에는 아직도 어제 저녁에 있던 친구들이 그대로 게임을 하고 있더군요. Σ군도 다시 게임을 하다 보니 어두컴컴했던 아침이 지나가고 벌써 열 시가 넘었습니다.

　Σ군은 부모님이 있어야 한다고 생각하는 경우가 딱 두 가지 있더군요. 밥 먹고 싶을 때와 용돈이 필요할 때뿐이라고 거침없이 얘기합니다. 물론 우리 기성세대도 청소년 시절에 부모님 잔소리가 지겨워 가출하고 싶은 충동을 느껴보곤 했지요. 그렇지만 그러한 사실을 가슴속에 숨기고 겉으로는 드러내지 않았지요. 이게 모두 등 따습고 배부르기 때문이라 생각합니다. 사람은 땀을 흘리면 흘리는 만큼 우리 몸과 마음에 남아 있는 온갖 나쁜 찌꺼기들이 빠져나간다고 합니다. 그런데 Σ군은 땀흘리는 것을 몹시 싫어합니다. 그저 가만히 앉아서 맛있는 음식이나 먹으며 컴퓨터 오락이나 하는 것만을 그리워하고 있습니다.

　어머니께서는 Σ군이 학교 수업을 마치면 바로 학원에 가서 공부하고, 또 독서실에 가서 공부하고 집으로 오는 것으로 알고 있습니다. 그러나 Σ군은 학교 공부조차 거의 참여하지 않으며 공부는 제쳐두고라도 학교생활에서 많은 문제를 드러내고 있습니다. 한마디로 말씀드리면 Σ군은 '참을성 결핍증'에 걸린 것으로 보입니다. 여러 가지 증상을 하나하나 열거하기에는 저 자신이 너무 부끄러워 이만 줄이면서 비록 Σ군이 어머니 아들이지만 어머니에게 고발합니다. (1999)

안 교장님께

　요즘 들어 더욱더 짧게 느껴지는 가을이 끝나가고 있습니다. 어느 시인이 말한 대로 산과 들이 정말 불타오르는 듯합니다. 이제 곧 다가올 겨울이 걱정되지만 아직은 노란 은행잎을 바라보며 이 가을 정취에 빠져들고 싶습니다.

　그간 안녕하셨습니까? 저는 요즈음 흔히 얘기하는 세월유수를 생각할 겨를도 없이 그냥 시간을 흘려보내는 것 같아 떳떳하게 인사 한번 드리지 못했습니다. 제가 교장 선생님을 만난 지도 이미 10년이 넘었습니다. 강산도 변한다는 10년 동안의 교직 경험이 제겐 참으로 귀한 시간이었습니다. 그간 가까이 혹은 멀리서 교장 선생님의 가르침을 받으며 가끔 칭찬을 받은 것 같지만 그보다는 꾸지람이 더 많았던 것 같습니다.

　그런데 제가 그 꾸지람을 견딜 수 있었던 것은 바로 교장 선생님의 포용적 대화 자세 때문이었습니다. 꾸지람 뒤에는 어김없이 위로가 뒤따랐고, 그 연세에 "내가 참았어야 했는데…."라며 괴로워하는 모습에 저는 콧날이 시큰했습니다.

학교에서 교장 선생님과 교사들 간의 문제는 우리 교육의 구조적인 문제들을 제외하고는 대화를 통하여 충분히 해소할 수 있다고 생각합니다. 그러나 대부분은 아예 대화가 시도되지 않거나 대화가 이루어지더라도 서로의 괴리감만 확인한 채 갈등의 골만 더 깊어지는 경우가 많습니다. 교사들은 교장 선생님이 조금만 양보하기를 바라고 교장 선생님 역시 교사들이 지침대로 따라주기를 바라지만 서로의 양보가 없기에 아무런 소득이 없습니다. 어쩌면 당연한 결과일 것입니다. 그때마다 교장 선생님은 양보하지 않은 것도 있었지만 거의 교사들의 요구를 받아들이곤 하였습니다. 이후 함께 모이는 자리를 빌려 교장으로서 양보할 수 없었던 점에 대하여 양해를 구하고자 하였습니다.

문제는 어찌 보면 아주 사소한 것에서 시작됩니다. 그런데 그에 대한 해결방법은 전혀 다른 방향으로 진행되어 문제의 본질보다는 감정이 개입되어 문제가 문제를 낳는 악순환을 반복하게 됩니다. 이러한 일들이 반복되면 교장과 교사는 서로 불신만 쌓게 되고 결국에는 그 피해가 고스란히 학생들에게 돌아가고 맙니다.

이런 현상을 해결해 보고자 제가 처음 시도했던 것이 아마 'B 중학교 백서'였을 것입니다. 학교의 여러 가지 문제들을 A4 용지에 30여 쪽이 넘는 분량으로 빼곡히 작성하여 제출

했을 때 교장 선생님은 비밀보장과 문제해결을 약속하였습니다. 그리고 하나하나의 문제들을 때로는 보완도 하고 시간과 돈이 필요한 것은 언제쯤 가능하다고 설명해 주셨습니다.

가끔 교사들은 "교장이란 다 그렇고 그래."하면서 시작부터 교장 선생님과 거리를 두려는 자세를 갖기도 합니다. 저도 그랬으니까요. 하지만 지난 10여 년간 교장 선생님과 만남이 이어지는 동안에는 그런 생각을 재고할 수 있었습니다.

교장 선생님, 이제 정년퇴임을 앞두고 여러 추억이 스쳐갈 것입니다. 앞서 말씀드린 얘기가 교장 선생님에게는 여러 추억 가운데 하나에 불과할지라도 제겐 소중한 자산으로 남아 앞으로 교사 생활에 든든한 밑거름이 되리라 믿습니다. 내내 건강하십시오. (2000)

밥과 공부

우리가 살아가는 데 필요한 의식주 가운데에서 가장 중요한 것은 바로 식에 해당하는 밥이다. 사람은 옷과 집이 없어도 밥이 있으면 살 수 있다. 아무리 화려한 옷을 입고 대궐 같은 집에 살더라도 굶고서는 견딜 수 없는 것 아닌가. 그런데 '먹는 게 남는 거'라는 말이 있어서 그런지 몰라도 학생들은 너무나 먹는 데 집착하는 듯하다. 공부하면서, 운동하면서, 걸어가면서, 휴식하면서, 심지어 잠자기 직전까지도 끊임없이 먹으려 한다.

요즈음 아이들은 배고픔을 거의 모르고 자라는 것 같다. 그런데도 먹는 것에 매달리듯 한다. 집에서나 학교에서나 늘 규칙적으로 음식을 입에 달고 있는 학생들이 많다. 선생님들이 볼 때마다 고쳐주려 애써 보지만 효과가 없다. 오히려 녀석들로부터 핀잔만 받기 십상이다. 이 녀석들은 먹을 것이 늘 입에 있어야 하나. 장수 유전자는 배고플 때 더 활성화된다는 사실을 모르는 게 틀림없다. 공부도 약간 배고프고 약간 우울할 때 더 효과가 크다는 사실이 알려져 있다. 바꾸어 말하면 공부는 너무 배부르고 너무 기분이 좋으면 효율이 떨어진다는 얘기다.

음식을 늘 입에 달고 있는 것은 그렇다 치고 그 내용을 살펴보면 어머니나 선생님들이 왜 먹는 것을 가지고 학생들과 부딪히는지 알 수 있다. 우리나라의 주식인 밥은 분명히 학생들이 즐겨 먹는 패스트푸드와는 격이 다르다. 밥의 우수성은 이미 잘 알려져 있다. 그중에서도 특히 아침밥과 공부의 관계는 주목할 만하다. 아침밥이 뇌의 활동에 큰 영향을 미친다는 결과가 여러 연구에서 확인되고 있으니 말이다.

학생 본인이나 부모님 그리고 선생님 모두의 바람은 공부를 열심히 하는 것이다. 그런데 아침밥도 먹지 않고 공부는 커녕 1교시부터 책상에 엎드려 자는 학생들을 보면 선생님들은 착잡한 심정을 금할 수가 없다. 늦잠 자는 녀석들은 아침밥맛이 좋을 리가 없다. 그런 녀석들은 어머니 성화에 못 이겨 아침밥을 한 숟갈 뜨는 둥 마는 둥 책도 공책도 필기도구도 없는 거의 빈 가방을 메고 집을 나서게 된다. 학교 급식이 없을 때 학생들은 배가 고프면 아무 때나 자기 도시락을 꺼내서 먹을 수 있었다. 도시락을 몰래 먹어 본 사람은 일종의 성취감 같은 기분도 느꼈을 것이다. 그런데 우리나라의 모든 학교가 학교 급식이 시작되면서 도시락이 사라졌으니 학생들은 아침 요깃거리로 먹을 것이라곤 뻔하지 않은가.

그렇지만 밥 먹기 싫어하는 녀석들에게 묻는다. 밥 아닌 것을 얼마나 계속 먹을 수 있다고 생각하는가. 패스트푸드만을 1주일 아니 사흘만 먹어 보라. 달콤한 맛에 며칠 동안은 견딜 만할지 모른다. 좋다. 오랫동안 먹을 수 있다고 치자. 그런데 그 음식으로부터 나타나는 폐해는 패스트푸드 수출국에서조차 위험수위라고 경고하는 상황을 알고나 있는지 모르겠다.

공부도 밥과 크게 다를 바 없다. 누구나 노는 게 좋지 공부하는 게 좋을 까닭이 없다. 그러니 학생들 처지에선 공부하기 싫을 때 실컷 놀아 보자고 할 수 있다. 자, 그러면 놀아 봐라. 얼마나 놀 수 있을까? 1주일, 열흘, 한 달, 석 달 아니면 그 이상 놀 수 있을까? 천만의 말씀이다.

10여 년 전에 한 학생이 학교 다니기를 싫어하며 수시로 입버릇처럼 자퇴하겠다고 했다. 그래서 자퇴를 해줄 테니 이왕 자퇴하는 마당에 한 일주일 정도 쉬도록 했다. 그동안에 내가 서류를 준비해 놓겠다는 말도 했다. 그런데 웬일인지 그 녀석은 나흘째 되는 날 학교에 나왔다. 1주일 동안 쉬기로 약속을 했기에 떠다밀다시피 해서 집으로 돌려보냈다. 나는 1주일 후에 등교한 학생에게 자퇴 서류를 주며 본인 서명을 하고 부모님 도장을 받아오라고 했더니 내 바짓가랑이를 부여잡고 자퇴는 안 된다며 데굴데굴 구르던 학생의 모습이 눈에 선하다.

사실 공부는 잘하면 좋고 못해도 괜찮다. 다만 선생님들이 가르치는 대로 따라 하며 최선을 다하는 모습을 보이자. 비록 힘들더라도 참아내며 인내를 배워 학창 시절을 정말 아름답고 소중한 추억으로 만들어보라. 너무 심한가. 그런데도 자신의 몸과 마음을 살찌우는 데는 어머니와 선생님의 가르침을 따르는 밥과 공부가 최고다. 그렇다. 우리가 먹기 싫더라도 우리 몸에 가장 좋고 가장 오랫동안 먹을 수 있는 것이 밥이다. 그토록 벗어나고 싶고 하기 싫은 것이 공부지만 그래도 가장 오랫동안 할 수 있는 것이 공부다. 이것을 K 중학교 학생들은 하루빨리 깨닫기 바란다.(2002)

번역과 독서

아마 지구상에서 독서라는 행위가 가장 먼저 이뤄진 곳은 한자 문화권일 것입니다. 문자의 역사에서나 책의 역사에서 나 서양 그 어느 곳도 동양을 앞서지 못했습니다. 13세기 초 칭기즈칸이 현재의 헝가리에 이르렀을 때 약탈할 게 변변치 못해 말 머리를 돌렸다는 이야기도 있습니다. 그 후의 역사 를 돌아보더라도 17세기까지는 모든 면에서 서양은 동양과 비교할 수 없을 정도로 낙후된 모습이었습니다.

그러한 서양이 17세기를 지나며 그야말로 극적인 반전이 이루어집니다. 문예부흥과 산업혁명을 통하여 인간과 세상 에 눈을 뜨며 더욱 앞으로 나아가게 되지요. 인쇄기술에서 독일의 금속활자가 우리나라보다 200여 년이나 늦었다는 것 은 중요하지 않습니다. 유럽 각국이 성경 등을 대량 인쇄하 며 자국어로 학문과 예술을 발전시켰다는 사실이 핵심입니다. 아무리 인쇄기술이 뛰어나도 그것을 쓸 줄 모르면 그야말로 무용지물입니다. 우리나라는 독서에 탁월한 기능을 발휘할 한글이 있었지만 한자에 얽매여 중국의 눈치만 살폈던 게 문제였습니다.

오늘날 유럽이 라틴어 그늘에서 벗어나 자국의 언어로 학문을 하고 예술을 발전시켰다는 점은 독서의 역사에서 대단히 중요합니다. 아무리 정치 경제적으로 독립했더라도 자국의 언어로 학문을 하지 못하면 진정한 독립은 아니라고 봐야 합니다. 왜 우리는 외래 학문을 받아들이면서 중국이나 일본처럼 자국 언어로 번역을 하지 않는지 모르겠습니다. 중국의 번역은 2천 년이 넘었고 일본의 번역은 4백 년이 넘었습니다. 그들이 번역한 한자를 음만 흉내내어 쓰는 풍토에서는 우리 학문의 진정한 발전을 기대하기는 어렵습니다.

독서 역시 마찬가지입니다. 우리나라가 책과 독서 분야에서 고유한 역사와 전통을 간직하고는 있지만 현재 전통적인 독서법은 거의 사라졌습니다. 특히 한자보다 한글은 독서의 대중화에 크게 이바지할 수 있었지만 그렇지 못했습니다. 위정자들이 외면한 결과였습니다. 근대화 과정에서 서양의 문물과 함께 들이닥친 문화 충격은 대단했습니다. 미처 살펴볼 겨를도 없이 수용해 온 독서 역시 재고되어야 했지만 그렇지 못했습니다.

정말 얄밉지만 부러운 나라가 일본입니다. 동양의 변방이었던 일본은 외세의 침입이 없었기에 태고의 자연 및 문화유산을 상처 없이 면면히 보존해 왔습니다. 백제의 왕인 박사로부터 한자와 논어를 전달받아 가나를 만들고, 임진왜란의 조선인 포로가 성리학을 전수하였습니다. 그리고 400여 년에 걸친 번역의 힘을 바탕으로 탈아입구(脫亞入歐, 아시아를 벗어나 유럽에 들어간다.)를 외치며 서구 문물을 일본화하여 마침내 동양을 석권하였습니다.

그러면 일본의 저력은 무엇에서 비롯되었겠습니까? 바로 독서입니다. 한자와 가나를 사용하는 언어구조는 독서에 커다란 장점이 되었고 무엇이든 일본화하여 대중화시키는 전략과 맞아떨어졌습니다. 이러한 결과로 오늘날 독서와 출판 강국의 명성을 이어오고 있습니다.

마찬가지로 유럽뿐만 아니라 변방인 북유럽이 복지국가로 앞서 나가는 과정 역시 독서를 빼놓고 얘기할 수 없습니다. 북유럽은 근대화 과정에서 독서를 핵심가치로 보았습니다. 그래서 국가적 차원으로 도서관 정비에 힘을 쏟았습니다. 지자체 역시 독서가 지닌 힘을 알았기에 모든 사람이 이용하기 쉬운 자리에 도서관을 짓고 이용자 편의를 고려하는 정책에 앞장섰습니다.

오늘날 흔히 말하는 복지국가 유럽의 밑바탕에는 독서가 있습니다. 토론이나 타협을 중시하는 문화는 독서로부터 비롯됩니다. 우리 정치 발전이 답보상태인 것은 독서 인구 저변 확대에 실패한 것과 무관하지 않습니다.

그렇다면 우리는 일본과 북유럽을 따라 배우는 것부터 시작해야 할 것입니다. 일본이 얄밉다고만 할 게 아니라 인정할 것은 인정해야 합니다. 북유럽이 이루어낸 것을 우리라고 못할 까닭이 없습니다. 창의성이라는 것도 모방을 이룬 다음에야 가능합니다. 어쩌면 우리의 전통적인 독서 방법에 일본과 북유럽의 모델을 접목하는 것도 좋을 듯합니다.

이제 학생들에게 책을 읽으라고 하는 것보다 책을 읽도록 유혹하고 싶습니다. 학교 시험에서 서술형 배점을 늘리기 전에 학생들이 책을 읽어서 서술형 답을 제대로 쓰도록 유도하고 싶습니다.(2006)

책과 휴대폰

해마다 가을이면 온갖 매체에서 '왜 책을 읽어야 하는가'를 소리 높여 외치지만 잠깐 울렸다 사라지는 메아리처럼 들린다. 책 읽기가 필요하다는 걸 모르는 사람은 없다. 하지만 많은 사람이 책 읽기를 입으로만 되뇌고 만다. 왜 그럴까?

누구나 책의 중요성을 이야기하지만 책을 읽는 사람은 많지 않다. 통계자료를 들먹일 필요도 없이 한적한 곳이든 여러 사람이 모이는 곳이든 책을 읽는 사람을 보기가 힘들다. 예를 들어 아침저녁으로 많은 사람이 이용하는 지하철은 책 읽기에 좋은 곳이다. 그런데도 지하철 승객들 대부분은 휴대폰에 빠져 있다. 그것도 완전히 혼을 빼앗긴 모습으로 말이다. 며칠 전에 지하철에서 책을 꺼내다가 민망해 그냥 가방에 넣고 말았다. 서 있거나 앉아 있거나 승객들 모두 약속이나 한 듯 휴대폰에 몰입한 상태였기 때문이다.

책 읽기가 가장 잘 이루어져야 할 학교 역시 그 책임에서 벗어나지 못한다. 교육제도를 조금만 바꿔도 학생들은 책을 읽게 되어 있다. 지금처럼 책 읽기와 학교 공부가 따로 노는 풍토에선 학생들에게 아무리 책을 읽으라고 해도 읽는 시늉만 할 수밖에 없다. 초등학교에서 그런대로 이뤄지던 책 읽기가 중고등학교에서 왜곡되고 있다. 바로 고입이니 대입이니 하는 것 때문인데 매스컴에 오르내리는 유명한 사회지도층 인사들은 이런 상황을 아는지 모르는지 궁금하다.

이제 선생님들과 학부모를 비롯한 어른들의 책 읽기를 탓하지 않을 수 없다. 아이들에게 책을 읽으라고 권하기 전에 먼저 어른들이 책 읽는 모습을 보여줘야 한다. 집 안에서든 밖에서든 말 그대로 수불석권(手不釋卷, 손에서 책을 놓지 않는다.)하는 흉내라도 냈으면 좋겠다. 어른은 아이의 거울이라는 말도 있지 않은가.

더 나아가 우리 사회 지도층 인사들이 앞장서서 책을 읽는 모범을 보이지 못하는 것도 한 원인으로 보인다. 사회 지도층의 모범은 중요한 의미를 지닌다. 고(故) 미테랑 프랑스 대통령은 휴일이면 청바지를 입고 수행원도 없이 개와 개똥이 득시글거리는 파리 뒷골목 서점을 서성거리곤 했다는 일화가 있다. 언제쯤 우리나라 대통령이나 저명인사가 수행원도 없이 헌책방을 기웃거린다는 얘기를 들을 수 있을까.

그런데 ○ 중학교 학생들은 오해하지 않기를 바란다. 자신이 책을 읽지 않는 이유가 모두 자신 밖에 있다고 착각할까 걱정스럽다. 결코 그런 일은 없으리라 믿는다. 자랑스러운 ○ 중학교 학생이 그럴 리가 있겠는가. 혹시 자신은 수불석폰(手不釋📱, 손에서 휴대폰을 놓지 않는다.)하면서 그것도 모자라 휴대폰을 쥐고 잠을 자야만 하는 습관에 젖어 있다면 어서 빨리 내려놓기 바란다. 손에 쥘 수 있는 게 휴대폰만 있는 게 아니다. 책도 있다. 자, 이제 선택할 때가 되었다. 책이냐 폰이냐 그것이 문제로다!(2008)

신토불이 독서

우리는 항일 시대를 거치며 소중한 것들을 너무나 많이 잃어버렸습니다. 비록 늦은 감이 있지만 더 늦기 전에 우리 것을 찾아서 보존하고 발전시키겠다고 나서는 사람들이 있어 그나마 다행입니다. 그러나 아직도 그러한 일들이 장인정신을 바탕으로 한 소수의 뜻있는 사람들만 애쓰는 것 같아 아쉽습니다. 게다가 잃어버린 것들을 찾으려는 노력도 하기 전에 우리에게 잘 맞지 않는 사상이나 제도들을 들여오는 행태는 더욱더 그렇습니다.

어쩌면 학교 선생님들과 학부모님들이 틈만 나면 강조하는 독서도 예외가 아닌 듯합니다. 우리 선조들은 독서를 하나의 습관처럼 해왔는데 어느 때부터인지 정기적 한시적 행사처럼 변질되었습니다. 게다가 신문이나 방송이 독서를 장려하는 듯하면서도 한편에선 흥미 위주의 오락프로그램만 편성해 놓는 등 앞뒤가 맞지 않는 모습을 보여주었습니다. 또 우리 고유의 독서 방법을 소개하기보다는 우리에게 잘 맞지 않는 방식으로 접근하다 보니 독서가 곤혹스럽고, 귀찮고, 부담스러운 것으로 인식되기에 이르렀습니다.

이제 독서가 달라져야 합니다. 독서는 선택의 문제가 아니라 생활 일부로 인식해야 합니다. 꼭 책을 읽은 사람이 대접받는 사회가 아니더라도 독서 그 자체로 만족할 수 있어야 합니다. 한때 신토불이라는 말이 크게 유행한 적이 있었습니다. 몸과 땅은 둘이 아니고 하나라는 뜻으로, 이 땅에 태어난 자신의 체질에 맞는 것이 가장 좋다는 말이지요. 독서 역시 마찬가지입니다. 무턱대고 이게 좋다 저게 좋다고 하는 것에 현혹되지 말고 자신에게 맞는 방법을 찾아야 합니다. 다른 사람의 방법이 참고는 될 수 있을지언정 그대로 실행해서는 성공하기 어렵습니다.

신토불이 독서라는 게 별것 아닙니다. 그것은 스스로 실행해 가며 자기에게 맞는 독서 방법을 찾아내는 것을 뜻합니다. 이를테면 밑줄 치며 읽기, 메모하며 읽기, 서서 벽에 기대어 읽기, 움직이며 읽기, 버스나 전철에서 읽기, 약속 시각 기다리며 읽기, 화장실에서 읽기, 수영장에서 읽기, 음식점에서 읽기, 산꼭대기에서 읽기 등 그 방법이란 게 얼마든지 실천이 가능한 것들입니다.

이와 함께 틈만 나면 책 펼치기, 가방 속에 책 넣어 다니기, 한 달에 한 번 이상 서점 들르기, 수첩에 도서명 메모하기 등을 통하여 그 방법들을 더 강화할 수도 있습니다. 다만 자신이 실천해보지 않았기 때문에 그것이 자신에게 맞는지 안 맞는지, 효과가 있는지 없는지조차 모른다는 것입니다. 그렇습니다. 어떠한 형태로든 좀 미련하다 싶을 정도로 도전해본 뒤에야 그 방법이 좋은지 나쁜지, 되는지 안 되는지를 알 수 있고 더 나아가 자신에게 가장 잘 어울리는 방법을 찾아낼 수 있습니다.

자, 그러면 한번 시도해 보는 겁니다. 인내만 조금 있으면 충분합니다. 처음엔 잘 안 될 수도 있습니다. 비록 몇 차례 실패가 이어지더라도 "아냐, 그럴 수 있어, 괜찮아!"라고 자신을 위로하며 한 번 더 하다 보면 자신도 모르는 사이에 "어, 나도 되네!"하는 순간이 찾아옵니다. 틀림없습니다.(2011)

시간 나누어 쓰기

　학부모나 선생님들은 늘 학생들에게 책 읽으라는 말을 귀가 닳도록 애원하다시피 한다. 그때마다 학생들은 이리저리 생각해 보지도 않고 무조건 "시간이 없다!"라고 한다. 그렇다면 다독상을 받는 학생에게는 시간을 많이 줬고 그렇지 못한 학생에게는 시간을 적게 줬다는 말인가?

　이 세상에서 시간만큼 공평하게 주어진 게 없다. 하루는 누구에게나 똑같은 24시간이다. 그러면 시간을 뭉텅뭉텅 대강대강 쓸 게 아니라 잘 요리(?)해서 요긴하게 써야 할 게 아닌가? 시간을 잘 활용하는 방법의 하나가 바로 시간 나누어 쓰기다. 시간을 나눈다고? 그렇다. 시간을 큰 덩어리로 다루지 말고 작은 여러 개의 단위로 나누어 쓰라는 말이다.

　실제로 시간을 분 단위까지 나누어 쓴 사람이 있다. 오마이뉴스에 소개된 러시아 작가 그라닌의 『시간을 정복한 남자, 류비셰프』의 내용을 살펴보자. 류비셰프는 자신의 시간 관리 방식을 '시간 통계법'이라고 불렀다. 그는 자기가 쓸 시간을 계획, 실행, 기록, 분석, 평가하며 자신에게 주어진 시간을 완전히 자기 것으로 만들었다. 즉 자신이 무엇을 하고 있는가를 확인해서 헛되게 보내는 시간을 줄여나갔다.

그는 시간 사용 내용을 82세의 생애 중 26세부터 82세까지 56년간 하루도 빠트리지 않고 노트에 기록했다. 주로 지극히 일상적인 일들을 하는 데 걸린 시간을 기록했는데 자신의 감정이나 느낌은 거의 드러내지 않았다. 그리고 하루의 통계, 일주일의 통계, 한 달의 통계, 1년의 통계를 무려 56년이나 일기 쓰기와 함께 실천하였다. 놀라운 것은 류비셰프가 그 통계를 내는 시간조차 아까워하면서도 계속 시간 통계법을 실천했다는 점이다. 그는 전공인 생물학을 비롯하여 여러 분야에서 평생 70여 권의 학술 서적과 총 12,500여 장(단행본 100권 분량)의 연구논문 및 방대한 학술 자료 등을 남겼다.

그렇게 시간을 절약 또 절약하면서 해낸 업적은 거의 초인적이다. 한 사람이 이루어냈다고 보기에는 너무나 방대한 결과에 그저 눈이 휘둥그레질 뿐이다. 어쩌면 류비셰프는 혼자가 아니라 여럿이 아닐까 의심해 본다. 그러나 한 명의 류비셰프가 맞다. 그는 매일 8시간 이상을 자고 운동과 산책을 빠트리지 않았고 한 해에 60여 회의 공연 및 전시회를 관람하며 여유롭게 살았다.

그렇다면 우리도 한번 해보자. 류비셰프가 되기는 너무 어렵다. 그와 똑같을 수는 없을지라도 흉내라도 한번 내보자. 뭘 배우든 처음엔 흉내내기로 시작하는 것이다. 매일 학교 수업과 학원 과외에 시달리는 것도 괴로운데 또 뭘 하라는 거야 하며 지레 겁먹지 말자. 일단 계획을 세워 따라 해보자. 아주 간단하다. 예를 들면 학교 수업과 학원 과외 틈새에서 책 읽기를 한다면, ①아침 독서 15분, ②점심 독서 30분, ③ 저녁 식사 전 독서 30분, ④저녁 식사 후 독서 30분 등의 형태로 계획할 수도 있겠다. 다음에는 실제로 책을 읽은 시간을 기록해서 계획한 시간과의 차이를 구하고 그 차이를 줄여 나간다.

무엇을 하든 하루 3시간씩 10년을 계속하면 아웃라이어 (outlier, 달인)가 된다. 다시 정리해 보자. 학교에서 허투루 보낼 수도 있는 1시간을 책 읽기로 바꾸어 보자. 그에 더하여 저녁 식사 전후로 30분씩 책 읽기를 생활화한다면 하루 2시간 책 읽기가 완성된다. 한 번에 2시간 책 읽기는 어렵지만 15~20분 단위로 여러 번 읽기는 그리 어렵지 않다. 그렇게 한 주, 한 달, 1년, 3년이 지나면 R 중학교 학생들은 아마 책 읽기의 달인은 아닐지라도 그에 버금가는 수준에 도달해 있을 것이다. 틀림없다! R 중학교 학생들이 하루 2시간 책 읽기에 빠져들면 학부모나 선생님들은 아마 온몸에 엔돌핀의 회오리가 일어날 것이다.

자신의 일과 또한 같은 방법으로 1시간을 대략 15~20분 단위로 나누어 사용하다 보면 좀더 나은 방법을 스스로 찾아낼 수도 있다. 시간은 쓰기 나름이다. 사용하는 방법에 따라 얼마든지 더 찾아 쓸 수 있고 그 가치를 더 크게 할 수도 있다. 공자의 학문을 집대성한 주자(朱子)는 일촌광음불가경(一寸光陰不可輕, 짧은 시간일지라도 헛되게 보내지 말라.)이라는 유명한 글귀를 남겼다. 비록 천년 세월이 흘렀지만 오늘날 다시 봐도 전혀 어긋남이 없다. 시간은 그 무엇보다 소중하다. 특히 현재 한 시간과 미래 한 시간은 그 가치가 전혀 다르다. (2013)

작가 같아요

나는 언제부터인가 퇴직하는 선생님들이 예사로 보이지 않기 시작했다. 나도 퇴직이 멀지 않았다고 생각하며 막연한 두려움이 자라나기 시작했다. 그래서 퇴직을 앞두고 마지막 인사를 건네는 그분들에게 짤막한 편지를 쓰곤 했다. 그 무렵 명예퇴직 하는 어느 국어 선생님에게 썼던 편지가 있다. 그분은 내가 읽었던 문학에 등장하는 '누이' 이미지로 남아 있는 선생님이다.

> ■ 이 선생님,
>
> 저는 2년 전 3월 1일자 발령이었지만 컴퓨터 관리 관계로 2월 말에 미리 와서 일하였습니다. 3월 개학을 앞두고 B 선생님과 함께 PC 재배치 및 정비를 하던 중에 연구부 어느 책상에서 책등에 쓰여 있는 한하운의 『나의 슬픈 반생기』를 보았습니다. 저도 그 책을 찾아 헌책방

을 헤맸지만 너무 낡은 책들만 있어서 몇 번씩 들춰보다가 돌아서곤
했습니다. 좀더 나은, 좀더 깨끗한 책을 계속 찾는 중이었습니다. 물
론 몇 달 전에 거의 900쪽에 달하는 한하운 전집이 출판된 사실은 뒤
늦게 알았습니다.

저는 교무실 책상들 사이에 뒤엉켜 있는 전선들을 정리하며 선생님
의 책등을 물끄러미 바라보았습니다. 아직 누구인지도 모르는 그 자
리(책)의 주인을 그려보면서 말입니다.

그 후 한동안 한하운을 잊고 지냈습니다. 지난해 7월에 『나의 슬픈
반생기』가 다시 출간된 걸 봤지만 저는 두툼한 전집을 샀습니다. 그리
고 어느 날 새벽이 오도록 단숨에 읽어 내려가며 눈물을 하염없이 흘
려보았습니다. 책을 덮고도 한참 쏟아지더군요. 아, 쉰이 넘은 나이에
제가 언제 어떻게 이런 감정을 또다시 느껴볼 수 있을까요. 좀더 시간
이 있었더라면 한하운 얘기를 나눌 수 있지 않았을까 하는 아쉬움을
드러내 봅니다.

선생님, 저는 수학 교사 주제에 독서토론이라는 방과 후 수업을 해
왔습니다. 지난해에는 허접한 독서 관련 글을 학교 소식지에 게재했
습니다. 아이들도 그렇고 선생님들도 대체로 잘 읽지 않는다고 느꼈
습니다. 또 읽는다고 해도 꼼꼼히 살펴보는 사람은 거의 없는 것 같았
습니다. 그런데도 선생님은 세밀하게 읽어보시고 격려해주셔서 너무
나 감격스러웠습니다. 원고를 편집 담당 선생님에게 넘긴 뒤부터 조
심스러웠는데 제게 용기를 주셨습니다. 그래서 저는 부끄럼을 무릅쓰
고 글 한 편을 또 소식지에 게재하였습니다.

아이들에게 독서가 중요하다고 말로만 할 게 아니라 '읽고 쓰고 생
각하고'를 실천하기가 참으로 어렵다는 걸 새삼 알게 되었기 때문입

니다. '제대로 읽기'의 어려움에 절절매며 더 나아가 '근사하게 쓰기'의 허접함에 절망하기도 하지만 계속 '읽기와 쓰기'에 도전해보겠습니다.

이제 인생 이모작에 도전하는 이 선생님의 인자함에 다시금 경의를 표합니다. 함께 근무한 2년간 선생님의 문학에 기웃거려보지 못한 아쉬움이 가득하지만 이미 드러난 인자함과 과분한 격려만으로도 저는 그저 감사할 따름입니다. 졸업식 준비 사이에 조금 시간을 내어 아쉬움을 몇 자 적어 보았습니다.

내내 건강하십시오.

2013. 2. 5. 오후에.

나는 졸업식 준비에 쫓긴 나머지 편지 문구를 다듬을 겨를도 없이 바로 인쇄하고 봉투에 넣었다. 이어서 그 선생님에게 메신저로 4층 1학년부 복도로 나와 달라고 메시지를 보냈다. 편지는 내가 10여 년 전에 공역 출간한 도서 사이에 넣어 드렸다.

며칠 후 명예 퇴임식 직전에 교실 복도에서 이 선생님을 만났다. 그분은 내 편지에 고마움을 전하며 한마디 덧붙였다. "황 선생님, 작가 같아요. 그래서 편지를 남편에게 보여주었어요." 나는 이 선생님 남편이 어떤 사람인지 모른다. 그렇기에 그가 내 편지를 보고 어떤 말을 했는지는 궁금하지 않았다.

다만 나는 '작가'라는 말에 그만 멍해져 버렸다. 제법 많은 책을 읽은 것 같지만 나이 쉰이 넘도록 썼던 글은 몇 편밖에

없었다. 나는 그동안 창작물을 내는 문학인을 작가라 하고
나는 독자로서 읽기만 하면 된다고 생각해왔다. 그러니 나에
게 '작가 같다'라는 말은 기쁨도 충격도 아니었다. 나에 대한
칭찬과 고마움을 표현하는 말로 이해했지만 그날 내내 아니
그 이후로도 도무지 작가라는 단어는 내 몸과 마음 어디에도
붙일 데가 없었다.

편지 답장

　나는 제자들의 편지가 성의 있게 썼다는 느낌이 들면 거의 답장을 보냈다. 성의 없는 편지는 대부분 스승의 날에 받는 경우가 많다. 나는 편지가 이메일로 바뀌었어도 손 편지를 제법 오랫동안 썼다. 오랜만에 내 손 편지를 받은 어느 제자는 "아, 선생님 글씨가 이랬군요!"라며 교실 칠판 글씨를 떠올릴 수 있었다는 말을 전했다. 나는 10여 년 전에 그 이야기를 교실에서 했다. 그다음 해에 어느 제자가 손 편지 대신 두 번 연달아 이메일을 보내왔기에 나도 두 번 답장을 썼다.

　　■ 유라에게
　　유라야, 추억이 생각나는구나. 예전에는 제자들이 편지를 보내오면 답장을 종이에 정성껏 써야 했었지. 틀릴까 봐 조마조마하면서 말이다. 그러다가 틀리면 새 종이로 바꾸기도 하면서 긴장했었다. 그런데 지금은 이메일에 그런 긴장이 남아 있지를 않다. 이메일은 아무 때나 고칠 수 있기에 행간의 의미가 덜 드러나는 것 같아 아쉽기도 하다.

편지도 제법 많이 썼다. 연초에 우표 100매 한 시트를 사 놓고 그 우표가 소진되어 가는 모습을 보며 연말에는 "아, 올해는 10장이 남았구나!"하며 "내년에는 100통을 쓰리라!"하며 다짐했지만 번번이 실패했다. 독서 100권, 편지 100통을 거의 달성하지 못했다. 책 읽기는 3년 전에 겨우 130권을 읽은 게 최고 성과였다. 유라를 가르치던 지난해에도 무진장 애를 썼지만 110권 정도를 읽은 것 같다. 150권 목표에서 더 멀어졌다. 슬프지만 다시 도전할 생각이다.

먼저, 유라가 대단한 일로 고등학교를 시작했구나. 장학금 액수 자체야 얼마 안 될지 모르지만 그 의미는 대단한 것이란다. 축하 또 축하한다!

갑자기 김춘수 시인의 「꽃」이 떠오른다. 나는 이 시가 진정한 관계 맺기에 대한 간절한 소망을 표현하고 있다고 생각한다. 이름을 부른다는 것이 어떤 의미인지 알아채기 바란다.

내가 그의 이름을 불러주기 전에는
그는 다만
하나의 몸짓에 지나지 않았다.

내가 그의 이름을 불러주었을 때
그는 나에게로 와서
꽃이 되었다.
내가 그의 이름을 불러준 것처럼

나의 이 빛깔과 향기에 알맞는

누가 나의 이름을 불러다오.

그에게로 가서 나도

그의 꽃이 되고 싶다

우리들은 모두

무엇이 되고 싶다.

너는 나에게 나는 너에게

잊혀지지 않는 하나의 눈짓이 되고 싶다.

- 김춘수 「꽃」 전문

나는 올해도 내 반 학생들을 부르며 그들이 어떤 꽃이 되기를 바라고 있다. 해마다 새 학기 첫날 첫 만남에 그들의 이름을 한 명도 틀리지 않고 정확하게 외워서 불러주며 낯설어하는 녀석들의 속내를 더듬는다. 올해도 유라와 유라 친구들을 대할 때처럼 '내 이름의 뜻' 써오기 숙제를 내고 첫 만남을 시작했다. 엄마 아빠가 자신의 이름을 지으며 그토록 고민하고 그토록 황홀해했던 추억을 간직하며 살아가기를 바라는 거란다.

네가 말한 학교 도서실. 나도 고2 때부터 학교 도서실을 기웃거렸다. 그 도서관을 담당하시던 분이 황씨 성을 가진 영어 선생님이었는데 책 속에 파묻히는 모습을 보고 교장 선생님이 도서관 업무를 맡기셨단다. 영어 시간마다 나를 일으켜 세워 질문하는 바람에 그 괴로움이 얼마나 컸는지 모른다. "유구한 역사와 전통에 빛나는 황씨 가문…."하면서 말이다. 나도 수학을 가르치는 것 외에 학교 도서관 담당으로 일하고 싶은 생각이 여전하단다.

네가 『젊은 베르테르의 슬픔』을 읽었단 말이지? 책도 읽을 때가 따로 있는 법이란다. 그 책을 사춘기가 지나서 읽는다면 그 감흥이 별로일 것이다. 특히 유라는 많은 독서가 아니라 엄청난 독서를 해야 하는 문과라는 점을 인지하고 있어야 한다. 질도 중요하지만 아직은 양을 늘리는 데 치중하라는 말이다.

내친김에 특정한 작가의 전작주의에 도전해 보는 것도 괜찮다. 문학에 심취하는 네 모습을 그려본다. 네겐 낯설게 들리겠지만 전작주의라는 말은 그 작가의 모든 책을 읽는 것에 그치지 않고 작가조차도 미처 생각지 못한 부분까지도 읽어내는 것을 말한다. 전작주의라는 말을 만들어낸 조희봉을 찾아보아라. 그는 이윤기 전작주의자란다. 이윤기와 조희봉이라는 사람 사이의 관계 맺음을 훑어보는 것도 흥미진진하단다.

지금 내 반에는 또 다른 유라가 있단다. 네 모습과는 매우 다르지만 네 생각이 날 때 중첩이 되곤 한다. 그럴 때마다 난 여전히 네가 네 아빠의 서재를 서성거리는 모습을 그려본단다. 집 안의 서재든 연구실의 서재든 많이 기웃거리기 바란다. 난 네가 장학금을 탄 얘기만큼이나 얘기하고 싶어 근질거리는 문학소녀가 되기를 기대한다.

아, 유라와 편지 데이트를 더 늘리고 싶은데 시간에 쫓긴다. 페르마는 여백이 부족하다고 했지. 난 시간이 부족하다. 다음 데이트를 기다리며. 유라 작년 담임으로부터.

■ 유라에게

지난번 답장에서 내가 우연히 「꽃」 얘기를 했는데 그게 시험 범위라니 그저 놀랍구나. 하여튼 김춘수의 시는 모조리 외워도 괜찮다고 생각한다. 도전해봐라.

유라야, 대단하구나. 시를 읊다가 울었다니 말이다. 난 책을 읽다가 몇 차례 눈물을 떨군 적이 있다. 어쩌면 시는 더 그러할 것이다. 그런데 나는 시를 많이 읽지 않아서 그런지 몰라도 시를 읽다가 울었던 적은 몇 번밖에 없었다. 시를 100편 외우면 시인이 된다는데 나는 아직 100편을 외우지 못했다. 그러니 시와는 거리가 먼 사람이 되었다.

1년에 50권 독서라. 네가 공부를 하면서 1년에 50권 독서는 너무 많지 않을까. 아무리 얇은 책일지라도 거의 1주에 한 권인 셈인데 너무 힘들까 걱정된다. 조금 줄여야 하지 않을까. 그래도 전작주의에 도전하는 마음은 잃지 마라. 틈새 독서를 잘 활용하면 안 될 것도 없지만 너무 시달릴 것 같아서 그런다. 사실 '책을 읽지 않을 권리(?)'도 있단다. 빼빼한 유라가 더 빼빼해지면 곤란하다. 조금 늦추기 바란다. 네가 말한 대로 가끔 벚꽃도 구경하면서 보내기도 해야지. 안 그러냐? 좀 놀아야 한다. 그래야 머리도 신선해지는 법이지. 살아가면서 가끔은 멍한 모습으로 창밖을 내다보기도 해야 한단다. 너무 빨리 가다 보면 네 영혼이 못 따라올 수도 있거든. 그럴 때를 대비해서 천천히 가기도 필요하다. 그런 점에서 편지도 종이에 쓰는 게 좋다고 한 것이다. 지금도 유명한 작가 중에 김훈, 조정래 등은 연필로 원고지에 쓴단다.

자, 나도 이제 교실에 종례하러 가야 한다. 이만 줄이자. 유라 작년 담임으로부터.

제자들이 보내준 그 많은 편지가 모두 어디로 갔는지 모르겠다. 내가 버린 기억이 없으니 관리 소홀이다. 내 초중고대 성적표와 상장을 무려 40여 년이 넘도록 수십 번이나 이사 다니면서도 고이 간직해 왔던 엄마의 간수정신을 떠올리면 뭣하랴. 이제 함께 늙어가는 제자들이 그 편지 이야기를 꺼 낼까 걱정된다.

미녀와 야수

　산골에 땅을 마련하고 얼마 지나지 않아 땅 소개업자와 한 이웃집을 방문했다. 그 집은 마을의 중앙에 위치하여 뒤로는 해발 1천 미터가 넘는 산이 에워싸고 동쪽과 남쪽이 탁 트인 조망은 한 폭의 동양화처럼 보였다. 앞마당 주변은 잔디를 비롯한 꽃과 나무를 높이와 간격을 적절히 조절한 식재가 조경 전문가의 손길이 닿은 듯했다. 특히 잔디 사이에 놓은 징검다리는 ∫ 모양의 곡선을 이루며 미적 감각을 고조시켰다. 그런데 정원의 모든 것이 주인의 솜씨란다. 나는 그 정원 앞쪽에 있는 커다란 자연석에 '미녀와 야수'라는 글자를 집주인의 이미지로 보았지만 상상이 되지 않았다.

　현관에서 간단히 인사를 나누고 실내로 들어섰다. 거실은 고전적인 분위기가 물씬 풍겼다. 중국 고벽돌로 한 면을 마감한 벽은 걸어 놓은 큼직한 아날로그 시계와 잘 어울렸다.

로마자로 숫자를 표시한 시계는 아라비아 숫자보다 품위가 있었다. 게다가 실내의 수석이나 가구보다 통유리로 내다보는 밖의 풍경은 장관이었다. 어쩌면 플라네타리움을 방안에 옮겨 놓은 듯했다. 아니나 다를까. 그 집과 주변은 밤이면 별 보기 명소로 바뀌었다. 나 역시 밤에 그 집을 방문할 때마다 현관문을 바로 열지 않았다. 밤하늘에 쏟아지는 별무리에 넋을 잃기 때문이다. 자연스럽게 여류 천문학자 마리아 미첼의 말이 떠오른다. "삶에 별빛을 섞으십시오. 그러면 하찮은 일에 마음이 괴롭지 않을 겁니다."

나는 거실 한쪽 구석에 있는 색소폰을 보며 아마 산골에 오기 전에는 음악 관련 일을 하지 않았을까 추측해보았다. 거실 입구 위쪽에 걸린 커다란 그림은 주인 부부 즉 미녀와 야수였다. 야수가 딸, 프랑스, 여행, 그림, 화가, 사진 등을 이야기하는데 나는 그 그림을 미녀가 그렸다고 잘못 들었다. 그리하여 미녀와 야수는 음악과 미술을 하는 부부가 되었다. 내가 야수의 운동선수 같은 근육질 몸, 파마머리, 우둘투둘한 얼굴, 성우 같은 목소리에 몹시 긴장한 탓이었다.

주말에 집으로 돌아온 나는 아내에게 이웃에 예술인 부부가 산다고 했더니 큰 관심을 보였다. 아내 역시 해금 연주를 다니기도 하고 그림도 그리고 있으니 그럴 만했다. 예술인을 부러워하는 나는 음악과 미술이 좌절된 기억조차 오래되었다. 중학교에 입학하며 그간 연습하던 기타 연주에 공을 들이던 중 기타줄이 하나 끊어져 40리 길을 걸어가 새 줄을 사 왔다. 돌아와 보니 기타가 박살이 나 있었다. 그게 내 음악이 끝난 마지막 모습이다. 미술 역시 중학교 입학 후 첫 시험인 3월 말 고사를 앞두고 수채화 네 점을 그렸는데 빵점이 나오며 접었다. 그 후 나는 적성검사에서 미술이 최고 점수가 나오고 포스터나 디자인 등에서 상을 받기도 했지만 빵점 받는 내가 더 할 것이 못 된다고 판단하고 그만두었다. 그렇게 내게서 음악과 미술은 일찍이 멀어졌다.

해가 바뀐 이듬해 봄 어느 날 미녀와 야수가 흙과 땀으로 범벅이 되어가던 나를 찾아왔다. 내가 사는 곳은 사람들이 의도적으로 찾기 전에는 잘 보이지 않는 감춰진 땅인데 들이닥쳐 당황했다. 꾀죄죄한 내 몰골을 감추거나 씻을 겨를도 없이 나타난 그들은 오히려 쑥스러워하는 나를 위로했다. 그들은 그날 저녁에 나를 초대했다. 물론 나 말고도 다른 이웃도 초대해서 삼겹살 파티를 열었다. 미녀는 60만 원(!)짜리 상추를 씻어서 내놨고 삼겹살은 야수가 고이는 기름을 제거해가며 굽는데 익숙한 솜씨였다. 식사 후 커피와 대화는 서먹했던 분위기를 바꾸기에 알맞았다. 어쩌면 이런 게 킨포크 스타일 아닐까. 60만 원짜리 상추만 뺀다면.

그 만남을 전후하여 나는 미녀를 화가가 아닌 시인으로 알게 되었다. 미녀가 시인이라는 사실은 내게 호기심과 긴장을 불러왔다. 나는 문인 중에서도 시인이나 소설가에게 경외감이 있었다. 늘 국어책에서만 봐왔던 그들은 어릴 때 내가 시골 사람과 서울 사람을 서로 다른 인종으로 봤던 만큼이나 특별한 부류의 사람들로 여겨왔다. 창작 활동은 미술과 음악도 있지만 문학은 그 결이 다르다고 보았다. 그래서 그랬는지 모르지만 나는 미녀를 대하는 게 여간 조심스럽지 않았다. 한마디로 어려웠다. 그러니 나는 야수에게서 "내 안사람한테 너무 그러지 말어!"하는 말을 들을 만했다.

이후로 나는 몇 번 더 그 집을 찾아가며 미녀와 야수의 매력을 눈치챘다. 나는 야수의 운동선수 같은 근육질 몸은 칠순을 바라보는 건강의 상징으로 봤다. 파마하지 않은 파마머리는 선이 굵은 얼굴과 잘 어울린다고 생각했다. 성우 같은 목소리는 야수의 카리스마로 받아들였다. 또 타고난 손맛으로 직조한 미녀의 요리 역시 식객의 미각을 휘어잡았다. 다만 문학에 대한 두려움이 워낙 컸던 터라 미녀에게는 짧은 한마디 말도 쉽지 않았다. 그럴 때마다 야수는 "그러지마라!"고 불만 섞인 조언을 했지만 나는 잘 받아들이지 못했다. 특히 문학 얘기만 나오면 긴장에 긴장을 거듭했다.

처음 미녀와 야수를 만나고 1년이 지날 무렵 미녀와 야수는 나를 등단시키자는 얘기를 꺼냈다. 나는 등단이 무엇인지 전혀 몰랐다. 한마디로 문인이 된다는 것인데 그게 어떤 의미인지 알 수가 없었다. 나는 글을 쓰는 사람은 따로 있고 나는 그 글을 읽기만 하면 된다는 생각에서 조금도 나아가지 못하고 있었다. 더군다나 학교에서 마지못해 글을 써봤고 글쓰기가 고통스럽다는 것을 이미 알고 있었다.

미녀와 야수는 계속 나를 설득했다. 마침내 나는 "한번 써보겠습니다."라고 대답했다. 어느 날부터인가 나는 미녀와 야수를 형님과 형수님으로 불렀다. 그리고 나니 한층 편해졌다. 인간관계가 그렇다. 아무리 인연이 있더라도 서로 가까이 가려는 노력 없이는 결코 그 인연이 발전되거나 유지되기 어렵다. 내가 형님과 형수님의 배려에 잘 호응했더라면 등단은 좀더 빨라졌을 것이다. 하여간 다 지난 일이고 여전히 그 집에 어울릴 만한 이름은 미녀와 야수다.

사족. 그 집 정원 앞쪽 자연석에 쓰여 있던 '미녀와 야수'는 최근에 "이 집에 미녀와 야수가 살고 있어요."로 바뀌었다.

할아버지 수염

"거참 희한하다니까. 머리는 거뭇거뭇한데 수염만 허여니 말이야….” 아버지는 면도할 때마다 허연 수염을 훑어내며 한마디했다. 엄마는 유전이 당연한 듯한 말씀으로 핀잔을 주셨지만 아버지는 그렇지 않았다. 아버지는 왜 머리카락과 다르게 수염만 허옇게 변해 가는지 못마땅한 심사가 역력했다. 할아버지와 아버지의 수염은 그 색깔이 거의 똑같았다.

어느 날부터인지 모르지만 나는 할아버지 수염이 이웃의 여느 할아버지와 다르다는 걸 알았다. 할아버지는 신선 같은 수염을 갖고 계셨다. 머리카락은 반백인데 수염만큼은 은백색이었다. 코밑 인중에서부터 양옆 그리고 구레나룻과 함께 이어져 볼과 턱 밑에서 역삼각형을 이루며 그 길이는 거의 배꼽 근처까지 닿아 있었다. 매일 쳐다보는 그 수염을 한 번 만져보고 싶은 마음이 간절했지만 도대체 방법이 없었다.

할아버지 무릎에 앉을 수만 있다면 간단한 일이지만 어림없었다. 난 할아버지가 웃는 모습을 거의 본 적이 없는 데다 늘 무서움 그 자체였다. 그러니 할아버지 무릎은커녕 가까이 가기도 어려웠다. 할아버지는 손자한테 그토록 무섭게 하면서 왜 잠을 같이 자고 밥도 같이 먹어야 하는지 모를 일이었다.

언젠가는 기필코 할아버지 수염을 만져보겠다고 벼르고 별렀던 어느 날 밤 할아버지와 함께 자리에 누웠다. 나는 호흡이 거칠어지고 가슴이 두근거리며 마음이 진정되지 않았지만 그렇다고 그만둘 수는 없었다. 얼마 후 할아버지가 잠이 드신 것 같았다. 난 한참을 더 기다려 할아버지의 숨소리가 차분해질 무렵 아주 천천히 손을 뻗어 할아버지 가슴팍 위의 수염에 가져다 댔다. 생각보다 까끌까끌하지 않고 부드러웠다. 내 손가락 끝 몇 마디가 수염에 닿는 순간 벼락같은 한 마디에 자지러지고 말았다. "잠 안 자고 뭐하는 게냐?" 소리에 기겁하여 그만 부들부들 떨며 손을 거둬들이고 말았다.

그러고는 몇 달 후 아침 식사 때였다. 할아버지는 손자가 있어야 수저를 드는데 내가 나타나지 않으니 식사는 시작이 안 되고 모든 가족이 그냥 서로 쳐다보기만 했다. 내가 세수도 안 한 얼굴로 뒤늦게 할아버지 앞에 앉자 가족들 눈치가 따가웠다. 곧 할아버지가 수저를 들자 가족들 모두 밥을 뜨기 시작했다. 그런데 아직 잠에서 덜 깬 나는 밥상 앞에서 잠깐 졸았는데 그걸 바라보는 엄마의 눈길이 매섭게 느껴졌다. 힘겹게 수저를 들고 밥을 한 숟갈 입에 퍼 넣고 젓가락으로 할아버지 앞쪽 반찬을 집으려는데 뭔가 수상했다. 늘 개다리

소반 앞으로 할아버지 수염이 가득했는데 그게 보이지 않았다. 천천히 고개를 들어 할아버지 가슴 위쪽을 바라보던 나는 아연했다. 수염은 온데간데없고 할아버지의 밋밋한 턱만 보였다. 가벼운 바람에도 흩날리며 반짝거리던 허연 수염이 할아버지의 상징이었는데 민둥산이 되어 있었다.

문제는 그다음이었다. 목구멍으로 밥을 넘길 수가 없었다. 아이들은 별것 아닌 일에도 파안대소한다. 하물며 그토록 만져보고 싶었던 수염이 감쪽같이 사라졌는데 아무렇지도 않을 수는 없었다. 터져 나오는 웃음을 참고 참으며 밥숟갈을 입으로 밀어 넣지만 넘어가지를 않았다. 오줌을 참을 때 발을 동동 구르듯이 웃음을 온몸으로 참다못해 마침내 있을 수 없는 일이 벌어지고 말았다. 목구멍으로 넘기지 못하고 입안에서 우물거리던 밥과 반찬이 입 밖으로 터져 나왔다. 하필이면 내 입안에 가득했던 국물과 건더기로 할아버지 얼굴을 그대로 덮어 씌워버렸다. 국물과 건더기가 할아버지 저고리 조끼 위로 흘러내렸다. 아, 이게 무슨 난리란 말인가. 난 그대로 얼어붙었다. 그뿐만이 아니다. 옆의 두레반에서 식사를 하던 가족 모두 기막히기는 마찬가지였다. 오직 숨소리만 들렸다. 등골에서 땀이 흘러내리는 것 같았다. 눈앞이 캄캄할 뿐이었다.

잠시 후 할아버지가 조끼 주머니에서 손수건을 꺼내 얼굴을 닦는데 나는 차마 쳐다볼 수가 없었다. 손에 숟갈을 든 채 얼어붙은 나는 아주 넋이 나갔다. 이제 할아버지 한마디에 온 가족의 식사가 달려 있었다. 그런데 수습을 끝낸 할아버지가 주위를 쓱 둘러보며 "밥 안 먹고 뭐하는 게냐?"하셨다. 다시 식사가 이어졌지만 주변에 퍼지는 차디찬 공기를 견딜 수가 없었다. 또 밥이 넘어가지를 않았다. 허겁지겁 퍼 넣고 있지만 그게 어디로 가는지 모르겠다.

　식사가 끝난 직후부터 닥쳐올 꾸중을 감당할 생각에 아무것도 손에 잡히지 않았다. 아버지는 어떠한 경우라도 날 혼내는 분이 아니지만 엄마, 형, 누나의 닦달은 피할 길이 없다. 엄마에게 야단맞을 각오를 해야 하고 특히 형은 틀림없이 나를 때릴 텐데 어쩌나. 아버지에게 구원을 요청해야 하나 말아야 하나. 하여튼 속내가 복잡했다. 무려 이삼일 동안을 좌불안석하며 어쩌지를 못했다. 그런데 아무도 내게 무어라 하지를 않으니 그게 더 이상했다. 견디다 못한 내가 엄마에게 하소연했더니 이미 할아버지가 한마디 하셨단다. "모두, 아무 말 마라!"

　믿을 수가 없었다. 그토록 엄하디엄한 할아버지가 손자를 두둔하는 말씀을 하시다니. 그때는 그냥 흘려버리며 그저 그러려니 할 뿐이었다. 이제 할아버지처럼 은빛을 드러내는 내 짧은 수염을 만지작거릴 때마다 세월을 더듬는다. 머리는 아직 반백도 아닌데 수염은 허옇다니….

신인문학상

내게 글쓰기를 권유한 사람은 여류 시인이었다. 시인은 수시로 글을 쓰도록 분위기를 이끌어주고 구체적인 안내를 해주기도 했지만 심하게 압박을 하지도 않으며 은근히 글을 쓰도록 유도했다. 그렇게 몇 달이 흐르던 어느 날 추억을 되새김질하게 되었다. 무심코 달력을 바라보던 나는 그날이 음력 칠월 보름 백중이라는 걸 깜빡 잊을 뻔했다. 부모님이 살아계셨더라면 분명히 성묘나 재를 올리는 예를 가졌을 것이다. 실제로 아버지는 설, 한식, 백중, 추석을 4대 명절이라 하여 조상에 예를 갖추는 것을 빠트리지 않았다.

나는 할머니가 워낙 일찍 돌아가신 탓에 할아버지에 대한 기억밖에 없다. 그 기억이라고 하는 것도 대부분 할아버지를 원망하는 것들뿐이었다. 그런데 세월과 함께 원망이 순화되며 할아버지를 다른 면에서 살피기 시작했다. 그러던 차에 몇 편의 글을 썼고 시인에게 보였다. 며칠 후 시인은 내게 생년월일을 물었지만 생년월일이 왜 필요한지 궁금해하지 않았다. 나는 그냥 메시지만 보낼 뿐이었다. 그리고 나서 몇 주 후 시인은 내가 쓴 수필을 제19회 광명전국신인문학상 작품 공모전에 보냈다고 했다. 응모 자격은 전국 18세 이상 일반인(대학생 포함)으로 각종 문예지에서 등단하지 않은 신인이었다.

나는 뭐라 할 말이 없었다. 다만 나는 그런 줄 알았으면 좀더 잘 쓸 걸, 퇴고를 한 번 더 해놓을 걸, 하는 아쉬움이 남았다. 그리고 한 달이 넘어가며 잊고 있었는데 입상자 메일을 받았다. 내 글이 수필 부문 최고상인 우수상으로 선정되었으며 상패와 상금 전달식에 참여하라는 안내문이었다. 아울러 수상 소감문을 요청했다. 나는 고민 끝에 글에 담지 못한 할아버지와의 추억을 되새기는 내용을 써서 보냈다.

■ 수상소감

할아버지는 네 시에 일어나 책을 읽거나 암송을 하셨습니다. 저는 손자가 미워 일부러 저러신다고 생각했습니다. 할아버지는 제가 다섯 시가 넘도록 일어나지 않으면 밖으로 나가셨습니다. 곧 아버지가 들어오셔서 제가 덮고 있는 이불을 척척 개서 방구석에 밀어놓으셨습니다. 그러면 저는 요 밑으로 들어가서 요 귀퉁이를 움켜쥐고서는 아버지가 요를 잡아당겨도 놓지를 않았습니다. 그러면 아버지는 못 이기는 척 저를 놔두고 나가셨습니다. 그러다 깜빡 잠들어버린 저는 여섯 시의 아침 식사에 늦었습니다. 당연히 온 가족의 눈총을 받으며 뒤늦게 할아버지 앞에 앉았고 마침내 그 사달이 나고 말았습니다.

할아버지는 늘 "일하기 싫으면 먹지를 마라(一日符作 一日不食)." 하시며 제가 부지런한 농부로 자라기를 바라셨습니다. 그래서인지 흰 눈 쌓인 겨울에도 열 살배기 손자더러 꼴을 베어오라고 하셨습니다. 그런데 저는 부지런하지도 그리고 농부가 되지도 못하였습니다. 할아버지 죄송합니다!

저에게는 할아버지와 함께한 추억이 자산으로 남았습니다. 그 덕택에 분에 넘치는 상을 받은 듯하지만 얕은 제 재주만으로는 도저히 이룰 수 없는 일입니다. 이곳저곳에서 제 글을 따뜻하게 봐주신 분들께 감사드립니다. 특히 광명문인협회의 무궁한 발전을 기원하며 광명전국신인문학상 심사위원님들께 깊은 감사의 말씀을 드립니다. 어떤 분의 말씀처럼, 감사하는 마음이 물이라면 막아서 가득 고인 저수지로 보여드리고 싶습니다. 앞으로 비록 한 줄일지언정 다른 사람에게 위안이 되는 글을 쓰고 싶습니다. 감사합니다.

－『광명문학 30호』(2021)

나는 12월에 열린 시상식에 아내와 함께 참석했다. 시상식은 한국문인협회와 광명문인협회 및 광명시 관계자들이 빛내주었다. 나는 여러 문인 중에서도 시인 기형도의 누나와 인사를 나눈 게 인상적이었다. 초면이라 짧은 몇 마디뿐이었지만 그녀의 얼굴에 기형도의 인상이 겹쳐지는 느낌을 받았다. 그리고 시 부문 대상을 받은 고등학교 국어 교사가 기억에 남았다. 아마 교사라는 동료 의식 때문이었을 것이다.

집으로 돌아오는 길에 내 기분은 한없이 고조되었다. 그동안 글쓰기는 나와 먼 동네 얘기로만 여겼다. 나는 초중고대를 거치며 아니 대학원까지 마치면서도 글쓰기에는 다가가지 못했다. 나는 초중고대를 마칠 때까지 해마다 만나는 교지에 올린 글 한 줄 없었다. 내 글쓰기는 교사가 되어 겨우 교지 또는 학교 소식지에 그것마저도 마지못해 어쩌다 한 번 쓰는 형국이었다.

이제 내 글쓰기는 시작되었다. 늦었지만 계속 쓸 것이다. 오래도록 쓸 것이다. 그게 나를 또 다른 세계로 데려가는 수단이 될지도 모른다. 마치 책을 읽으며 자기 초월에 다가가려 했던 것처럼.

시 한 편이 준 위안

열 살 즈음의 일이다. 그날도 전날과 다름없이 꼴을 베러 나갔다. 다만 차이가 있다면 학교에서 친구들과 축구 시합에 져서 건빵 스무 개를 몽땅 잃고 물배를 채우고 늦게 귀가한 것뿐이다. 속이 허전했지만 부엌 찬장을 뒤적거릴 틈이 없다. 괜히 기웃거리다 부모님 눈에 띄면 꾸지람만 받는다. 재빨리 지게 걸치고 산으로 뛰는 게 상책이다. 집이 텅 비어 안심하며 나선 게 그나마 다행이었다.

꼴을 베면서 건넛산을 바라보니 소나기구름이 몰려오는 게 보인다. 소나기가 다가오는 속도는 빠를 때도 있고 늦을 때도 있다. 마음이 급해진다. 서두르다 손을 베었다. 동네 형들한테 배운 대로 세 가지 풀을 뜯어 비벼서 상처에 덮고 싸리나무 껍질을 노끈 삼아 동여매고 계속 꼴을 베었다. 간간이 떨어지는 빗방울에 이리저리 심란하다. 낫 끝이 돌멩이와 부딪혀 불꽃이 튀고 왼쪽 정강이가 뜨끔하지만 다리까지 싸맬 여가가 없다.

군데군데 베어 놓은 꼴들을 지게에 얹는데 빗줄기가 심상찮다. 곧 굵은 소나기가 쏟아져 내릴 듯 하늘이 까매졌다. 무릎으로 꾹꾹 누르며 지게 밧줄을 당겨 단단히 묶고 지게를 일으켜 세웠다. 꼴을 베다 보면 그 양과 무게가 대충 감이 오는데 오늘은 지겟작대기에 의지해서 일어서기가 힘겹다.

굵어지는 빗줄기가 꼴 짐에 더해지고 있었다. 소나기가 멈추기를 바라며 서두르지만 걸음은 점점 느려졌다. 검정 고무신에 물기가 더해지며 미끈거린다. 이때 작은 웅덩이 앞에서 고꾸라지며 그만 꼴 지게에 깔리고 말았다. 동네 형들처럼 요령이 없던 나는 그저 버둥대기만 했다. 이마와 콧등에서 피가 나는 것 같았다. 게다가 웅덩이에 고인 흙탕물이 코와 입으로 들어오니 숨이 막히고 아득해졌다.

갑자기 내 지게 발목이 들리며 눌린 꼴 지게에서 벗어났다. 우산을 쓴 낯선 아저씨가 "괜찮니?"하는데 얼굴 진흙이 빗물에 씻겨 내렸다. 난 아무 말도 못 했다. 아니 말이 나오지 않았다. 힘이 빠져 어찌할 줄을 모르는데 아저씨가 지게를 세워주셨다. 지게 멜빵을 메고 일어서려 아무리 애를 써도 지게는 꿈쩍하지 않았다. 보다 못한 아저씨가 거들어주자 일어섰다. 문제는 그다음이었다. 다리가 후들거리고 검정 고무신이 더 미끈거렸다. "조심해라!"라는 말씀에 답례할 정신이 없었다.

빗줄기가 거세지며 저만치 보이는 집이 가물가물해졌다.

그렇다고 지게를 내려놓으면 다시 일어서지 못한다. 이를 악물었다. 마당에 들어선 후에 어떻게 외양간 옆에 꼴짐을 부렸는지 기억나지 않는다. 부려놓은 꼴 더미에 쓰러져 쳐다보니 외양간 천장이 빙빙 돈다. 하지만 나는 그냥 쓰러져 있을 수 없었다.

낫을 들고 개울가로 나갔다. 내일도 꼴을 베려면 낫을 깨끗이 씻어서 날 끝에 무지개가 서도록 갈아놔야 한다. 그런데 그날은 낫을 개울물에 씻을 필요가 없었다. 그냥 낫을 들고 있으면 됐다. 낫에 묻은 풀 흙 따위가 굵어진 빗줄기에 흘러내린다. 게다가 내 얼굴 진흙 모래도 소나기에 씻겨나간다. 멍하니 서 있다 보니 얼굴, 손가락, 정강이가 다 쓰리다. 낫만 대충 씻고 돌아섰다. 기진맥진해서 도저히 낫을 갈 수가 없었다.

흐르는 것이 물뿐이랴
우리가 저와 같아서
강변에 나가 삽을 씻으며
거기 슬픔도 퍼다 버린다.
일이 끝나 저물어
스스로 깊어가는 강을 보며
쭈그려 앉아 담배나 피우고
나는 돌아갈 뿐이다
삽자루에 맡긴 한 생애가
이렇게 저물고, 저물어서

샛강 바닥 썩은 물에

달이 뜨는구나

우리가 저와 같아서

흐르는 물에 삽을 씻고

먹을 것 없는 사람들의 마을로

다시 어두워 돌아가야 한다

— 정희성 「저문 강에 삽을 씻고」 전문

　스무 살 무렵이었다. 책은 거들떠보지도 않던 내가 어쩌자고 책을 들었는지, 학교에서의 자습(강제 독서) 시간에도 외면하던 시집을 왜 펼쳤는지 정말 모를 일이었다. 그런데 어라, 이거 이상하다. 목이 메어 읽기가 힘들었다. 마음을 가까스로 진정시키고 다시 읽어도 그렇다. 왜 자꾸 저문 강 대신 소나기가 떠오르고 삽 대신 낫이 생각나는지 모르겠다. 시인은 나를 보지도 않고 본 것처럼 얘기하는 것 같았다.

　시라는 것은 내겐 그동안 교과서에서 배운 게 전부였다. 시나 시인이 뭔지 알지도 못하고 알려고 하지도 않았다. 그런데 이 시를 보며 시란 이런 것이구나. 시인이란 이런 존재로구나. 보지도 못한 타인을 본 듯이 그려 내어 위로와 평안을 주는구나. 장마 끝 한 줄기 햇살같이 눈이 부신 순간이었다.

　이 시 한 편이 내게 문학의 힘을 깨닫게 하였다. 나는 앞으로 살아가는 일에 회의와 절망, 후회와 한탄 따위는 없으리라. 삽이나 낫 대신 그 어떤 것을 '씻으며' 살아가더라도 서럽지 않을 것 같았다.

그 뒤로 나는 닥치는 대로 책을 읽었다. '개안'의 순간, 나는 문학에 눈을 떴고 이제 시와 시조, 수필과 소설은 내 가장 친한 벗이 되었다. 내 어린 날의 외로움과 설움을 한 편의 시가 씻어주었다. 나도 언젠가 누군가의 눈을 뜨게 해주는 글을 쓸 수 있을까? 그런 자격이 주어진다면 일로매진, 문인의 길을 걸어갈 것이다. 마라톤 대회에서 1등은 한 명이다. 내게는 1등이 중요하지 않다. 끝까지 달릴 것이다.

시 한 편이 내 마음을 움직였다. 내가 쓴 글이 사람의 마음을 움직일 수 있을까? 자신할 수는 없지만 노력은 해볼 참이다. 열 살 무렵, 지게를 지고 가 꼴을 베다 만난 그 엄청난 빗줄기는 내 어린 영혼을 강타하였다. 스무 살 무렵, 우연히 읽게 된 시 한 편도 내 젊은 영혼을 세찬 소나기가 되어 강타하였다. 추억 여행을 할 수 있게 한 글의 힘을 이제는 내가 연마하여 발휘하고 싶다.

등단

   나는 박세희 시인의 창작 시집 세 권을 어렵사리 구했다. 모두 절판된 도서라 여러 헌책방을 기웃거렸다. 아마 결제는 10여 회 이상 한 것 같다. 재고관리가 잘못되었는지 연달아 '재고 없음'이었다. 책을 받자마자 어떤 것은 소리 내어 읽고 어떤 것은 눈으로만 읽었는데, 어느 한 편을 읽으며 눈물이 쏟아졌다.

   나는 읽던 시집을 들고 미녀와 야수의 집으로 갔다. 사인을 받아놓을 생각이었다. 집에는 야수만 있었다. 사인을 요청하자 흔쾌히 허락했다. 그렇지만 나는 책을 놔두고 가라는 말과 반대로 시집을 들고 돌아왔다. 사인은 직접 받아야 한다는 내 나름의 원칙이 있어서다. 그다음 주에 시인을 만났다. 나는 사인을 받으며 10여 년 전에 학교 소식지에 실었던 수필 「신토불이 독서」를 내놓았다. 작가를 만날 때는 자신의 글 한 편 가져가는 게 예의라는 말이 생각났기 때문이었다. 그런데 당장 수필 한 편 쓴다고 생각하니 스트레스가 심했다. 그래서 할 수 없이 예전에 썼던 글을 가져가게 되었다.

시인은 시집 세 권 모두 정성스럽게 서명해주었다. 그러고 나서 내가 쓴 수필을 훑어보고는 나중에 자세히 보겠다며 말을 아꼈다. 며칠 후 야수를 다시 만났는데 내 글을 칭찬했다며 나보다 더 좋아하는 것 같았다. 그렇지만 나는 반신반의했다. 수필이 아무리 종류가 많다고 하더라도 문학성이 있어야 한다는데 내 글은 그렇지 못하다는 생각 때문이었다.

그해는 그렇게 그 시집을 읽으며 그 여름을 났다. 가을은 어떻게 흘렀는지 모르겠다. 다만 시인은 나를 볼 때마다 글을 쓰라는 말을 빠트리지 않았다. 나는 번번이 둘러대기만 했다. 아마 어떤 두려움 같은 게 있었던 것 같다. 그러다 겨울이 되며 늘 하던 삽질과 톱질이 멈췄다. 이때 허허로운 시간 속에서 지나간 여름을 떠올리며 시인과 시에 감사해야 한다는 생각이 들었다.

나는 그때까지 시집을 많이 접하지 못했다. 그러니 눈물 났던 시라고 해봐야 시인 정희성의 「저문 강에 삽을 씻고」, 한하운의 시 몇 편과 산문 그리고 시인 박세희의 「노스탤지어」뿐이었다. 그런데 유독 정희성과 박세희의 시는 읽을 때마다 눈물이 쏟아졌다. 어쩌면 에드가 앨런 포의 "시가 당신의 가슴을 찢어 놓은 적 없다면 당신은 시를 경험한 게 아니다."라는 말은 「저문 강에 삽을 씻고」와 「노스탤지어」를 두고 하는 말 같았다.

나는 며칠 동안 두 시에 대한 감사의 글을 시작했다. 그런데 웬걸, 생각과 글은 서로 따로 놀았다. 웃기는 일이었다. 그래 맞아. 글 쓰는 사람은 따로 있는 거야. 나는 읽기만 하면 되는 거야. 이러다 겨울이 다 갈 것 같았다. 쓰고 지우기를 반복하던 어느 날 시인을 만났다. 시인은 내게 글 독촉은 하지 않고 그저 조금씩 써보라는 식으로 나를 편하게 해주었다. 특히 "너무 잘 쓰려고 하지 마라!"는 말은 내게 용기를 주었다. 나는 겨울 끝자락에서야 겨우 두 시에 대한 두 편의 수필을 완성해서 보냈는데 심사위원들이 글을 너그럽게 봐준 것 같다.

- ■ 당선 소감

느릅나무 아래서 꿈꾸던

며칠 전 마을 전체가 사라진 고향에 다녀왔습니다. 눈물이 났습니다. 게다가 서러워지기까지 합니다. 제가 서 있는 곳이 바로 '소나기에 낫을 씻던' 곳이었기 때문일까요. 저는 거의 매일 개울가 느릅나무 그늘에서 낫을 갈았습니다. 낫을 햇빛에 반사시키며 무지개를 낫 끝에 세우려 애썼지요. 그 낫으로 거의 매일 동서남북을 바꿔가며 꼴을 베거나 나무를 하러 갔습니다.

세월이 흘러 추억을 되짚어보고 싶었지만 글쓰기에는 다가가지 못하고 늘 마음뿐이었습니다. 글이란 특별한 사람들만의 것이고 저는 그 글을 읽기만 하면 된다고 생각하였습니다. 그중에서도 특히 문학은 더욱더 그러하다고 여겼습니다. 그런 상황에서 『문학에스프리』 박세희 발행인 님은 제가 쳐놓은 울타리를 무너트리고 글을 쓰도록 이끌어주셨습니다. 더는 도망갈 핑곗거리가 궁색해지자 글을 쓰게 되었습니다.

저는 저를 울컥하게 만든 시에 대한 감사의 의미를 글에 담고 싶었습니다. 하지만 글이 쉽게 써지는 게 아니라는 것을 안 것은 얼마 지나지 않아서였습니다. 쓰는 것보다 지워지는 게 훨씬 많아지는 것이 거듭되며 저 자신을 합리화하고 싶은 욕구가 생겨나기도 했습니다. 이때 "좋은 글을 쓰겠다는 생각을 버리면 좋은 글을 쓸 수 있다."라는 말씀에 용기를 얻어 원고를 마무리하였습니다.

상황이 그러했으니만큼 당선은 언감생심이고 꿈도 꾸지 말아야 할 일이었습니다. 당선 소식을 접하며 뭔가 잘못된 게 아닐까, 하는 생각마저 들었습니다. 그리하여 당선의 기쁨보다는 글쓰기의 두려움이 더 크게 다가왔습니다. 두려움의 무게야말로 작가가 감내해야 할 책무일지도 모릅니다. 쉽게 써서는 안 된다는 의미로 받아들였습니다.

도연명은 귀향한 후 세속에 잘 맞지 않고 성품조차 산을 사랑했지만 어쩌다 세속의 그물에 빠져 순식간에 삼십 년이 가버린 것을 아쉬워했습니다. 저 또한 천육백여 년 전의 그분처럼 길 잘못 든 삼십여 년을 아쉬워하고 있습니다. 전원에서 시의 위안에 감사하며 삶에 지친 사람들에게 위안이 되는 글을 쓰고 싶습니다. 심사위원님들의 후의에 감사를 드립니다.

― 『문학에스프리』(2021) 겨울호(vol.37)

문학에 눈뜨는 과정 박진감 있게 묘사

투고하신 두 편의 글은 모두 시가 자신의 영혼을 뒤흔든 체험에 입각해 쓴 것입니다. 특히 앞쪽의 글 「시 한 편이 준 위안」은 열 살 무렵에 꼴을 베러 갔다가 소나기를 만났던 날의 일을 아주 실감나게 묘사하고 있습니다. 글 자체가 박진감이 넘치는데, 이런 묘사력에 기대를 걸면서 수필가의 관을 씌워드리고자 합니다. 성인이 되었을 때 정희성 시인의 「저문 강에 삽을 씻고」를 읽으면서 큰 감명을 받아 '문학'에 눈뜨는 과정도 아주 박진감 있게 묘사하고 있습니다. 수필로서 조금 짧기는 하지만 자신이 하고 싶은 말을 충분히 했다고 여겨져 수필가의 길을 걸어가 보시라고 응원의 박수를 보냅니다. 앞으로 누군가에게 벅찬 감동을 주는 글을 써, 그의 인생의 전환점을 바로 황용석 수필가의 글이 마련해 주는 날이 오기를 바랍니다.

심사위원 박덕규(문학평론가 · 단국대 교수)

이승하(시인 · 중앙대 교수)

―『문학에스프리』(2021) 겨울호(vol.37) 인용

내 등단을 수십 년 앞당겼을지도 모르는 스쳐간 인연이 떠오른다. 내가 교직 첫발을 내디뎠던 학교에 시인이 있었다. 누나뻘 되는 국어 선생님 시인에게 다가갈 수 있었지만 나는 그러지 못했다. 그 선생님과 함께 3학년 담임을 하며 고입

업무 관계로 얘기를 나누기도 하고 함께 식사하는 자리도 종종 있었지만 나는 그 좋은 기회를 살리지 못했다. 문학 얘기는 단 한마디도 나누지 않았다. 아마 문학에 대한 경외감 때문이었을 것이다. 내가 가까이 다가갔다면 그 선생님은 내게 글을 쓰는 동기를 부여했을지도 모른다. 그 인연은 싹틔우지 못하고 그렇게 사라졌다. 30여 년 전의 일이다.

시 한 편이 준 위안 2

    귀향. 내게 이 말 만큼 울림을 주는 단어가 또 있을까. 친구들은 그토록 처절했던 산골에 무슨 미련이 남았다고 그토록 그리워하는지 이해가 안 된다고 한다. 더욱이 산골 중에서도 그야말로 동막골 같았던 고향을 잊지 못하는 까닭을 나 자신도 얼버무릴 때가 많다.

    잠자리에 들기만 하면 고향 산천이 파노라마처럼 펼쳐지고 가끔 돌아가신 아버지도 보였다. 아버지를 꿈결에 뵙는 날들이 잦아지며 귀향의 그리움은 점점 더해갔다. 교사로 첫발을 내디딜 때부터 틈만 나면 귀향할 궁리를 해봤지만 뾰족한 수를 찾지 못했다. 연말 인사이동을 앞두고 타 시도 전출을 3년 연속 신청해 봤지만 허사였다. 결국 4년차에는 신청조차 하지 않았다. 그러자 교감은 자신의 서랍을 열어 3년 동안 모아두었던 내 서류들을 돌려주며 "잘했어, 서울에 살아!"

하셨다. 이렇게 전출 서류를 접수조차 못 하는 사이에 나는 서울 사람이 되었다.

결혼 초부터 아내에게 귀향을 노래하듯 졸랐지만 금세 30년이 흘렀다. 결국 타협하여 "나 혼자 갈 테니 여행 좋아하는 당신은 가끔 놀러 와." 해놓고 땅을 살피기 시작했다. 대략 3여 년을 이곳저곳 훑고 다녔지만 인연이 닿지 않았다. 그러던 어느 날 유튜브로 땅을 봤는데 그만 한눈에 반하고 말았다. 산골 고랭지 비탈진 개울가 땅을 보는 순간 "바로 저거야!"가 되었다. 중개소에 지번을 물으니 출발할 때 다시 전화하면 알려준다. 동영상을 연달아 30여 회 정도 살펴보는 동안에 조회 수는 첫날 2,500여 회, 사흘째는 무려 1만 회를 넘고 있었다. 조급한 마음에 전화하니 "어제 매매됐다!"라고 했다. 난 망연자실했다. 그러자 아내는 오히려 잘됐다는 듯 주말에 문경새재 산행하자고 졸랐다.

새벽 출발을 위해 9시에 잠을 청했지만 분한 마음에 도저히 잠을 이룰 수가 없었다. 계속 뒤척이다 보니 새벽 3시다. 4시에 일어나 승용차 핸들을 잡으니 어지럽다. 산행 중에 가끔 졸기도 하며 비몽사몽간에 시간이 흘러갔지만 가슴을 후비는 듯한 아쉬움이 사라지지를 않았다. 그러다 어느 능선에서 쉬는데 전화가 왔다. "계약이 취소됐으니 땅을 보러 오라!"는 것이다. 난 즉시, 보겠다가 아니라 사겠다, 였다. 또 계약금을 보내라는데 주저 없이 송금액을 물었다. 이어 내일 땅을 보고 미계약 시 수수료 100만 원을 공제한다는데도 흔연히 동의했다.

흥분한 나를 곁에서 지켜보던 아내는 펄펄 뛰며 당연한 잔소리가 쏟아졌다. 세상에! 땅을 보지도 않고 사는 사람이 제정신이냐. 맞다. 이제까지 난 주식이나 펀드가 뭔지도 모를 정도로 세상 물정에 어둡다. 만일 사기 또는 엉터리 땅이어서 계약하지 못하고 100만 원을 떼이더라도 이해해 달라. 아내는 어디 가서 100만 원을 벌지는 못할지언정 그렇게 날려버리는 바보짓을 정말 이해할 수 없단다. 나는 토요일 저녁에 계약금을 보내고 일요일 아침에 그 땅으로 향했다. 두 시간 남짓 운전하는 동안에 온갖 상념이 머리를 헤집었다.

　산골 땅은 비옥하기는커녕 척박해 보였다. 경사가 심하고 지목이 전인데도 오랫동안 경작하지 않아 임야화 되어 있다. 군데군데 벌목해 놓은 나무가 쌓여 있고 잡석 또한 상당하다. 땅 전체를 산죽과 잡석이 뒤덮고 굵직한 나무들이 둘레에 가득하다. 이런데도 나는, 나무는 베면 되고 잡석은 걷어내면 되고, 산죽은 뽑아버리면 된다고 생각했다. 애당초 좋은 땅이란 없고 좋은 땅이란 만들어지는 것이라고 우기는 지경에 이르렀다. 그나마 다행스럽게도 정남향 땅 앞으로 흐르는 개울에 버들치가 보였다. 메기도 있겠구나!

　새삼스레 인연이 떠오른다. 그간 20여 곳의 땅을 보러 다니며 아쉬움을 겪은 적이 몇 차례 있었다. 땅이 방금 팔렸다는 말에 그저 그러려니 했었다. 그런데 이 땅은 그렇지 않았다. 이런 것이 인연일 테지만 허접한 땅이란 느낌을 감출 수 없기에 아내에게는 이런저런 핑계를 만들어 둘러대며 나중에 보라고 했다.

산골에 땅을 마련하고 일상은 달라졌다. 그 땅은 주말이면 달려가서 종일 시계나 휴대폰을 잊고 사는 곳이 되었다. 해발 800미터의 땅은 사방이 숲에 둘러싸인 감춰놓은 땅이었다. 그간 잃어버렸던 숲의 향기를 40여 년 만에 되찾은 감격에 매 순간 마음이 설레었다. 그 숲에서 예전엔 거의 읽지 않았던, 보는 둥 마는 둥 했던 시집을 펼치는 게 빈번해졌다. 이때 오랜 기억 저편의 유리병에서 나온 것 같은 시 한 편을 만났다.

나는 아무것도 가진 것 없이
첩첩 산중 어느 골짜기
맨 마지막 집에
도착하리라
소문 없이 피는 싸리꽃 되어
들쥐 되어 오솔이 되어
풀잎도 잠 깨우지 않고
이슬로 스며들어
누군가의 의심 없이
그곳의 주민증을 얻으리라
어떻게든 살아야 한다는
결심을 버리고
왜 사느냐는 질문도
굳게 입다물고
한때 미치지 않기 위하여

미쳤던 그 사랑도 잊어가리라
며칠 만에 다녀가는
산골 우체부를 위하여
편지를 쓰리라
첩첩 산중 어느 골짜기
맨 마지막 집으로 오는
편지를 기다리리

— 박세희 「노스탤지어」 전문

  나는 시를 절반도 못 읽고 울컥했다. 30십여 년의 소망을 예언한 듯한 울림에 내 몸이 떨렸다. 진정하고 다시 읽어도 마찬가지였다. 그런데 생각해 보라. 그 많은 시가 늘 그렇게 울림을 주는가. 시도 때도 없이 가슴을 찢어 놓는가. 전혀 그렇지 않다. 어느 철학자는 시인을 깨달은 사람이라 했다. 시인은 사물이나 현상을 자신만의 시각으로 보는 눈을 갖고 있기 때문이다.

  이제 나는 이 시 한 편만으로도 여생이 충분히 행복할 것이다. 자신의 마음에 꼭 맞는 그 무엇은 삶에 큰 에너지를 불어넣는다. 산골 숲속에 홀로 사는 내겐 반려동물 대신 '반려시'가 있다. 고독하지만 외롭지 않다. 내일의 기대가 넘쳐난다.

나오는 글

　저는 아버지와 어머니가 계신 곳을 우리 집이라 불렀습니다. 아버지가 돌아가시고 어머니가 홀로 계신 곳은 우리 집이라 부르지 않았습니다. 저는 낯선 곳을 떠돌았습니다. 군에서 제대하고 이곳저곳을 막일꾼으로 돌아다녔는데 교사가 되어서도 저는 머물지 못한 떠돎이 계속되었습니다.

　배낭에는 늘 속옷 한 벌과 문고 도서 몇 권만 넣었습니다. 주로 이름 없는 산을 오르내리며 한적한 개울가에서 옷을 빨아 널고 빨래가 마를 때까지 책을 보다 다시 떠나곤 했습니다. 어머니는 제가 교사가 되어서도 이 산 저 산을 떠도는 것을 안타깝게 바라보았습니다. 그때 저는 할아버지와 아버지의 산골 DNA가 제게 유전되었다는 생각은 하지 못했습니다.

　저는 책과 함께 머물 곳을 찾으려 했습니다. 산골에 정주

하여 보르헤스가 말하듯이 읽은 책을 다시 읽는 즐거움을 누리고 싶었습니다. 그곳은 제 어린 시절의 산골과 닮은 곳이기를 바랐습니다. 최근에 그런 곳을 찾았습니다. 제가 바라던 곳과 크게 다르지 않아 마음에 듭니다. 산골 숲속 집 앞을 흐르는 실개천을 바라볼 때마다 어린 시절의 시냇물만큼이나 반짝이는 물빛이 정겹습니다.

그간 책과 맺어온 인연을 돌아보며 앞으로는 또 어떤 인연이 기다리고 있을까를 상상해 봅니다. 늘 우연처럼 보였던 인연들이었지만 저는 필연처럼 다가왔다고 느꼈습니다. 그 인연들은 제 마음이 제 몸처럼 메마르지 않도록 영양을 공급해 주었습니다. 가끔 제가 책과 친하지 않았더라면 무엇과 함께 시간을 보냈을까를 생각해 보았습니다. 여기저기 다른 세상을 기웃거렸을 테지만 여전히 책만 한 것을 찾지는 못했을 것 같습니다. 보르헤스는 "인간이 만든 여러 가지 도구 중에서 가장 놀라운 것이 책이다."라고 하였습니다. 저는 그 책을 잊고 살지는 못할 것 같습니다. 아마 눈을 감을 때까지도 말입니다. 채만식이 운명하기 직전에 원고지를 베고 자고 싶다고 말한 것처럼 저는 책을 베고 눈감고 싶습니다.

저는 언제부터인가 세월 유수라는 말이 친숙해졌습니다. 저는 그 말을 나이 들수록 느리게 살아가라는 의미로 받아들였습니다. 천천히 살다 보면 그동안 보이지 않았던 것이 보일 수도 있습니다. 그동안 저는 부모님의 사랑도 볼 줄 모르는 청맹과니였습니다. 이제 곧 아버지의 40주기, 어머니의 10주기가 돌아옵니다. 왜 아버지의 인생은 그렇게 어긋났는지, 어머니의 삶은 어쩌면 그토록 외로웠는지 모르겠습니다. 인생이란 원래 그런 것인가요? 인생이 꼭 그래야 한다면 너무 슬픕니다.

　이제 제게서도 할아버지와 아버지처럼 반백의 머리카락에 허연 수염이 나타납니다. 짙은 그리움이 밀려옵니다. 세상만사는 인연 따라 흐르지만 인연의 길이는 천차만별입니다. 저와 맺은 인연들의 길이는 얼마만큼 될까 헤아려 봅니다.

감사의 글

저는 갑년이 지나도록 살아오며 주위의 많은 분에게 빚졌습니다. 그중에서도 제가 평생을 다해도 갚지 못할 게 있습니다. 부모님의 사랑이 그렇습니다.

저는 책을 가까이하며 가족의 고통을 어루만지지 못한 기억으로 가슴이 저려옵니다. 특히 아내 송종화는 어려운 살림에도 불구하고 집보다 책을 사 나르는 저를 원망하는 대신 격려해주었습니다. "여보, 고마워요!" 그 사이에서 사랑보다 상처를 더 많이 받았을 두 딸 윤정, 선주에게 뒤늦게나마 용서를 구합니다. "정말 미안하다!" 저는 참회라는 말을 몸과 마음에 새기고 살아야 합니다.

종종 부모님을 대신했던 형 봉인, 매형 홍성진과 누나 봉녀의 사랑도 부모님과 다를 바 없었습니다. 이 자리를 빌려 감사의 말씀을 드립니다. 특히 저의 중학교, 고등학교, 대학교 학비를 책임졌던 봉인 형과 김태용 형의 은혜야말로 몸과 마음에 깊이 새겨져 있습니다.

김종태 형과 김명순 형수는 결혼 전 저뿐만 아니라 결혼 후 제 두 딸도 거두어 주었습니다. 가장 보살피기 힘든 영유아시기에 두 딸은 두 분의 사랑을 듬뿍 받고 자랐습니다. 동서 이종기와 처제 송수민은 두 조카를 친자식처럼 아끼고 보살펴 주었습니다. 감사하다는 한마디로는 도저히 갚기 어려운 사랑이었습니다.

정현복과 노순옥 부부는 친구란 '또 다른 나'라는 것을 여실히 보여주었습니다. 특히 30여 년이 넘도록 제 식탁에 반찬을 올려놓는 정성을 지금도 계속하고 있습니다. 도저히 갚을 수 없는 빚입니다.

저는 초등학교에서 이명순, 신태우, 이준규 세 선생님의 사랑으로 자랐습니다. 김용남, 권회진 두 선생님은 중학교뿐만 아니라 제가 교사가 된 이후에도 끝없는 가르침을 주셨습니다. 안준철 교장 선생님은 제 가족을 당신의 가족처럼 받아주셨습니다. 감사하다는 한마디로는 도저히 갚기 어려운 은혜였습니다.

제게 가족 못지않게 사랑을 주신 친지들의 빚을 감당하기 어렵습니다. 이미 고인이 된 윤금, 윤숙, 순덕 세 고모의 조카 사랑은 대단했습니다. 고(故) 김영기 매형과 조춘옥 누나는 아버지와 어머니 같았습니다. 고(故) 손용익 매형과 고(故) 조춘희 누나 또한 아버지와 어머니 같았습니다. 김종선 형은 제가 떠돌거나 공부할 때나 아낌없이 저를 후원해주었습니다. 조영식 형과 이옥환 형은 예고 없이 아무 때나 찾아가도 만사 제쳐놓고 저를 받아주었습니다.

이외에도 여러 친척, 지인, 친구들이 저를 이끌어 주었지만 한 분 한 분 언급하지 못하여 그저 죄송할 뿐입니다. 그분들의 앞날에 늘 행복이 가득하기를 빕니다.

제 글이 모여 한 권의 책이 되기까지 여러 사람에게 빚졌습니다. 특히 도서출판 등대지기 박세희 대표님의 권유와 조언이 아니었으면 저는 결코 글쓰기에 다가가지 못했을 것입니다. 저를 문학의 길로 이끌어 주신 은혜를 감사의 말씀 한마디로 끝낼 수는 없습니다. 박세원 편집장은 난삽한 원고를 세밀하게 살피고 애매한 글을 반듯하게 바로잡아 주었습니다. 감사드립니다.

2022년 여름에

황용석